荣 获

新闻出版总署优秀畅销书奖
全国优秀古籍图书普及读物奖
第十七届山西省优秀图书一等奖
第 二 届 山 西 出 版 政 府 奖
山西出版集团2008年度十种好书

全套藏书累计销售500万册

诸子百家卷

《诗经》《尚书》《礼记》《楚辞》《论语·大学·中庸》《孟子》
《老子》《庄子》《荀子》《韩非子》《孙子兵法·尉缭子·鬼谷子》
《墨子》《周易》《山海经》《吕氏春秋》《三十六计》

名家选集卷

《三曹诗集》	《陶渊明集》	《王勃集》	《王维集》	《孟浩然集》
《高适集》	《岑参集》	《李白集》	《杜甫集》	《白居易集》
《刘禹锡集》	《元稹集》	《李商隐集》	《李贺集》	《杜牧集》
《韩愈集》	《柳宗元集》	《李煜集》	《欧阳修集》	《王安石集》
《苏轼集》	《黄庭坚集》	《柳永集》	《秦观集》	《周邦彦集》
《李清照集》	《辛弃疾集》	《陆游集》	《范成大集》	《杨万里集》
《姜夔集》	《文天祥集》	《元好问集》	《唐寅集》	《张岱集》
《三袁集》	《李贽集》	《傅山集》	《纳兰性德集》	《袁枚集》
《郑板桥集》	《龚自珍集》			

史著选集卷

《左传》《国语》《战国策》《史记》《汉书》《后汉书》《三国志》
《资治通鉴》

综合选集卷

《唐诗三百首》《宋词三百首》《元曲三百首》《千家诗》《古文观止》
《汉魏六朝小赋骈文选》《唐宋八大家文选》《明清小品文选》

笔记杂著卷

《蒙学六种——三字经·百家姓·千字文·增广贤文·幼学琼林·格言联璧》
《颜氏家训·朱子家训》《世说新语》《金刚经·坛经·心经·地藏经》
《曾国藩家书》《菜根谭·小窗幽记·幽梦影》《浮生六记》《闲情偶寄》
《近思录》《徐霞客游记》《古代书信精选》

戏曲小说卷

《元杂剧精选》《西厢记》《牡丹亭》《长生殿》《桃花扇》《今古奇观》
《三国演义》《水浒传》《西游记》《红楼梦》《聊斋志异》《儒林外史》
《封神演义》《话本小说选》《文言小说选》

中国家庭基本藏书　戏曲小说卷

西厢记

〔元〕王实甫　著　王薇　评注

山西出版集团
三晋出版社

博学工作室

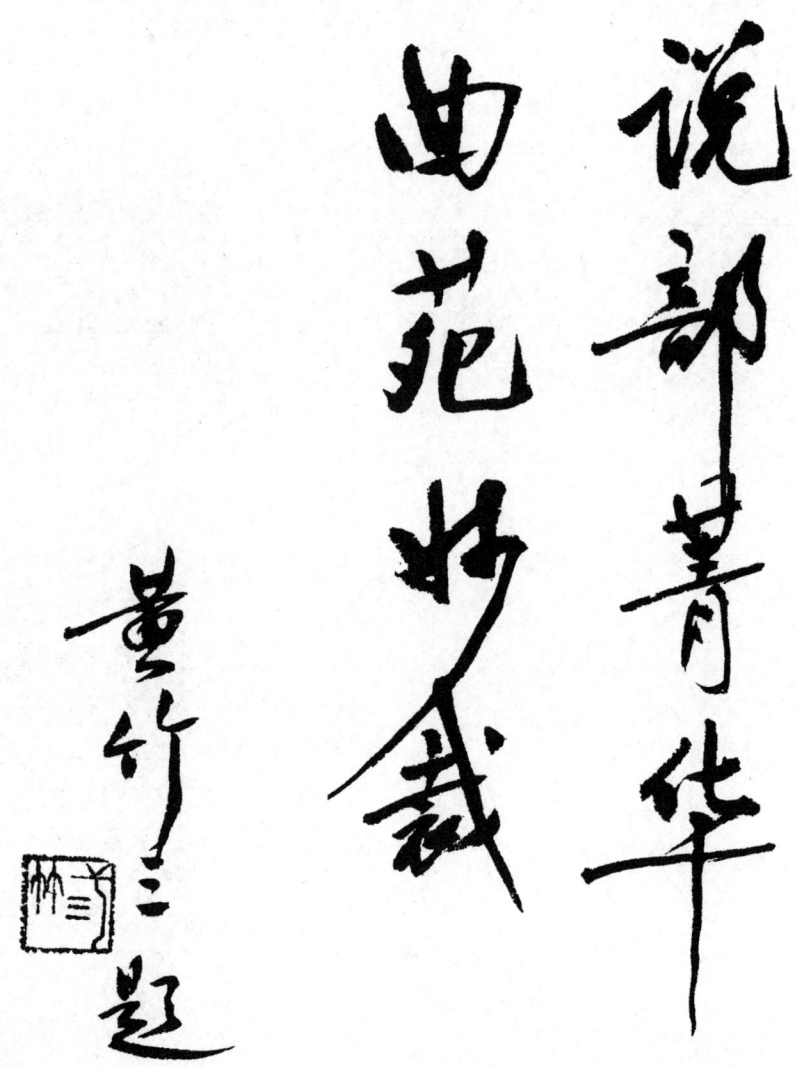

说部菁华
曲苑妙裁

黄竹三题

·山西师范大学黄竹三教授为《中国家庭基本藏书》题词

前言

　　元杂剧的代表作家，有元曲四大家之说。四大家即"关（汉卿）、马（致远）、王（实甫）、白（朴）"。关汉卿的代表作是《窦娥冤》《救风尘》《望江亭》等，马致远的代表作是《汉宫秋》，白朴的代表作是《梧桐雨》，而王实甫的代表作则是《西厢记》。

　　王实甫，名德信，大都（今北京）人。贾仲明【凌波仙】吊词说他："风月营密匝匝列旌旗，莺花寨明飚飚排剑戟，翠红乡雄赳赳施谋智。作词章风韵美，士林中等辈伏低。新杂剧，旧传奇，《西厢记》天下夺魁。"由此可知，他具有丰富的歌场剧院的生活积累，与关汉卿有相似之处。但他的生活年代比关汉卿要晚一些，他的主要活动时期大约在元成宗元贞、大德年间（1297—1307）。关于他的作品，《录鬼簿》著录了13种，但除《西厢记》和《丽春堂》外，其余均没有全部流传下来（其《芙蓉亭》杂剧和《贩茶船》杂剧各有一折曲文被收录进《雍熙乐府》）。

　　王实甫在当时剧坛中，已经很有名气，是才华出众、影响甚远的书会才人。他的代表作《西厢记》自诞生以来就被公认为是出类拔萃的杂剧。这部"才子佳人之书"（金圣叹语），无论是在当时，还是对后世，都产生了积极深远而广泛的影响。

在中国古代，封建礼教异常严酷，无数青年男女在礼教的束缚下，天各一方，不得结为连理，他们也曾反抗，但大都以悲剧结局。因而才子佳人题材，一直是中国通俗文学的一个重要方面。现存元杂剧中此类题材的作品，除《西厢记》外，尚有《金线池》、《谢天香》、《拜月台》(关汉卿著)、《墙头马上》(白朴著)、《张生煮海》(李好古著)、《曲江池》(石君宝著)、《倩女离魂》、《㑇梅香》(郑光祖著)等。稍稍比较一下这些作品，《西厢记》就会脱颖而出。而且《西厢记》的影响是如此之大，以至于元代王实甫稍后的郑光祖，就有模仿之作《㑇梅香》，使《㑇梅香》"如一本小《西厢》"。郑光祖以"元曲四大家"之一的身份模仿《西厢记》，足见此剧对他的感染之深，也足见此剧在当时的轰动。

不仅如此，《西厢记》真实而客观地反映了当时的社会现实，批判了不合理的礼教和婚姻制度，表现了青年一代争取自由爱情和婚姻自主的民主思想，对后代文学也发生了深刻的影响，剧中提出的"愿普天下有情的都成了眷属"这一思想，简直成了后代青年男女争取自由爱情、幸福生活的一面旗帜。艺术方面，《西厢记》情节曲折，跌宕起伏，引人入胜。人物形象栩栩如生，如热情而不失大家闺秀风范的莺莺，志诚而有点呆头呆脑的张生，聪明而伶俐的红娘，顽固不化的相国夫人。尤其是全剧文词优美，将古典诗词用于人物心理和环境的描写与渲染，开创了"文采派"之先河，在戏曲史上影响深远。

由于《西厢记》突出的艺术成就，几百年来盛演不衰，杂剧、传奇、地方戏竞相演出。中华人民共和国成立后，戏剧家田汉、马少波等先后将它改编为京剧、昆曲，它还被译成日、英、法等国文字，在全世界赢得了声誉。而王实甫则凭借他的《西厢记》，在中国文学史尤其是戏剧史上，占据了举足轻重的地位。

此次整理《西厢记》，为使读者更加全面地了解元代这部伟大的作品，每一折之后有"注释"，每一本之后有"新评"，末附唐·元稹的《莺莺传》、宋·赵令畤的《商调蝶恋花鼓子词》、金·董解元《西厢记诸宫调》以及"《西厢记》主要版本""《西厢记》主要研究著作"和"《西厢记》名言警句"(正文中用着重号标出)。其中"《西厢记》主要版本"摘自寒声先生《〈西厢记〉古今版本目录辑要》一文(原文载《黄河文化论坛》第十二辑，山西人民出版社2005年3月版)，在此特致谢忱！

由于评注者水平所限，不当及错误之处，敬请方家指正。

评注者

2008年8月

王实甫与《西厢记》（代序）

马美信　骆玉明

戏曲小说卷

西厢记·代序

　　如果以单部作品而论,《西厢记》可以说是元杂剧中影响最大的。它以五本的宏大规模来演绎一对青年男女追求自由的爱情与婚姻的故事,不仅题材引人喜爱,而且人物能刻画得更丰满细致,情节能够表现得更曲折动人,再配以与浪漫的内容相称的秀丽优雅而又活泼的语言,自然有一种不同寻常的魅力。关于《西厢记》的作者,有王实甫作前四本、关汉卿续作第五本的说法,也有说关作王续的,现在一般的看法是五本均出于王实甫。但第五本有一折中数人对唱的情况,这明显不合元杂剧的体例,且为前四本所无,它与前四本的关系乃至出现的年代,恐怕还有进一步研究的必要。

　　王实甫,大都人,《录鬼簿》列为"前辈已死名公才人"而位于关汉卿之后,据此推断他大约与关汉卿同时或稍后。天一阁本《录鬼簿》说他名德信,其他可靠的生平资料就很少。从贾仲明对他的吊词来看,他似乎是混迹于教坊勾栏的一个风流落拓的文人,"作词章风韵美,士林中等辈伏低",在当时有很高的声望。王实甫的剧作,见于载录的有十三种。现存的除《西厢记》外,尚有《丽春堂》,写金章宗时丞相完颜乐善仕途沉浮的故事;《破窑记》,写吕蒙正始贫终富过程中与刘月娥的曲折的婚姻,成就都不大。另外,《贩茶船》和《芙蓉亭》二剧各存一折曲文。他可以说是以一部《西厢记》"天下夺魁"(贾仲明所作吊词)。

《西厢记》的剧情直接取材于金代董解元的《西厢记诸宫调》。从唐代元稹的《莺莺传》到《西厢记诸宫调》,故事的性质已经发生了根本性的改变,从前者肯定张生抛弃莺莺的"忍情"变成了后者对张生和莺莺争取自由的爱情与婚姻的赞美。而且诸宫调中的故事已经形成了很强的戏剧性,很适宜用戏剧形式来表演。但作为一部艺术作品,《西厢记诸宫调》仍有不少显得粗糙的地方。它的情节不够紧凑,有些枝节铺衍过甚;它的人物形象也时有暧昧之处,如张生忽而因为得不到莺莺痛苦得要自杀,但在见到与莺莺原有婚约的郑恒时,忽然又觉得自己同他"争一妇人,似涉非礼",这一类情节对故事的爱情主题造成一定的破坏。

王实甫的《西厢记》以《西厢记诸宫调》为基础,在一些关键的地方作了修改,从而弥补了原作的缺陷。这主要表现在:一方面删减了许多不必要的枝叶和臃肿部分,使结构更加完整,情节更加集中;另一方面,也是更重要的,是让剧中人物更明确地坚守各自的立场——老夫人在严厉监管女儿,坚决反对崔、张的自由结合,维持"相国家谱"的清白与尊贵上毫不松动,张生和莺莺在追求爱情的满足上毫不让步,他们加上红娘为一方与老夫人一方的矛盾冲突于是变得更加激烈。这样,不仅增加了剧情的紧张性和吸引力,也使得全剧的主题更为突出、人物形象更为鲜明。更加上它的优美而极富于表现力的语言,使得这一剧本成为精致的典范之作。

《西厢记》通常被评价为一部"反封建礼教"的作品,这当然不错,但同时它也有一个显著的特点,就是作者很少从观念的冲突上着笔,而是直接切入生活本身,来描绘青年男女对自由的爱情的渴望,情与欲的不可遏制和正当合理,以及青年人的生活愿望与出于势利考虑的家长意志之间的冲突。可以说,作者把反对礼教的主题充分生活化了。像一开场莺莺所唱的一段《赏花时幺篇》:

> 可正是人值残春蒲郡东,门掩重关萧寺中。花落水流红,闲愁万种,无语怨东风。

写出了生活在压抑中的女性的青春苦闷和莫名的惆怅,在这背后,则存在着她那非出于己愿的婚约的阴影。而张生初见莺莺时所唱的一段《元和令》：

> 颠不刺的见了万千，似这般可喜娘的庞儿罕曾见。只教人眼花缭乱口难言，魂灵儿飞在半天。他那里尽人调戏軃着香肩，只将花笑捻。

更是非常直率甚至是放肆地表述了男子对于美丽女性出于天然的渴望与倾慕，以及女子对这种渴慕的自然回应。这里并没有也不需要多少深刻的思想，而是在人物自然天性的基础上大胆地表现出青年男女之间一见钟情的爱悦，而引起读者或观众的共鸣。在经过一番艰难曲折之后，作者以舞台上的胜利，给仍然生活在压抑中的人们以一种心理的满足。虽然这种胜利不得不以剧中冲突双方的妥协、矛盾的消解为代价，以男主人公中进士然后完婚的陈旧的大团圆模式来完成，但毕竟是张扬了受抑制的情和欲的权利，表达了"愿普天下有情的都成了眷属"的美好愿望；从而对封建道德教条的某些方面造成有力的冲击。

《西厢记》以很高的艺术水平来展现一个美丽的爱情故事，使得它格外动人。

从剧情来说，由于《西厢记》是一部多本戏，加上关目的布置又很巧妙，写得波澜起伏，矛盾冲突环环相扣。从一开始崔、张邂逅于普救寺而彼此相慕，就陷入一种困境；而后孙飞虎兵围普救寺，张生在老夫人许婚的条件下飞书解围，似乎使这一矛盾得到解决；然而紧接着又是老夫人赖婚，再度形成困境。此后崔、张在红娘的帮助下暗相沟通，却又因莺莺的疑惧而好事多磨，使张生病卧相思床，眼见得好梦成空；忽然莺莺夜访，两人私自同居，出现爱情的高潮。此后幽情败露，老夫人发威大怒，又使剧情变得紧张；而红娘据理力争并抓住老夫人的弱点加以要挟，使得她不得不认可既成事实，矛盾似乎又得到解决。然而老夫人提出相府不招"白衣女婿"的附加条件，又迫使张生赴考，造成有情人的伤感别离。在可能是后人续作的第五本中，直到大团圆之前，还出现同莺莺原有婚约的郑恒的骗婚，再度横生枝节。这样山重水复、萦回曲折的复杂情节，是一般短篇杂剧不可能具有的。它不仅使得故事富于变化、情趣浓厚，而且经过不断的磨难，使得主人公的爱情不断得到强化和淋漓尽致的表现。

剧中主要人物张生、崔莺莺、红娘，各自都有鲜明的个性，而且彼此衬托，相映生辉；在这部多本的杂剧中，各本由不同的人物主唱，有

时一本中有几个人的唱，这也为通过剧中人物的抒情塑造形象提供了便利。

张生的性格，是轻狂兼有诚实厚道，洒脱兼有迂腐可笑。这个人物身上带有元初像关汉卿、王实甫这些落拓文人的"成色"，又反映出元代社会中市民阶层对儒生的含有同情的嘲笑。他同剧中所赋予的家世身份不尽相符，却显然是按照市民社会的趣味塑造出来的。在后代民间传说中唐伯虎一类人物形象的身上，还可以看到他的影子。张生在《西厢记》中，是矛盾的主动挑起者，表现出对于幸福的爱情的直率而强烈的追求。他的大胆妄为，反映出社会心理中被视为"邪恶"而受抑制的成分的蠢动；他的一味痴情、刻骨相思，又使他符合于浪漫的爱情故事所需要的道德观而显得可爱。

崔莺莺在元稹《莺莺传》中已具备一定的性格特点，到了董解元《西厢记诸宫调》中，她的性格有了进一步的发展，人物形象开始变得鲜明起来。但这一人物形象仍然描写得不够细致，甚至有些失于照应。如一开始她已经和张生以诗唱和，间接表达了彼此爱慕之心，但当张生进一步以情诗相赠时，却在心中骂他"淫滥如猪狗"，这虽然也可以解释，但至少在分寸上是掌握得不准确的。到了《西厢记》中，莺莺的形象得到了相当精细的刻画，她的性格显得更为明朗而又丰富。在作者笔下，莺莺始终渴望着自由的爱情，并且一直对张生抱有好感。只是她受着家庭的严厉压制和名门闺秀身份的约束，又疑惧被母亲派来监视她的红娘，所以她总是若进若退地试探获得爱情的可能，并常常在似乎是彼此矛盾的状态中行动：一会儿眉目传情，一会儿装腔作势；才寄书相约，随即赖个精光……因为她的这种性格特点，剧情变得十分复杂。但是，她终于以大胆的私情打破了疑惧和矛盾心理，显示人类的天性在抑制中反而会变得更强烈。这一形象较之在诸宫调中，显得更加可信和可爱了。而作者以赞赏的眼光看待女性对爱情的主动追求，使得这个剧本更有生气和光彩。

红娘在《西厢记》中所占笔墨的比例较《西厢记诸宫调》又有大幅度的增加，而成为全剧中一个非常重要的角色。她在剧中只是一个婢女身份，却又是剧中最活跃、最令人喜爱的人物。她机智聪明，热情泼辣，又富于同情心，常在崔、张的爱情处在困境的时候，以其特有的机警使矛盾获得解决。她代表着健康的生命，富有生气，并因此而充满自信。所以这个小小奴婢，却老是处在居高临下的地位上，无论张生的酸腐、莺莺的矫情，还是老夫人的固执蛮横，都逃不脱她的讽刺、挖苦乃至严

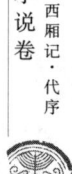

辞驳斥。她不受任何教条的约束，世上什么道理都能变成对她有利的道理。所以她的道学语汇用得最多，一会儿讲"礼"，一会儿讲"信"，周公孔孟，头头是道，却无不是为己所用。这个人物形象固然有些理想化的成分，却又有一定的现实性。在她身上反映着市井社会的人生态度，而市井人物本来受传统教条的束缚较少，他们对各种"道理"的取舍，也更多的是从实际利害上考虑的。

《西厢记》的语言是非常优美的，它把剧中的爱情故事描述得风光旖旎，情调缠绵，声口灵动，彼此相得益彰。剧中的宾白，基本上都是鲜活的口语，能够传达各个人物的性格和生动的神态。如老夫人赖婚的一节：

老夫人　小姐近前，拜了哥哥者！

张　生　（背云）呀，声息不好了也！

莺　莺　呀，俺娘变了卦也！

红　娘　这相思又索害也！

很简单的几句话，分别显出老夫人的虚伪、张生的惊恐、莺莺的意外、红娘的同情，戏剧效果很强。而剧中的曲词，则和关汉卿杂剧以本色为主、朴素流畅不同，它明显地偏向于华美，形成一种诗剧的风格。当然，这里面也有不少近于本色的段落，但一般也写得比较精巧；更有许多曲词，广泛融入唐诗、宋词的语汇、意象，运用骈偶句式，以高度的语言技巧造成浓郁的抒情气氛。像"长亭送别"一折中莺莺的两段唱词：

碧云天，黄花地，西风紧，北雁南飞。晓来谁染霜林醉？总是离人泪。（《端正好》）

见安排着车儿、马儿，不由人熬熬煎煎的气；有甚么心情花儿、靥儿，打扮得娇娇滴滴的媚；准备着被儿、枕着，只索昏昏沉沉的睡；从今后衫儿、袖儿，都揾做重重叠叠的泪。兀的不闷杀人也么哥，兀的不闷杀人也么哥！久已后书儿、信儿，索与我恓恓惶惶的寄。（《叨叨令》）

第一支曲化用范仲淹《苏幕遮》词，既写秋天之景，又写离人之情，情景交融，臻于化境，遂成千古绝唱。第二支曲用经过锤炼的口语，一泻无余地倾诉了别离的愁闷。相同句式的排比，既加强了语言的节奏感，又增添了浓重的感情色彩。

《莺莺传》《西厢记诸宫调》《西厢记》杂剧这三部叙述同一故事的作品，展示了以爱情为主题的文学创作的不断发展。而《西厢记》杂剧的艺术成就尤为杰出，它在相当长的年代中持续地影响了后代的文学进步乃至人们的生活观念。通过《红楼梦》的有关情节，可以看到《西厢记》已经成了古代的一部爱情经典。

　　马美信，复旦大学教授。骆玉明，复旦大学教授。以上"代序"选自章培垣、骆玉明主编《中国文学史》第六编"元代文学"第一章第三节，题目为编者所拟。

《西厢记》的剧情梗概是：秀才张君瑞上京应试，路过河中府（今山西永济）普救寺，偶遇寄居于寺中的前相国小姐崔莺莺，二人一见钟情，于是冲破礼教的束缚，月夜吟诗，弹琴达意。不料正在此时，贼将孙飞虎率兵包围普救寺，要抢掠崔莺莺做压寨夫人。相国夫人被逼无奈，只好当众许诺：谁能退却贼兵，就将莺莺嫁给谁。张君瑞向好友白马将军杜确求救，围兵被解。可是事件平定之后，相国夫人却悔婚，让崔、张二人以兄妹称呼。崔、张又陷入无限痛苦之中。莺莺的丫环红娘出于义愤，帮他二人传递书简，崔、张终于冲破种种樊篱，私自结合。在事实面前，相国夫人被迫允婚，可又以"三辈儿不招白衣女婿"为由，逼迫张君瑞上京赴试。张君瑞不负众望，状元得第，衣锦归来，与崔莺莺有情人终成眷属。

剧中主要人物（括注者为剧中角色名）：

崔莺莺(正旦)：故崔相国之女，19岁，借居普救寺中，与张君瑞一见钟情，历经磨难，结为夫妇。

张君瑞(正末)：姓张名珙，字君瑞，23岁，上朝取应途中路过普救寺，为崔莺莺的美貌打动，与崔一见钟情。衣锦还乡之后，终与心爱的人永结同心。

红娘(旦俫)：崔莺莺的贴身丫环，是崔、张爱情的极力撮合者。

老夫人(外)：姓郑，故崔相国之夫人，崔莺莺之母。

法本(净)：普救寺中长老。

法聪：普救寺法本长老座下弟子。

孙飞虎：叛将。曾围普救寺，意欲掳崔莺莺为妻，后被白马将军杜确打败。

惠明：普救寺中莽撞的和尚，勇猛无比。孙飞虎围住普救寺后，他去给杜确送信，请来救兵。

杜确：字君实，张君瑞的好友，官拜征西大将军，镇守蒲关。应张君瑞之请，发兵解救普救寺之围，后为崔、张二人证婚。

郑恒(净)：相国夫人之侄。先与莺莺有婚约，后企图破坏崔、张爱情，不果。

目录

戏曲小说卷
西厢记·目录

前言 / 001

王实甫与《西厢记》(代序)

    （马美信 骆玉明）/ 001

剧情梗概及主要人物 / 001

第一本　张君瑞闹道场杂剧

  楔　子 /001

  第一折 /002

  第二折 /005

  第三折 /010

  第四折 /013

第二本　崔莺莺夜听琴杂剧

  第一折 /017

  楔　子 /020

  第二折 /024

  第三折 /026

  第四折 /030

第三本　张君瑞害相思杂剧

  楔　子 /033

  第一折 /033

  第二折 /036

第三折 /039

第四折 /042

第四本　草桥店梦莺莺杂剧

楔　子 /046

第一折 /046

第二折 /049

第三折 /052

第四折 /054

第五本　张君瑞庆团圞杂剧

楔　子 /058

第一折 /058

第二折 /061

第三折 /063

第四折 /066

附录

莺莺传 /071

商调蝶恋花鼓子词 /076

西厢记诸宫调 /080

《西厢记》主要版本 /144

《西厢记》主要研究著作 /152

《西厢记》名言警句 /152

第一本　张君瑞闹道场杂剧

楔　子[1]

（外扮老夫人上开[2]）老身姓郑，夫主姓崔，官拜前朝相国，不幸因病告殂[3]。只生得个小姐，小字莺莺，年一十九岁，针黹女工[4]，诗词书算，无不能者。老相公在日，曾许下老身之侄——乃郑尚书之长子郑恒——为妻。因俺孩儿父丧未满，未得成合。又有个小妮子，是自幼伏侍孩儿的，唤做红娘。一个小厮儿，唤做欢郎。先夫弃世之后，老身与女孩儿扶柩至博陵安葬[5]；因路途有阻，不能得去。来到河中府，将这灵柩寄在普救寺内。这寺是先夫相国修造的，是则天娘娘香火院，况兼法本长老又是俺相公剃度的和尚，因此俺就这西厢下一座宅子安下，一壁写书附京师去[6]，唤郑恒来相扶回博陵去。我想先夫在日，食前方丈[7]，从者数百；今日至亲只这三四口儿，好生伤感人也呵！

【仙吕·赏花时】夫主京师禄命终，子母孤孀途路穷；因此上旅榇在梵王宫[8]。盼不到博陵旧冢，血泪洒杜鹃红。

今日暮春天气，好生困人，不免唤红娘出来分付他。红娘何在？（旦俫扮红见科[9]）（夫人云）你看佛殿上没人烧香呵，和小姐闲散心耍一回去来。（红云）谨依严命。（夫人下）（红云）小姐有请。（正旦扮莺莺上[10]）（红云）夫人着俺和姐姐佛殿上闲耍一回去来。（旦唱）

【幺篇】可正是人值残春蒲郡东，门掩重关萧寺中；花落水流红，闲愁万种，无语怨东风。（并下）

[1]楔(xiē)子：插在木器的榫(sǔn)子缝里的小木片，以增强牢固性。古代戏曲、小说借用这个名称，指加在第一折前面或插在两折之间的片段，起介绍人物、剧情或密切前后折剧情的作用。

[2]外：元杂剧角色名，一般扮演年长的次要人物。开：戏剧开场时角色的道白或念诗。

[3]告殂(cú)：去世。

[4]针黹(zhǐ)女工：指女子所从事的纺织、刺绣、缝纫等。

[5]扶柩：搀扶、护送已盛尸的棺材。

[6]一壁：一面。　京师：首都的旧称。

[7]食前方丈：指菜肴摆满桌，丰盛奢华。

[8]榇(chèn)：棺材。　梵王宫：寺院。

[9]旦俫：元杂剧角色名，通常扮演小姑娘。　科："科泛"的简称。剧本中关于动作、表情等的舞台提示。

第一折

（正末扮骑马引侠人上开[1]）小生姓张，名珙，字君瑞，本贯西洛人也[2]。先人拜礼部尚书，不幸五旬之上，因病身亡。后一年丧母。小生书剑飘零[3]，功名未遂，游于四方。即今贞元十七年二月上旬，唐德宗即位，欲往上朝取应。路经河中府，过蒲关上，有一故人，姓杜名确，字君实，与小生同郡同学，当初为八拜之交。后弃文就武，遂得武举状元，官拜征西大元帅，统领十万大军，镇守着蒲关。小生就望哥哥一遭，却往京师求进。暗想小生萤窗雪案[4]，刮垢磨光[5]，学成满腹文章，尚在湖海飘零，何日得遂大志也呵！万金宝剑藏秋水，满马春愁压绣鞍[6]。

【仙吕·点绛唇】游艺中原，脚根无线、如蓬转。望眼连天，日近长安远。

【混江龙】向诗书经传，蠹鱼似不出费钻研[7]。将棘围守暖[8]，把铁砚磨穿。投至得云路鹏程九万里，先受了雪窗萤火二十年。才高难入俗人机，时乖不遂男儿愿。空雕虫篆刻[9]，缀断简残编[10]。

行路之间，早到蒲津。这黄河有九曲，此正古河内之地，你看好形势也呵！

【油葫芦】九曲风涛何处显，只除是此地偏。这河带齐梁，分秦晋，隘幽燕。雪浪拍长空，天际秋云卷；竹索缆浮桥，水上苍龙偃[11]。东西溃九州，南北串百川。归舟紧不紧如何见？恰便似弩箭乍离弦[12]。

【天下乐】只疑是银河落九天；渊泉、云外悬，入东洋不离此径穿。滋洛阳千种花，润梁园万顷田，也曾泛浮槎到日月边[13]。

话说间早到城中。这里一座店儿，琴童接下马者！店小二哥那里？（小二上，云）自家是这状元店里小二哥。官人要下呵，俺这里有干净店房。（末云）头房里下，先撒和那马者[14]！小二哥，你来，我问你：这里有甚么闲散心处？名山胜境，福地宝坊皆可[15]。（小二云）俺这里有一座寺，名曰普救寺，是则天皇后香火院，盖造非俗：琉璃殿相近青霄，舍利塔直侵云汉。南来北往，三教九流，过者无不瞻仰；只除那里可以君子游玩。（末云）琴童料持下晌午饭[16]！俺到那里走一遭便回来也。（童云）安排下饭，撒和了马，等哥哥回家。（下）（法聪上）小僧法聪，是这普救寺法本长老座下弟子。今日师父赴斋去了，着我在寺中，但有探长老的，便记着，待师父回来报知。山门下立地，看有甚么人来。（末上，云）却早来到也[17]。（见聪了，聪问云）客官从何来？（末云）小生西洛至此，闻上刹幽雅清爽，一来瞻仰佛像，二来拜谒长老。敢问长老在么？(聪云)俺师父不在寺中，贫僧弟子法聪的便是，请先生方丈拜茶。(末云)既然长老不在呵，不必吃茶，敢烦和尚相引，瞻仰一遭，幸甚！(聪云)小僧取钥匙，开了佛殿、钟楼、塔院、罗汉堂、香积厨，盘桓一会，师父敢待回来[18]。(做看科)(末云)是盖造得好也呵！

【村里迓鼓】随喜了上方佛殿[19]，早来到下方僧院。行过厨房近西，法堂北，钟楼前面。游了洞房，登了宝塔，将回廊绕遍。数了罗汉，参了菩萨，拜了圣贤。(莺莺引红娘拈花枝上，云)红娘，俺去佛殿上耍去来。(末做见科)呀！正撞着五百年前风流业冤。

【元和令】颠不刺的见了万千[20]，似这般可喜娘的庞儿罕曾见[18]。只教人眼花缭乱口难言，魂灵儿飞在半天。他那里尽人调戏亸着香肩[21]，只将花笑捻。

【上马娇】这的是兜率宫[22]，休猜做了离恨天[23]。呀，谁想着寺里遇神仙！我见他宜嗔宜喜春风面，偏宜贴翠花钿[24]。

【胜葫芦】只见他宫样眉儿新月偃[25]，斜侵入鬓云边。(旦云)红娘，你觑：寂寂僧房人不到，满阶苔衬落花红。(末云)我死也！未语人前先腼腆，樱桃红绽[26]，玉粳白露[27]，半响恰方言。

【幺篇】恰便似呖呖莺声花外啭，行一步可人怜。解舞腰肢娇又软，千般袅娜，万般旖旎，似垂柳晚风前。

(红云)那壁有人，咱家去来。(旦回顾觑末下)(末云)和尚，恰怎么观音现来？(聪云)休胡说，这是河中开府崔相国的小姐。(末云)世间有这等女子，岂非天姿国色乎？休说那模样儿，只那一对小脚儿，价值百镒之余[28]。(聪云)偌远地[29]，他在那壁，你在这壁，系着长裙儿，你便怎知他脚儿小？(末云)法聪，来，来，来，你问我怎便知，你觑：

【后庭花】若不是衬残红芳径软，怎显得步香尘底样儿浅。且休题眼角儿留情处，只这脚踪儿将心事传。慢俄延，投至到栊门儿前面，刚那了一步远[30]。刚刚的打个照面[31]，风魔了张解元[32]。似神仙归洞天，空余下杨柳烟，只闻得鸟雀喧。

【柳叶儿】呀，门掩着梨花深院，粉墙儿高似青天。恨天，天不与人行方便，好着我难消遣，端的是怎留连。小姐呵，只被你兀的不引了人意马心猿[33]？

(聪云)休惹事，河中开府的小姐去远了也。(末唱)

003

【寄生草】兰麝香仍在，佩环声渐远。东风摇曳垂杨线，游丝牵惹桃花片，珠帘掩映芙蓉面。你道是河中开府相公家，我道是南海水月观音现。

"十年不识君王面，始信婵娟解误人。"小生便不往京师去应举也罢。（觑聪云）敢烦和尚对长老说知，有僧房借半间，早晚温习经史，胜如旅邸内冗杂；房金依例拜纳，小生明日自来也。

【赚煞】饿眼望将穿，馋口涎空咽，空着我透骨髓相思病染，怎当他临去秋波那一转！休道是小生，便是铁石人也意惹情牵。近庭轩，花柳争妍，日午当庭塔影圆。春光在眼前，争奈玉人不见，将一座梵王宫疑是武陵源。（并下）

[1]正末：元杂剧角色名，扮演男主角。　俫人：元杂剧中对人的泛称，此处指张生的琴童。

[2]本贯：籍贯。

[3]书剑：书和剑是古代文人随身携带的物品，因而常用以指文人生涯。飘零：漂泊。

[4]萤窗雪案：晋代车胤因家贫买不起灯油，夏天将萤火虫装在白袋子中借光读书，后用萤窗代指书室。又晋代孙康因家贫，常映雪读书。这两个故事便成为苦读的典故。

[5]刮垢磨光：刮去污垢，磨出光亮，喻仔细钻研，精益求精。

[6]"万金"句：比喻壮志未酬，心情抑郁。

[7]蠹鱼：又叫"衣鱼"，蛀蚀书籍衣物等的小虫。

[8]棘围：科举时代试院的别称。

[9]雕虫篆刻：比喻小技、小道。

[10]断简残编：残缺不全的书籍。

[11]偃：仰卧。

[12]弩箭乍离弦：极言快捷。

[13]泛浮槎（chá）：传说汉武帝曾令张骞穷河源，张骞泛槎经月而去，到了牛星和斗星。

[14]撒和：撒草料喂饲驴马。　者：语尾助词，无意义。

[15]福地：安乐之地。　宝坊：寺院的美称。

[16]料持：准备。　晌午：中午。

[17]却早：早已经。

[18]敢待：大概要。

[19]随喜：佛家因行善布施可生欢喜心，故称随人为善为随喜。后来游览佛殿也叫随喜。

[20]颠：风流。　不剌：语尾助词。

[21]挥（duǒ）：下垂。

[22]兜率：佛教用语，是欲界六天中的第四天。谓受乐知足而生喜足心也。

[23]离恨天：传说中天的最高处，比喻男女间离愁别恨广漠无际。

[24]翠花钿：妇女的头饰。

［25］宫样眉儿：时髦、好看的眉毛。

［26］樱桃红绽：形容开口说话。

［27］玉粳白露：形容牙齿洁白。

［28］镒(yì)：古代重量单位，二十两或二十四两。

［29］偌远地：那么远。

［30］那：同"挪"。

［31］打个照面：迎面相遇。

［32］风魔：着魔。　解(jiè)元：唐代凡举进士者皆由地方解送入试，因称乡试第一名为解元。金元时则泛称读书人为解元。这里的张解元为张生自称。

［33］兀的不：岂不，怎不。

第二折

（夫人上，白）前日长老将钱去与老相公做好事，不见来回话。道与红娘，传着我的言语去问长老：几时好与老相公做好事？就着他办下东西的当了，来回我话者。（下）（净扮洁上[1]）老僧法本，在这普救寺内做长老。此寺是则天皇后盖造的，后来崩损，又是崔相国重修的。见今崔老夫人领着家眷扶柩回博陵，因路阻暂寓本寺西厢之下，待路通回博陵迁葬。老夫人处事温俭，治家有方，是是非非，人莫敢犯。夜来老僧赴斋[2]，不知曾有人来望老僧否？（唤聪问科）（聪云）夜来有一秀才自西洛而来，特谒我师，不遇而返。（洁云）山门外觑着，若再来时，报我知道。（末上）昨日见了那小姐，倒有顾盼小生之意[3]。今日去问长老借一间僧房，早晚温习经史；倘遇那小姐出来，必当饱看一会。

【中吕·粉蝶儿】不做周方[4]，埋怨杀你个法聪和尚！借与我半间儿客舍僧房，与我那可憎才居止处门儿相向[5]。虽不能够窃玉偷香[6]，且将这盼行云眼睛儿打当。

【醉春风】往常时见傅粉的委实羞，画眉的敢是谎；今日多情人一见了有情娘，着小生心儿里早痒、痒。迤逗得肠荒，断送得眼乱[7]，引惹得心忙。

（末见聪科）（聪云）师父正望先生来哩，只此少待，小僧通报去。（洁出见末科）（末云）是好一个和尚呵！

【迎仙客】我只见他头似雪，鬓如霜。面如童，少年得内养[8]。貌堂堂，声朗朗，头直上只少个圆光，却便似捏塑来的僧伽像[9]。

（洁云）请先生方丈内相见。夜来老僧不在，有失迎迓，望先生恕罪！（末云）小生久闻老和尚清誉，欲来座下听讲，何期昨日不得相遇。今能一见，是小生三生有幸矣。(洁云)先生世家何郡？敢问上姓大名，因甚至此？(末云)小生姓张，名珙，字君瑞。

【石榴花】大师一一问行藏[10]，小生仔细诉衷肠，自来西洛是吾乡，宦游在四方，寄居咸阳。先人拜礼部尚书多名望，五旬上因病身亡。(洁云)老相公弃世，必有所遗。(末唱)平生正直无偏向，止留下四海一空囊。

【斗鹌鹑】俺先人甚的是浑俗和光[11]，真一味风清月朗。(洁云)先生此一行必上朝取应去。(末唱)小生无意求官，有心待听讲。小生特谒长老，奈路途奔驰，无以相馈。量着穷秀才人情只是纸半张，又没甚七青八黄[12]，尽着你说短论长，一任待掂斤播两。

径禀：有白银一两，与常住公用，略表寸心，望笑留是幸！(洁云)先生客中，何故如此？(末云)物鲜不足辞，但充讲下一茶耳[13]。

【上小楼】小生特来见访，大师何须谦让。(洁云)老僧决不敢受。(末唱)这钱也难买柴薪，不够斋粮，且备茶汤。(觑聪云)这一两银未为厚礼。你若有主张，对艳妆，将言词说上，我将你众和尚死生难忘。

(洁云)先生必有所请。(末云)小生不揣有恳，因恶旅邸冗杂，早晚难以温习经史，欲假一室[14]，晨昏听讲。房金按月任意多少。(洁云)敝寺颇有数间，任先生拣选。(末唱)

【幺篇】也不要香积厨，枯木堂。远着南轩，离着东墙，靠着西厢。近主廊，过耳房，都皆停当[15]。

(洁云)便不呵，就与老僧同处何如？(末笑云)要恁怎[16]。你是必休题着长老方丈[17]。

(红上，云)老夫人着俺问长老：几时好与老相公做好事？看得停当回话。须索走一遭去来[18]。(见洁科)长老万福！夫人使侍接来问：几时好与老相公做好事？着看得停当了回话。(末背云)好个女子也呵！

【脱布衫】大人家举止端详，全没那半点儿轻狂。大师行深深拜了[19]，启朱唇语言得当。

【小梁州】可喜娘的庞儿浅淡妆，穿一套缟素衣裳[20]；胡伶渌老不寻常[21]，偷晴望，眼挫里抹张郎[22]。

【幺篇】若共他多情的小姐同鸳帐，怎舍得他叠被铺床。我将小姐央，夫人央，他不令许放，我亲自写与从良[23]。

(洁云)二月十五日，可与老相公做好事。(红云)妾与长老同去佛殿看了，却回夫人话。(洁云)先生请少坐，老僧同小娘子看一遭便来。(末云)何故却小生？便同行一遭，又且何如？（洁云）便同行。（末云）着小娘子先行，俺近后些。（洁云）一个有道理的秀才。（末云）小生有一句话说，敢道么？（洁云）便道不妨。（末唱）

【快活三】崔家女艳妆，莫不是演撒你个老洁郎[24]？（洁云）俺出家人那有此事？（末唱）既不沙[25]，却怎睃趁着你头上放毫光[26]，打扮的特来晃[27]。

（洁云）先生是何言语！早是那小娘子不听得哩，若知呵，是甚意思！（红上佛殿科）（末唱）

【朝天子】过得主廊，引入洞房，好事从天降。我与你看着门儿，你进去。（洁怒云）先生，此非先王之法言[28]，岂不得罪于圣人之门乎？老僧偌大年纪，焉肯作此等之态？（末唱）好模好样太莽撞，没则罗便罢，烦恼怎么那唐三藏[29]？怪不得小生疑你，偌大一个宅堂，可怎生别没个儿郎，使得梅香来说勾当[30]。（洁云）老夫人治家严肃，内外并无一个男子出入。（末背云）这秃厮巧说。你在我行、口强，硬抵着头皮撞。

（洁对红云）这斋供道场都完备了，十五日请夫人小姐拈香[31]。（末向云）何故？（洁云）这是崔相国小姐至孝，为报父母之恩。又是老相公禫日[32]，就脱孝服，所以做好事。（末哭科云）"哀哀父母，生我劬劳，欲报深恩，昊天罔极[33]。"小姐是一女子，尚然有报父母之心；小生湖海飘零数年，自父母下世之后，并不曾有一陌纸钱相报[34]。望和尚慈悲为本，小生亦备钱五千，怎生带得一分儿斋，追荐俺父母咱[35]！便夫人知也不妨，以尽人子之心。（洁云）法聪与这先生带一分者。（末背问聪云）那小姐明日来么？（聪云）他父母的勾当，如何不来。（末背云）这五千钱使得有些下落者。

【四边静】人间天上，看莺莺强如做道场。软玉温香，休道是相亲傍；若能够汤他一汤[36]，倒与人消灾障。

（洁云）都到方丈吃茶。（做到科）（末云）小生更衣咱[37]。（末出科云）那小娘子已定出来也，我只在这里等待问他咱。（红辞洁云）我不吃茶了，恐夫人怪来迟，去回话也。（红出科）（末迎红娘祗揖科[38]）小娘子拜揖！（红云）先生万福！（末云）小娘子莫非莺莺小姐的侍妾么？（红云）我便是，何劳先生动问？（末云）小生姓张，名珙，字君瑞，本贯西洛人也，年方二十三岁，正月十七日子时建生，并不曾娶妻……（红云）谁问你来？（末云）敢问小姐常出来么？（红怒云）先生是读书君子，孟子曰："男女授受不亲，礼也[39]。"君子"瓜田不纳履，李下不整冠[40]"。道不得个"非礼忽视[41]，非礼勿听，非礼勿言，非礼勿动。"俺夫人治家严肃，有冰霜之操[42]。内无应门五尺之童，年至十二三者，非呼召不敢辄入中堂。向日莺莺潜出闺房，夫人窥之，召立莺莺于庭下，责之曰："汝为女子，不告而出闺门，倘遇游客小僧私视，岂不自耻。"莺立谢而言曰："今当改过从新，毋敢再犯。"是他亲女，尚然如此，何况以下侍妾乎？先生习先王之道，尊周公之礼，不干己事，何故用心？早是妾身，可以容恕，若夫人知其事呵，决无干休[43]。今后得问的问[44]，不得问的休胡说！（下）

（末云）这相思索是害也[45]！

【哨遍】听说罢心怀悒快[46]，把一天愁都撮在眉尖上。说："夫人节操凛冰霜，不召呼，谁敢辄入中堂？"自思想，比及你心儿里畏惧老母亲威严，小姐呵，你不合临去也回头儿望。待扬下教人怎扬[47]？赤紧的情沾了肺腑[48]，意惹了肝肠。若今生难得有情人，是前世烧了断头香。我得时节手掌儿里奇擎[49]，心坎儿里温存，眼皮儿上供养。

【耍孩儿】当初那巫山远隔如天样[50]，听说罢又在巫山那厢。业身躯虽是立在回廊[51]，魂灵儿已在他行。本待要安排心事传幽客，我只怕漏泄春光与乃堂[52]。夫人怕女孩儿春心荡，怪黄莺儿作对，怨粉蝶儿成双。

【五煞】小姐年纪小，性气刚。张郎倘得相亲傍，乍相逢厌见何郎粉[53]，看邂逅偷将韩寿香[54]。才到得风流况，成就了会温存的娇婿，怕甚么能拘束的亲娘。

【四煞】夫人太虑过，小生空妄想，郎才女貌合相仿。休直待眉儿浅淡思张敞[55]，春色飘零忆阮郎[56]。非是咱自夸奖：他有德言工貌[57]，小生有恭俭温良[58]。

【三煞】想着他眉儿浅浅描，脸儿淡淡妆，粉香腻玉搓咽项。翠裙鸳绣金莲小[59]，红袖鸾销玉笋长[60]。不想呵其实强：你撇下半天风韵，我拾得万种思量[61]。

却忘了辞长老。（见洁科）小生敢问长老，房舍如何？（洁云）塔院侧边西厢一间房，甚是潇洒[62]，正可先生安下。现收拾下了，随先生早晚来。（末云）小生便回店中搬去。（洁云）吃斋了去。（末云）老僧收拾下斋，小生取行李便来。（洁云）既然如此，老僧准备下斋，先生是必便来。（下）（末云）若在店中，人闹到好逍遣；搬在寺中静处，怎么捱这凄凉也呵。

【二煞】院宇深，枕簟凉[63]，一灯孤影摇书幌。纵然酬得今生志，着甚文吾此夜长[64]。睡不着如翻掌，少可有一万声长吁短叹[65]，五千遍捣枕捶床。

【尾】娇羞花解语，温柔玉有香，我和他乍相逢记不真娇模样，我只索手抵着牙儿慢慢的想。（下）

[1]净：元杂剧角色名，一般扮演性格、品质或相貌上有特异处的男性人物。　洁：又作"洁郎"，即和尚。

[2]夜来：昨天。

[3]顾盼：看顾、眷恋。

[4]周方：周全方便。

[5]可憎才：犹言可爱的。

[6]窃玉偷香：指男女间偷情。

[7]断送：逗引。

[8]内养：内在修养。

[9]僧伽：僧人，和尚。

[10]行藏：指出处、行止。

[11]甚的：甚么。

[12]七青八黄：指钱财。明曹昭《格古要论》六《金》："其色七青八黄，九紫十赤，以赤为足色金也。"

[13]一茶："一杯茶钱"之略语。

[14]假：借。

[15]停当：妥当。

[16]恁(nèn)：如此，这样。

[17]长老：年德俱高的僧人。　方丈：佛寺中长老及住持说法的地方。

[18]须索：须要。

[19]大师行(háng)：大师处，大师那里。

[20]缟素：白色。

[21]胡伶渌老：伶俐机警。

[22]眼挫：眼角。

[23]从良：本指妓女脱籍嫁人，这里是指解放奴婢红娘。

[24]演撒："有"的市语。特指男女间勾搭。

[25]沙：同"呵"，"是呵"二字之合音。

[26]睃趁：发现，观察到。

[27]晃：形容光彩照人。

[28]法言：儒家所谓合乎礼法的言论。

[29]唐三藏：本为唐代高僧，这里借指法本。

[30]梅香：旧曲文中使女的泛称，此处是指红娘。　勾当：事情。

[31]拈香：焚香拜佛。

[32]禫(dàn)日：丧家除孝服举行祭礼之日。

[33]"哀哀父母"四句：出自《诗经·小雅·蓼莪》，意思是父母养育我的思情，比天还高。"欲报深恩"，原诗为"欲报之德"。

[34]一陌：一沓一百张的纸。

[35]追荐：诵经拜忏以超度死者。　咱：语尾助词。

[36]汤(dàng)：同"荡"，接触。

[37]更衣：换衣，也用作上厕所之托词。

[38]祗揖：作揖。

[39]男女授受不亲：男女之间不得亲自授与受。

[40]瓜田不纳履，李下不整冠：路过瓜田不弯腰提鞋子，路过李树下不举手整理帽子，以免有偷瓜偷李子之嫌疑。

[41]道不得：常言道。

[42]冰霜之操：操守清纯洁白。

[43]干休：作罢。

[44]得问的：该问的。

[45]索是：真是。

[46]恓惶：心中忧郁不乐。

[47]待：打算。

[48]赤紧：无奈。

[49]时节：时候。

[50]巫山：楚宋玉《高唐赋》记楚襄王游云梦台馆，望高唐宫观，言先王(怀王)于梦中与巫山神女相会。神女临别时说："妾在巫山之阳，高丘之阻。旦为朝云，暮为行雨。朝朝暮暮，阳台之下。"后世便称男女幽会为巫山、云雨等。

[51]业：这里作詈骂语。

[52]乃堂：指莺莺的母亲老夫人。

[53]何郎粉：《世说新语·容止》："何平叔(晏)美姿仪，面至白，魏明帝疑其傅粉。"刘孝标注引《魏略》曰："晏性自喜，动静粉帛不去手，行步顾影。"

[54]韩寿香：晋贾充女以充所得西域奇香私赠给情人韩寿，私结姻缘。

[55]眉儿浅淡思张敞：用"张敞画眉"之典。《汉书·张敞传》载，张敞为妻子画眉，十分妩媚。

[56]春色飘零忆阮郎：用"刘阮遇仙"典故。阮肇与刘晨入天台山，遇仙女，结良缘。后因称情人为"阮郎"。

[57]德言工貌：德行、言词、女工、面貌等属于女子的品行。

[58]恭俭温良：恭顺、勤俭、温和、善良等属于男子的品行。

[59]金莲：女性的脚。

[60]玉笋：女子的手指。

[61]万种思量：极言张生对莺莺一见钟情后的怀想。

[62]潇洒：静僻，凄清。

[63]簟(diàn)：竹席。

[64]着甚：用什么。　　支吾：搪塞，支撑。

[65]少可有：至少也有。

第三折

(正旦上，云)老夫人着红娘问长老去了，这小贱人不来我行回话[1]。(红上，云)回夫人话了，去回小姐话去。(旦云)使你问长老：几时做好事？(红云)恰回夫人话也,正待回姐姐话:二月十五日,请夫人姐姐拈香。(红笑云)姐姐,你不知,我对你说一件好笑的勾当。咱前日寺里见的那秀才,今日也在方丈里。他先出门儿外等着红娘,深深唱个喏道:"小生姓张,名珙,字君瑞,本贯西洛人也,年二十三岁,正月十七日子时建生,并不曾娶妻。"姐姐,却是谁问他来?他又问:"那壁小娘子莫非莺莺小姐的侍妾乎?小姐常出来么?"被红娘抢白了一顿呵回来了。姐姐,我不知他想甚么哩,世上有这等傻角[2]!(旦笑云)红娘,休对夫人说。天色晚也,安排香案,咱花园内烧香去来。(下)(末上,云)搬至寺中,正近西厢居址。我问和尚每来,小姐每夜花园内烧香[3]。这个花园和俺寺中合着。比及小姐出来,我先在太湖石畔墙角儿边等待,饱看一会。两廊僧众都睡着了。夜深人静,月朗风清,是好天气也呵!正是"闲寻方丈高僧语,闷对西厢皓月吟"。

【越调·斗鹌鹑】玉宇无尘,银河泻影;月色横空,花阴满庭;罗袂生寒,芳心自警。侧着耳朵儿听,蹑着脚步儿行:悄悄冥冥,潜潜等等。

【紫花儿序】等待那齐齐整整,袅袅婷婷,姐姐莺莺。一更之后,万籁无声,直至莺庭。若是回廊下没揣的见俺可憎[4],将他来紧紧的搂定;只问你那会少离多,有影无形。

(旦引红娘上,云)开了角门儿,将香桌出来者。(末唱)

【金蕉叶】猛听得角门儿呀的一声,风过处衣香细生。蹑着脚尖儿仔细定睛,比我那初见时庞儿越整。

(旦云)红娘,移香桌儿近太湖石畔放者!(末做看科,云)料想春娇厌拘束,等闲飞出广寒宫。看他容分一捻[5],体露半襟,敛香袖以无言,垂罗裙而不语。似湘陵妃子[6],斜倚舜庙朱扉;如玉殿嫦娥,微现蟾宫素影[6]。是好女子也呵!

【调笑令】我这里甫能、见娉婷[7],比着那月殿嫦娥也不恁般撑[8]。遮遮掩掩穿芳径,料应来小脚儿难行。可喜娘的脸儿百媚生,兀的不引了人魂灵!

(旦云)取香来!(末云)听小姐祝告甚么?(旦云)此一炷香,愿化去先人,早生天界!此一炷香,愿堂中老母,身安无事!此一炷香……(做不语科)(红云)姐姐不祝这一炷香,我替姐姐祝告:愿俺姐姐早寻一个姐夫,拖带红娘咱[9]!(旦再拜云)心中无限伤心事,尽在深深两拜中。(长吁科)(末云)小姐倚栏长叹,似有动情之意。

【小桃红】夜深香霭散空庭,帘幕东风静。拜罢也斜将曲栏凭,长吁了两三声。剔团圞明月如悬镜[10]。又不是轻云薄雾,都只是香烟人气,两般儿氤氲得不分明[11]。

　　我虽不及司马相如，我只看小姐颇有文君之意[12]。我且高吟一绝，看他则甚："月色溶溶夜，花阴寂寂春；如何临皓魄，不见月中人？"(旦云)有人墙角吟诗。(红云)这声音便是那二十三岁不曾娶妻的那傻角。(旦云)好清新之诗，我依韵做一首。(红云)你两个是好做一首。(旦念诗云)"兰闺久寂寞，无事度芳春；料得行吟者，应怜长叹人。"(末云)好应酬得快也呵！

【秃厮儿】早是那脸儿上扑堆着可憎[13]，那堪那心儿里埋没着聪明[14]。他把那新诗和得忒应声，一字字，诉衷情，堪听。

【圣药王】那语句清，音律轻，小名儿不枉了唤做莺莺。他若是共小生、厮觑定[15]，隔墙儿酬和到天明。方信道"惺惺的自古惜惺惺"。

　　我撞出去，看他说甚么。

【麻郎儿】我揪起罗衫欲行，(旦做见科)他陪着笑脸儿相迎。不做美的红娘忒浅情[16]，便做道"谨依来命"……

　　(红云)姐姐，有人，咱家去来，怕夫人嗔着[17]。(莺回顾下)(末唱)

【幺篇】我忽听、一声、猛惊。元来是扑剌剌宿鸟飞腾[18]，颤巍巍花梢弄影，乱纷纷落红满径。

　　小姐，你去了呵，那里发付小生！

【络丝娘】空撇下碧澄澄苍苔露冷，明皎皎花筛月影。白日凄凉枉耽病，今夜把相思再整。

【东原乐】帘垂下，户已扃，却才个悄悄相问[19]，他那里低低应。月朗风清恰二更，厮侯幸[20]：他无缘，小生薄命。

【绵搭絮】恰寻归路，伫立空庭，竹梢风摆，斗柄云横。呀！今夜凄凉有四星，他不瞅人待怎生！虽然是眼角儿传情，咱两个口不言心自省[21]。

　　今夜甚睡到得我眼里呵！

【拙鲁速】对着盏碧荧荧短檠灯[22]，倚着扇冷清清旧帏屏。灯儿又不明，梦儿又不成；窗儿外淅零零的风儿透疏棂[23]，忒楞楞的纸条儿鸣[24]；枕头儿上孤另[25]，被窝儿里寂静。你便是铁石人，铁石人也动情。

【幺篇】怨不能，恨不成，坐不安，睡不宁。有一日柳遮花映，雾帐云屏，夜阑人静，海誓山盟，恁时节风流嘉庆[26]，锦片也似前程，美满恩情，咱两个画堂春自生。

【尾】一天好事从今定，一首诗分明照证：再不向青琐闼梦儿中寻[27]，只去那碧桃花树儿下等。(下)

[1]我行(háng)：我这里。

[2]傻角：傻瓜。

[3]和尚每：和尚们。

[4]没揣的：突然。 可憎：可爱之人。

[5]一捻：一把，量词，形容莺莺体态娇小轻盈。

[6]湘陵妃子：舜二妃娥皇和女英，传说二女死后成为湘水之神。

[7]甫能：才能。

[8]撑：漂亮。

[9]拖带：提携。

[10]剔团圞(luán)：圆圆的。

[11]氤氲(yīn yūn)：云烟弥漫貌。

[12]司马相如：汉代文人。他游历至卓王孙家，以琴心挑动卓王孙寡女卓文君，卓文君随其私奔回四川当垆卖酒。

[13]扑堆：堆满。

[14]那堪：哪曾料。

[15]厮觑定：相互盯着对方。

[16]浅情：寡情。

[17]嗔着：责怪。

[18]元来：原来。

[19]却才个：刚才。

[20]厮俣幸：相互苦恼。

[21]心自省：心中自然明白。

[22]短檠灯：放在短灯架上的灯。

[23]淅零零："淅沥"的衍音。

[24]忒楞楞：象声词。

[25]孤另：孤单。

[26]恁(nèn)时节：那时候。

[27]青琐闼(tà)：窗户上镂刻成格的小屋。

第四折

（洁引聪上，云）今日二月十五日开启，众僧动法器者。请夫人小姐拈香。比及夫人未来，先请张生拈香。怕夫人问呵，只说道贫僧亲者。（末上，云）今日二月十五日，和尚请拈香，须索走一遭。

【双调·新水令】梵王宫殿月轮高，碧琉璃瑞烟笼罩[1]。香烟云盖结，讽呪海波潮[2]。幡影飘飘，诸檀越尽来到[3]。

【驻马听】法鼓金铎[4]，二月春雷响殿角；钟声佛号，半天风雨洒松梢。侯门不许老僧敲，纱窗外定有红娘报。害相思的馋眼脑，见他时须看个十分饱。

（末见洁科）（洁云）先生先拈香，恐夫人问呵，只说是老僧的亲。（末拈香科）

【沉醉东风】惟愿存在的人间寿高，亡化的天上逍遥。为曾、祖、父先灵，礼佛、法、僧三宝，焚名香暗中祷告：只愿得红娘休劣，夫人休焦，犬儿休恶！佛啰，早成就了幽期密约！

（夫人引旦上，云）长老请拈香，小姐，咱走一遭。（末做见科）（觑聪云）为你志诚呵，神仙下降也。（聪云）这生却早两遭儿也。（末唱）

【雁儿落】我只道这玉天仙离了碧霄，原来是可意种来清醮[5]。小子多愁多病身，怎当他倾国倾城貌。

【得胜令】恰便似檀口点樱桃，粉鼻儿倚琼瑶，淡白梨花面，轻盈杨柳腰。妖娆，满面儿扑堆着俏；苗条，一团儿衒是娇[6]。

（洁云）贫僧一句话，夫人行敢道么？老僧有个敝亲，是个饱学的秀才，父母亡后，无可相报。对我说："央及带一分斋，追荐父母。'贫僧一时应允了，恐夫人见责。（夫人云）长老的亲便是我的亲，请来厮见咱。（末拜夫人科）（众僧见旦发科[7]）（末唱）

【乔牌儿】大师年纪老，法座上也凝眺；举名的班首真呆佬[8]，觑着法聪头做金磬敲。

【甜水令】老的小的，村的俏的，没颠没倒，胜似闹元宵。稔色人儿[9]，可意冤家，怕人知道，看时节泪眼偷瞧。

【折桂令】着小生迷留没乱[10]，心痒难挠。哭声儿似莺啭乔林，泪珠儿似露滴花梢。大师也难学，把一个发慈悲的脸儿来朦着。击磬的头陀懊恼[11]，添香的行者心焦[12]。烛影风摇，香霭云飘；贪看莺莺，烛灭香消。

（洁云）风灭灯也。（末云）小生点灯烧香。（旦与红云）那生忙了一夜。

【锦上花】外像儿风流，青春年少；内性儿聪明，冠世才学。扭捏着身子儿百般做作，来往向人前卖弄俊俏。

（红云）我猜那生——

【幺篇】黄昏这一回，白日那一觉，窗儿外那会镂锃[13]。到晚来向书帏里比及睡着，千万声长吁怎捱到晓。

（末云）那小姐好生顾盼小子。

【碧玉箫】情引眉梢，心绪你知道；愁种心苗，情思我猜着。畅懊恼[14]！响铛铛云板敲。行者又嚎，沙弥又哨，怎须不夺人之好。

（洁与众僧发科了）（动法器了，洁摇铃跪宣疏了，烧纸科）（洁云）天明了也，请夫人小姐回宅。（末云）再做一会也好，那里发付小生也呵！

【鸳鸯煞】有心争似无心好，多情却被无情恼。劳攘了一宵[15]，月儿沉，钟儿响，鸡儿叫。畅道是玉人归去得疾[16]，好事收拾得早，道场毕诸人散了。酩子里名归家[17]，葫芦提闹到晓[18]。（并下）

【络丝娘煞尾】只为你闭月羞花相貌，少不得剪草除根大小。

题目　老夫人闭春院　　崔莺莺烧夜香
正名　小红娘传好事　　张君瑞闹道场

[1]碧琉璃：青绿色的琉璃瓦。

[2]讽呪(zhòu)：祷告。

[3]檀越：施主。

[4]法鼓金铎：做道场时的鼓声和金属乐器声。

[5]清醮(jiào)：此处指寺中道场。

[6]衠(zhūn)：真。

[7]发科：舞台动作提示，做出某种动作。

[8]呆佬(láo)：痴痴呆呆的人。

[9]稔(rěn)色：美丽。

[10]迷留没乱：心绪不宁，精神恍惚。

[11]头陀：行脚乞食的僧人。

[12]行者：本指住在佛教寺院中服杂役而未剃发出家者，后也称行苦行的僧人。这里的头陀和行者指普救寺中的僧人。

[13]镬铎(huòduō)：喧嚷、吵闹。

[14]畅懊恼：真懊恼。

[15]劳攘：奔波劳碌。

[16]畅道：正是。

[17]酩子里：暗地里。

[18]葫芦提：糊里糊涂。

　　《西厢记》是我国较早的一部以多本杂剧连演一个故事的剧本，全剧分五本二十折，外加五个楔子(每本一个)，较详细地展现了张君瑞和崔莺莺从一见钟情到历经磨难，最终结合的全过程。是元杂剧中最伟大的作品之一。

中国家庭基本藏书

　　第一本是全剧的序幕，主要人物、次要人物一一亮相，张生和莺莺产生爱情的普救寺、西厢也展现在观众的眼前。季节则是暮春。

　　莺莺这位大家闺秀在楔子中即登台，而且只唱了一段："可正是人值残春蒲郡东，门掩重关萧寺中；花落水流红，闲愁万种，无语怨东风。"短短的五句唱词，莺莺的处境、心情、文才就跃然纸上。莺莺的美貌，作者并没有直接描写，而是通过张生在佛殿中一见她便有触电般的感觉很传神地表达出来。张生一见莺莺，当下就毫不犹豫地决定："小生便不往京师去应举也罢。"可见莺莺对他的吸引已经超过功名。

　　被丘比特之箭射中心灵的张生，开始了对莺莺的不懈追求。他不仅借故住进佛寺，而且不失时机地向红娘自我表白。在做道场时，张生更是情思狂热。令人欣慰的是，张生热烈追求自由爱情的果敢行为，也赢得了崔莺莺的回应和顾盼，莺莺逐渐由被动走向主动。

第二本　崔莺莺夜听琴杂剧

第一折

（孙飞虎上开）自家姓孙，名彪，字飞虎。方今唐德宗即位[1]，天下扰攘。因主将丁文雅失政，俺分统五千人马，镇守河桥，劫掳良民财物。近知先相国崔珏之女莺莺，眉黛青颦，莲脸生春，有倾国倾城之容，西子太真之颜[2]，现在河中府普救寺借居。我心中想来：当今用武之际，主将尚然不正，我独廉何为？大小三军，听吾号令：人尽衔枚，马皆勒口，连夜进兵河中府！掳莺莺为妻，是我平生愿足。（下）（法本慌上）谁想孙飞虎将半万贼兵围住寺门，鸣锣击鼓，呐喊摇旗，欲掳莺莺小姐为妻。我今不敢违误，即索报知夫人走一遭。（下）（夫人慌上，云）如此却怎了！俺同到小姐卧房里商量去。（下）（旦引红上，云）自见了张生，神魂荡漾，情思不快，茶饭少进。早是离人伤感[3]，况值暮春天道，好烦恼人也呵！好句有情怜夜月，落花无语怨东风。

【仙吕·八声甘州】恹恹瘦损，早是伤神，那值残春。罗衣宽褪，能消几度黄昏？风袅篆烟不卷帘[4]，雨打梨花深闭门，无语凭阑干，目断行云。

【混江龙】落红成阵，风飘万点正愁人。池塘梦晓，阑槛辞春；蝶粉轻沾飞絮雪，燕泥香惹落花尘；系春心情短柳丝长，隔花阴人远天涯近。香消了六朝金粉[5]，清减了三楚精神。

（红云）姐姐情思不快，我将被儿熏得香香的，睡些儿。（旦唱）

【油葫芦】翠被生寒压绣裀，休将兰麝熏[6]；便将兰麝熏尽，只索自温存。昨宵个锦囊佳制明勾引[7]，今日个玉堂人物难亲近。这些时坐又不安，睡又不稳，我欲待登临又不快，闲行又闷。每日价情思睡昏昏。

【天下乐】红娘呵，我只索搭伏定鲛绡枕头儿上盹[8]。但出闺门，影儿般不离身。（红云）不干红娘事，老夫人着我跟着姐姐来。（旦云）俺娘也好没意思！这些时直恁般堤防着人；小梅香伏侍得勤，老夫人拘系得紧，只怕俺女孩儿折了气分[9]。

（红云）姐姐往常不曾如此无情无绪，自见了那生，便觉心事不宁，却是如何？（旦唱）

【那吒令】往常但见个外人，氲的早嗔[10]；但见个客人，厌的倒褪[11]；从见了那人，兜的便亲[12]。想着他昨夜诗，依前韵，酬和得清新。

【鹊踏枝】吟得句儿匀,念得字儿真,咏月新诗,煞强似织锦回文[13]。 谁肯把针儿将线引,向东邻通个殷勤。

【寄生草】想着文章士,旖旎人;他脸儿清秀身儿俊,性儿温克情儿顺,不由人口儿里作念心儿里印。学得来"一天星斗焕文章",不枉了"十年窗下无人问"。

(飞虎领兵上,围寺科)(下)(卒子内高叫云)寺里人听者:限你每三日内将莺莺献出来与俺将军成亲,万事干休,三日之后不送出,伽蓝尽皆焚烧[14],僧俗寸斩,不留一个。(夫人、洁同上,敲门了)(红看了云)姐姐,夫人和长老都在房门前。(旦见了科)(夫人云)孩儿,你知道么?如今孙飞虎将半万贼兵围住寺门,道你"眉黛青颦,莲脸生春,似倾国倾城的太真",要掳你做压寨夫人。孩儿,怎生是了也?(旦唱)

【六幺序】听说罢魂离了壳,现放着祸灭身,将袖梢儿揾不住啼痕[15]。好教我去住无因,进退无门,可着俺那塈儿里人急偎亲[16]?孤孀子母无投奔,赤紧的先亡过了有福之人[17]。耳边厢金鼓连天震,征云冉冉,土雨纷纷。

【幺篇】那厮每风闻,胡云。道我眉黛青颦,莲脸生春,恰便似倾国倾城的太真;兀的不送了他三百僧人?半万贼军,半霎儿敢剪草除根[18]?这厮每于家为国无忠信,恣情的掳掠人民。更将那天宫般盖造焚烧尽,只没那诸葛孔明[19],便待要博望烧屯。

(夫人云)老身年六十岁,不为寿夭[20];奈孩儿年少,未得从夫,却如之奈何?(旦云)孩儿有一计,想来只是将我与贼汉为妻,庶可免一家儿性命[21]。(夫人哭云)俺家无犯法之男,再婚之女,怎舍得你献与贼汉,却不辱没了俺家谱!(洁云)俺同到法堂两廊下,问僧俗有高见者,俺一同商议个长便[22]。(同到法堂科)(夫人云)小姐却是怎生?(旦云)不如将我与贼人,其便有五。

【后庭花】第一来免摧残老太君;第二来免堂殿作灰烬;第三来诸僧无事得安存;第四来先君灵柩稳;第五来欢郎虽是未成人,(欢云)俺呵,打甚么不紧[23]。(旦唱)须是崔家后代孙。莺莺为惜己身,不行从着乱军[24]:诸僧众污血痕,将伽蓝火内焚,先灵为细尘,断绝了爱弟亲,割开了慈母恩。

【柳叶儿】呀,将俺一家儿不留一个龆龀[25],待从军又怕辱没了家门。我不如白练套头儿寻个自尽,将我尸榇,献与贼人,也须得个远害全身。

【青哥儿】母亲,都做了莺莺生衅,对傍人一言难尽。母亲,休爱惜莺莺这一身。您孩儿别有一计:不拣何人,建立功勋,杀退贼军,扫荡妖氛;倒陪家门[26]，情愿与英雄结婚姻，成秦晋[27]。

（夫人云）此计较可。虽然不是门当户对，也强如陷于贼中。长老在法堂上高叫："两廊僧俗，但有退兵之策的，倒陪房奁，断送莺莺与他为妻。"（洁叫了，住）（末鼓掌上，云）我有退兵之策，何不问我？（见夫人了）（洁云）这秀才便是前日带追荐的秀才。（夫人云）计将安在？（末云）"重赏之下，必有勇夫；赏罚若明，其计必成。"（旦背云）只愿这生退了贼者。（夫人云）恰才与长老说下，但有退得贼兵的，将小姐与他为妻。（末云）既是恁的[28]，休唬了我浑家，请人卧房里去，俺自有退兵之策。（夫人云）小姐和红娘回去者！（旦对红云）难得此生这一片好心！

【赚煞】诸僧众各逃生，众家眷谁瞅问，这生不相识横枝儿着紧。非是书生多议论，也堤防着玉石俱焚。虽然是不关亲，可怜见命在逡巡，济不济权将秀才来尽。果若有出师表文，吓蛮书信，张生呵，只愿你笔尖儿横扫了五千人。

[1]唐德宗：李适，780—804年在位。

[2]西子太真：西施和杨贵妃，均为著名美女。

[3]早是：已经是。

[4]篆烟：香点燃后的烟雾。篆是盘香的喻称。

[5]六朝金粉：本指六朝时金陵的靡丽繁华景象，这里喻莺莺的仪容和装饰。

[6]兰麝：香料。

[7]昨宵个：昨天晚上。

[8]搭伏定：搭持某物而伏。　鲛绡：薄纱。

[9]折了气分：有损体面。

[10]氲(yūn)：脸红。

[11]厌的：一下子，突然。倒褪：后退。

[12]兜的：猛然。

[13]煞：甚，非常。　织锦回文：用五色丝织成的回文诗，可以婉转循环而读。晋窦滔妻苏若兰善于属文。窦滔仕前秦苻坚为秦州刺史，被徙流沙。苏若兰在家织锦为回旋图诗赠窦滔。诗长八百四十字，颇凄婉。后用此典喻男女爱情的诉述。

[14]伽(qié)蓝：即寺院。

[15]揾(wèn)：揩拭。

[16]那堝(guō)儿里：哪个地方。

[17]赤紧：真个。

[18]半霎儿：极其短暂。

[19]诸葛孔明：即诸葛亮(181—234)，三国时蜀相。

[20]寿夭：这里是指寿数短。

[21]庶可：或许能够。

［22］长便：长久之计。

［23］打甚么不紧：没什么关系。

［24］行从着：去顺从着。

［25］龆龀（tiáochèn）：垂髫换牙之时，指童年。这里指儿童。

［26］倒陪：反过来陪送钱物等。

［27］秦晋：即秦晋之好。春秋时秦晋二国世为婚姻，后遂称两姓联姻为秦晋之好。

［28］恁（nèn）的：如此。

楔　子

　　（夫人云）此事如何？（末云）小生有一计，先用着长老。（洁云）老僧不会厮杀，请秀才别换一个。（末云）休慌，不要你厮杀。你出去与贼汉说："夫人本待便将小姐出来，送与将军，奈有父丧在身。不争鸣锣击鼓[1]，惊死小姐，也可惜了。将军若要做女婿呵，可按甲束兵，退一射之地[2]。 限三日功德圆满，脱了孝服，换上颜色衣服，倒陪房奁，定将小姐送与将军。不争便送来，一来父服在身，二来于军不利。"你去说来。（洁云）三日后如何？（末云）有计在后。（洁朝鬼门道叫科[3]）请将军打话。（飞虎引卒上，云）快送出莺莺来。（洁云）将军息怒！去人使老僧来与将军说。（说如前了）（飞虎云）既然如此，限你三日后若不送来，我着你人人皆死，个个不存。你对夫人说去，恁的这般好性儿的女婿，教他招了者。（引卒下）（洁云）贼兵退了也，三日后不送出去，便都是死的。（末云）小子有一故人，姓杜，名确，号为白马将军，现统十万大兵，镇守着蒲关。一封书去，此人必来救我。此间离蒲关四十五里，写了书呵，怎得人送去？（洁云）若是白马将军肯来，何虑孙飞虎。俺这里有一个徒弟，唤作惠明，只是要吃酒厮打。若是央他去，定不肯去。须将言语激着他，他便去。（末唤云）有书寄与杜将军，谁敢去？谁敢去？（惠明上，云）我敢去！（唱）

【正宫·端正好】不念《法华经》[4]，不礼《梁皇忏》[5]，颩了僧伽帽[6]，祖下我这偏衫。杀人心逗起英雄胆，两只手将乌龙尾钢椽搦[7]。

【滚绣球】非是我贪，不是我敢，知他怎生唤做打参[8]，大踏步直杀出虎窟龙潭。非是我搀，不是我揽，这些时吃菜馒头委实口淡，五千人也不索炙煿煎熬[9]。腔子里热血权消渴，肺腑内生心且解馋，有甚腌臜[10]！

【叨叨令】浮沙羹、宽片粉添些杂糁，酸黄齑[11]、烂豆腐休调啖，万余斤黑面从教暗，我将这五千人做一顿馒头馅。是必休误了也么哥[12]！休误了也么哥！包残余肉把青盐蘸。

　　（洁云）张秀才着你寄书去蒲关，你敢去么？（惠唱）

【倘秀才】你那里问小僧敢去也那不敢，我这里启大师用咱也不用咱。

你道是飞虎将声名播斗南[13]；那厮能淫欲，会贪婪，诚何以堪！

（末云）你是出家人，却怎不看经礼忏，只厮打为何？（惠唱）

【滚绣球】我经文也不会谈，逃禅也懒去参；戒刀头近新来钢蘸，铁棒上无半星儿土渍尘缄。别的都僧不僧、俗不俗，女不女、男不男，只会斋得饱也只向那僧房中胡渰[14]，那里管焚烧了兜率也似伽蓝。则为那善文能武人千里，凭着这济困扶危书一缄，有勇无惭。

（末云）他倘不放你过去如何？（惠云）他不放我呵，你放心！

【白鹤子】着几个小沙弥把幢幡宝盖擎[15]，壮行者将杆棒镬叉担[16]。你排阵脚将众僧安，我撞钉子把贼兵来探。

【二】远的破开步将铁棒飐[17]，近的顺着手把戒刀钐；有小的提起来将脚尖踢[18]，有大的扳下来把髑髅勘[19]。

【一】瞅一瞅古都都翻了海波[20]，混一混厮琅琅震动山岩[21]；脚踏得赤力力地轴摇[22]，手扳得忽剌剌天关撼[23]。

【耍孩儿】我从来驳驳劣劣[24]，世不曾忑忑忐忐[25]，打熬成不厌天生敢。我从来斩钉截铁常居一，不似恁惹草拈花没揣三。劣性子人皆惨，舍着命提刀仗剑，更怕甚勒马停骖。

【二】我从来欺硬怕软，吃苦不甘，你休只因亲事胡扑掩[26]。若是杜将军不把干戈退，张解元干将风月担，我将不志诚的言词赚[27]。倘或纰缪，倒大羞惭。

（惠云）将书来，你等回音者。

【收尾】您与我助威风擂几声鼓，仗佛力呐一声喊。绣旗下遥见英雄俺，我教那半万贼兵唬破胆。（下）

（末云）老夫人长老都放心，此书到日，必有佳音。咱"眼观旌节旗，耳听好消息"。你看"一封书札逡巡至，半万雄兵咫尺来"。（并下）（杜将军引卒子上开）林下晒衣嫌日淡，池中濯足恨鱼腥；花根本艳公卿子，虎体原斑将相孙。自家姓杜，名确，字君实，本贯西洛人也。自幼与君瑞同学儒业，后弃文就武。当年武举及第，官拜征西大将军，正授管军元帅，统领十万之众，镇守着蒲关。有人自河中来，听知君瑞兄弟在普救寺中，不来望我；着人去请，亦不肯来，不知主甚意。今闻丁文雅失政，不守国法，剽掠黎民，我为不知虚实，未敢造次兴师。孙子曰："凡用兵之法，将受命于君，合军聚众，圮地无舍，衢地交合，绝地无留，围地则谋，死地则战；途有所不由，军有所不击，城有所不攻，地有所不争，君命有所不受。故将通于九变之利者，知用兵矣。治兵不知九变之术，虽知五利，不能得人用矣[28]。"吾之未疾进兵征讨者，为不知地利浅深出没之故也。昨日探听去，不见回报。今日升帐，看有甚军情来，报我知道者！（卒子引惠明和尚上开）（惠明云）我离了普救寺，一日至蒲关，见杜将军走一遭。（卒报科）（将军云）着他过来！（惠打问讯了[29]，云）贫僧是普救寺来的，今有孙飞虎作乱，将半万贼兵，围住寺门，欲劫故臣崔相国女为妻。有游客张君瑞，奉书令小僧拜投于麾下，欲求将军以解倒悬之危。（将军云）将过书来！（惠投书了）（将军拆书念曰）珙顿首再拜大元帅将军契兄纛下[30]：伏自洛中，拜违犀表[31]，寒暄屡隔，积有岁月，仰德之私，铭刻如也。忆昔联床风雨，叹今彼各天涯；客况复生于肺腑，离愁无慰于羁怀。念贫处十年藜藿[32]，走困他乡；羡威统百万貔貅[33]，坐安边境。故知虎体食天禄，瞻天表，大德胜常；使贱子慕台颜，仰台翰，寸心为慰。辄禀：小弟辞家，欲诣帐下，以叙数载间阔之情；奈至河中府普救寺，忽值采薪之忧[34]，不及径造。不期有贼将孙飞虎，领兵半万，欲劫故臣崔相国之女，实为迫切狼狈。小弟之命，亦在逡巡。万一朝廷知道，其罪何归？将军倘不弃旧交之情，兴一旅之师；上以报天子之恩，下以救苍生之急；使故相国虽在九泉，亦不泯将军之德。愿将军虎视去书，使小弟鹄观来旌[35]。造次干渎[36]，不胜惭愧！伏乞台照不宣！张珙再拜。二月十六日书。（将军云）既然如此，和尚你行，我便来。（惠明云）将军是必疾来者！（下）（将军云）虽无圣旨发兵，将在军，君命有所不受。大小三军，听吾将令：速点五千人马，人尽衔枚，马皆勒口，星夜起发，直至河中府普救寺救张生走一遭。（飞虎引卒子上开）（将军引卒子骑竹马调阵拿绑下）（夫人、洁同末上，云）下书已两日，不见回音。（末云）山门外呐喊摇旗，莫不是俺哥哥军至了。（末见将军了）（引夫人拜了）（将军云）杜确有失防御，致令老夫人受惊，切勿见罪是幸！（末拜将军了）自别兄长台颜，一向有失听教；今得一见，如拨云睹日[37]。（夫人云）老身子母，如将军所赐之命，将何补报？（将军云）不敢，此乃职分之所当为。敢问贤弟，因甚不至戎帐？（末云）小弟欲来，奈小疾偶作，不能动止，所以失敬。今见夫人受困，所言退得贼兵者，以小姐妻之，因此愚弟作书请吾兄。（将军云）既然有此姻缘，可贺，可贺！（夫人云）安排茶饭者！（将军云）不索[38]，尚有余党未尽，小官去捕了，却来望贤弟。左右那里，去斩孙飞虎去！（拿贼了）本欲斩首示众，具表奏闻，见丁文雅失守之罪；恐有未叛者，今将为首者各杖一百，余者尽归旧营去者！（孙飞虎谢了下）（将军云）张生建退贼之策，夫人面许结亲；若不违前言，淑女可配君子也。（夫人云）恐小女有辱君子。（末云）请将军筵席者！（将军云）我不吃筵席了，我回营去，异日却来庆贺。（末云）不敢久留兄长，有劳台候。（将军望蒲关起发）（众念云）马离普救敲金镫，人望蒲关唱凯歌。（下）（夫人云）先生大恩，不敢忘也。自今先生休在寺里下，只着仆人寺内养马，足下来家内书院里安歇。我已收拾了，便搬来者。到明日略备草酌[39]，着红娘来请，你是必来一会，别有商议。（下）（末云）这事都在长老身上。（问洁云）小子亲事，未知何如？（洁云）

莺莺亲事，拟定妻君。只因兵火至，引起雨云心。(下)(末云) 小子收拾行李，去花园里去也。(下)

[1] 不争：如果。

[2] 一射之地：一个射程远近的距离。

[3] 鬼门道：戏台上通后台的左右门。

[4] 《法华经》：佛经名，即《妙法莲华经》。

[5] 《梁皇忏》：佛经名，《慈悲道场忏法传》的简称。又叫《梁王忏》《梁武忏》。

[6] 颩：抛掷。

[7] 攥(zuàn)：握，抓。

[8] 打参：和尚坐禅。

[9] 炙煿(bó)煎煔(lǎn)：加工食品时烧烤、爆炒、油煎等方式。煿，同"爆"。

[10] 腌臜(ā za)：不干净。

[11] 蕭(jī)：细切的酱菜或腌菜。

[12] 也么哥：语尾助词。

[13] 斗南：北斗以南，犹言天下、海内。

[14] 胡潜(yān)：装痴作呆。

[15] 幢(zhuàng)幡宝盖：古代大将出征时的帷幕旗帜等。

[16] 杆棒镬叉：泛指武器。

[17] 钐(shàn)：劈、砍。

[18] 踵(zhuàng)：撞。

[19] 把髑髅勘：把脑袋砍。勘，即"砍"。

[20] 古都都：液体翻腾的声音。

[21] 厮琅琅：形容敲击东西发出的连续的清脆响声。

[22] 赤力力：形容东西受摧毁的声音。

[23] 忽刺刺：形容巨大而长久的声音。

[24] 驳驳劣劣：劣性、鲁莽。

[25] 世不曾：永远不。 忐忑志志：心神不安。

[26] 胡扑掩：胡猜测。

[27] 不志诚：不诚实。

[28] 凡用兵之法……：以上一大段引语，出自《孙子·九变篇》。论述了用兵中的权变之术。

[29] 打问讯：僧尼行礼，先打一恭，将手举至眉心，再放下。

[30] 纛(dào)下：对他人(此处是对杜确)的尊称。

[31] 犀表：犀是一种动物，传说很有灵性。"犀表"是对他人的尊称。

[32] 藜藿：贫者所食的两种野菜，这里代指困顿。

[33] 貔貅：猛兽名。这里代指军队。

[34] 采薪之忧：自称有病之婉词。

[35] 鹄(hú)观：像鹄(天鹅)那样伫立观望。 来旄(máo)：所统率来的部队。

[36] 造次干凟(dú)：冒犯。

［37］拨云睹日：拨去阴云，重睹太阳。

［38］不索：不需要。

［39］草酌：设宴的谦称。

第二折

（夫人上，云）今日安排下小酌，单请张生酬劳。道与红娘，疾忙去书院中请张生，着他是必便来，休推故。（下）（末上，云）夜来老夫人说，着红娘来请我，却怎生不见来[1]？我打扮着等他。皂角也使过两个也，水也换了两桶也，乌纱帽擦得光挣挣的[2]。怎么不见红娘来也呵？（红娘上，云）老夫人使我请张生。我想若非张生妙计呵，俺一家儿性命难保也呵。

【中吕·粉蝶儿】半万贼兵，卷浮云片时扫净，俺一家儿死里逃生。舒心的列山灵，陈水陆[3]，张君瑞合当钦敬。当日所望无成，谁想一缄书倒为了媒证。

【醉春风】今日个东阁玳筵开[4]，煞强如西厢和月等。薄衾单枕有人温，早则不冷、冷。受用足宝鼎香浓，绣帘风细，绿窗人静。

可早来到也。

【脱布衫】幽僻处可有人行，点苍苔白露泠泠。隔窗儿咳嗽了一声，（红敲门科）（末云）是谁来也？（红云）是我。他启朱唇急来答应。

（末云）拜揖小娘子。（红唱）

【小梁州】只见他叉手忙将礼数迎，我这里"万福，先生"。乌纱小帽耀人明，白襕净[5]，角带傲黄鞓[6]。

【幺篇】衣冠济楚庞儿俊，可知道引动俺莺莺。据相貌，凭才性，我从来心硬，一见了也留情。

（末云）既来之，则安之。请书房内说话。小娘子此行为何？（红云）贱妾奉夫人严命，特请先生小酌数杯，勿却。（末云）便去，便去。敢问席上有莺莺姐姐么？（红唱）

【上小楼】"请"字儿不曾出声，"去"字儿连忙答应；可早莺莺跟前，"姐姐"呼之，喏喏连声。秀才每闻道"请"，恰便似听将军严令，和他那五脏神愿随鞭镫。

（末云）今日夫人端的为甚么筵席？（红唱）

【幺篇】第一来为压惊，第二来因谢承。不请街坊，不会亲邻，不受人情。

避众僧,请老兄,和莺莺匹聘。(末云)如此小生欢喜。(红唱)只见他欢天喜地,谨依来命。

(末云)小生客中无镜,敢烦小娘子看小生一看何如?(红唱)

【满庭芳】来回顾影,文魔秀士[7],风欠酸丁[8]。下工夫将额颅十分挣,迟和疾擦倒苍蝇[9],光油油耀花人眼睛,酸溜溜螫得人牙疼。(末云)夫人办甚么请我?(红唱)茶饭已安排定,淘下陈仓米数升,炸下七八碗软蔓青[10]。

(末云)小生想来:自寺中一见了小姐之后,不想今日得成婚姻,岂不为前生分定?(红云)姻缘非人力所为,天意尔。

【快活三】咱人一事精,百事精;一无成,百无成。世间草木本无情,自古云:"地生连理木,水出并头莲。"他犹有相兼并。

【朝天子】休道这生,年纪儿后生,恰学害相思病。天生聪俊,打扮素净,奈夜夜成孤另。才子多情,佳人薄幸,兀的不担搁了人性命[11]。(末云)你姐姐果有信行[12]?(红唱)谁无一个信行,谁无一个志诚,恁两个今夜亲折证[13]。

我嘱咐你咱!

【四边静】今宵欢庆,软弱莺莺,可曾惯经[14]。你索款款轻轻,灯下交鸳颈。端详可憎,好煞人也无干净!

(末云)小娘子先行,小生收拾书房便来。敢问那里有甚么景致?(红唱)

【耍孩儿】俺那里落红满地胭脂冷,休辜负了良辰美景。夫人遣妾莫消停,请先生勿得推称[15]。俺那里准备着鸳鸯夜月销金帐,孔雀春风软玉屏。乐奏合欢令,有凤箫象板,锦瑟鸾笙[16]。

(末云)小生书剑飘零,无以为财礼,却是怎生?(红唱)

【四煞】聘财断不争,婚姻自有成,新婚燕尔安排定。你明博得跨凤乘鸾客,我到晚来卧看牵牛织女星。休傒幸,不要你半丝儿红线,成就了一世儿前程。

【三煞】凭着你灭寇功,举将能,两般儿功效如红定。为甚俺莺娘心下十分顺,都只为君瑞胸中百万兵。越显得文风盛,受用足珠围翠绕,结果了黄卷青灯。

【二煞】夫人只一家,老兄无伴等,为嫌繁冗寻幽静。(末云)别有甚客人?(红唱)单请你个有恩有义闲中客,且回避了无是无非窗下僧。夫人的命,道足下莫教推托,和贱妾即便随行。

(末云)小娘子先行,小生随后便来。(红唱)

【收尾】先生休作谦，夫人专意等。常言道"恭敬不如从命"，休使得梅香再来请。（下）

（末云）红娘去了，小生拽上书房门者。我比及到得夫人那里，夫人道："张生，你来了也，饮几杯酒，去卧房内和莺莺做亲去！"小生到得卧房内，和姐姐解带脱衣，颠鸾倒凤，同谐鱼水之欢，共效于飞之愿[17]。觑他云鬟低坠，星眼微朦，被翻翡翠，袜绣鸳鸯，不知性命何如？且看下回分解。

（笑云）单羡法本好和尚也；只凭说法口，遂却读书心。（下）

[1] 怎生：怎么，为什么。

[2] 光挣挣：光亮，明亮。

[3] 列山灵：排列出山野的珍贵食品。　陈水陆：陈列出水中、陆地所产的珍贵食物。

[4] 玳筵：宴会的美称。

[5] 白襕：衣与裳相连的白色服装。

[6] 黄鞓(tīng)：黄颜色的皮带。

[7] 文魔：好文成魔，书痴。

[8] 风欠：风流。　酸丁：寒酸的书生。

[9] 迟和疾：迟早。

[10] 蔓青：即蔓菁，根可做菜。

[11] 兀的不：岂不。

[12] 信行：指守信用。

[13] 折证：对证。

[14] 惯经：习惯，习以为常。

[15] 推称：推辞。

[16] 凤箫象板，锦瑟鸾笙：箫、板、瑟、笙四种乐器的美称。

[17] 鱼水之欢，于飞之愿：指男女欢合。

第三折

（夫人排桌子上，云）红娘去请张生，如何不见来？（红见夫人云）张生着红娘先行，随后便来也。（末上，见夫人施礼科）（夫人云）前日若非先生，焉得有今日，我一家之命，皆先生所活也。聊备小酌，非为报礼，勿嫌轻意。（末云）"一人有庆，兆民赖之[1]。"此贼之败，皆夫人之福。万一杜将军不至，我辈皆无免死之术。此皆往事，不必挂齿。（夫人云）将酒来，先生满饮此杯。（末云）"长者赐，少者不敢辞。"（末做饮酒科）（末把夫人酒了）（夫人云）先生请坐！（末云）小子侍立座下，尚然越礼，焉敢与夫人对坐。（夫人云）道不得个"恭敬不如从命"。（末谢了，坐）（夫人云）红娘，去唤小姐来，与先生行礼者！（红朝鬼门道唤云）老夫人后堂待客，请小姐出来哩！（旦应云）我身子有些不停当[2]，来不得。（红云）你道请谁哩？（旦云）请谁？（红云）请张生哩！（旦云）若请张生，扶病也索走一遭。（红发科了）（旦上）

免除崔氏全家祸，尽在张生半纸书。

【双调·五供养】若不是张解元识人多，别一个怎退干戈。排着酒果，列着笙歌。篆烟微，花香细，散满东风帘幕。救了咱全家祸，殷勤呵正礼，钦敬呵当合。

【新水令】恰才向碧纱窗下画了双蛾[3]，拂拭了罗衣上粉香浮涴[4]，只将指尖儿轻轻的贴了钿窝[5]。若不是惊觉人呵，犹压着绣衾卧。

（红云）觑俺姐姐这个脸儿吹弹得破，张生有福也呵！（旦唱）

【幺篇】没查没利谎偻科[6]，你道我宜梳妆的脸儿吹弹得破。（红云）俺姐姐天生的一个夫人的样儿。（旦唱）你那里休聒[7]，不当一个信口开合[8]。知他命福是如何？我做一个夫人也做得过。

（红云）往常两个都害，今日早则喜也！（旦唱）

【乔木查】我相思为他，他相思为我，从今后两下里相思都较可。酬贺间理当酬贺，俺母亲也好心多。

（红云）敢着小姐和张生结亲呵，怎生不做大筵席，会亲戚朋友，安排小酌为何？（旦云）红娘，你不知夫人意。

【搅筝琶】他怕我是赔钱货，两当一便成合。据着他举将除贼，也消得家缘过活。费了甚一股那，便待要结丝萝[9]；休波，省人情的奶奶忒虑过，恐怕张罗。

（末云）小子更衣咱。（做撞见旦科）（旦唱）

【庆宣和】门儿外，帘儿前，将小脚儿那。我恰待目转秋波，谁想那识空便的灵心儿早瞧破。唬得我倒躲，倒躲。

（末见旦科）（夫人云）小姐近前拜了哥哥者！（末背去）呀，声息不好了也！（旦云）呀，俺娘变了卦也！（红云）这相思又索害也。（旦唱）

【雁儿落】荆刺刺怎动那[10]！死没腾无回豁[11]！措支剌不对答[12]！软兀剌难存坐[13]！

【得胜令】谁承望这即即世世老婆婆[14]，着莺莺做妹妹拜哥哥。白茫茫溢起蓝桥水，不邓邓点着袄庙火[15]。碧澄澄清波，扑剌剌将比目鱼分破[16]；急攘攘因何，扢搭地把双眉锁纳合[17]。

（夫人云）红娘看热酒，小姐与哥哥把盏者！（旦唱）

【甜水令】我这里粉颈低垂，蛾眉频蹙，芳心无那，俺可甚"相见话偏多"？星眼朦胧，檀口嗟咨，撅窨不过[18]，这席面儿畅好是乌合。

（旦把酒科）（夫人央科）（末云）小生量窄。（旦云）红娘接了台盏者！

【折桂令】他其实咽不下玉液金波。谁承望月底西厢，变做了梦里南柯。泪眼偷淹，酪子里揾湿香罗。他那里眼倦开软瘫做一垛[19]；我这里手难抬称不起肩窝。病染沉疴，断然难活。则被你送了人呵，当甚么喽啰[20]。

（夫人云）再把一盏者！（红递盏了）（红背与旦云）姐姐，这烦恼怎生是了！（旦唱）

【月上海棠】而今烦恼犹闲可，久后思量怎奈何？有意诉衷肠，争奈母亲侧坐，成抛躲，咫尺间如间阔。

【幺篇】一杯闷酒尊前过，低首无言自摧挫[21]。不堪醉颜酡，却早嫌玻璃盏大。从因我，酒上心来较可。

（夫人云）红娘送小姐卧房里去者！（旦辞末出科）（旦云）俺娘好口不应心也呵！

【乔牌儿】老夫人转关儿没定夺[22]，哑谜儿怎猜破；黑阁落甜话儿将人和[23]，请将来着人不快活。

【江儿水】佳人自来多命薄，秀才每从来懦。闷杀没头鹅，撇下陪钱货；不争你不成亲呵，下场头那答儿发付我[24]！

【殿前欢】恰才个笑呵呵，都做了江州司马泪痕多。若不是一封书将半万贼兵破，俺一家儿怎得存活。他不想结姻缘想甚么？到如今难着莫。老夫人谎到天来大；当日成也是恁个母亲，今日败也是恁个萧何。

【离亭宴带歇拍煞】从今后玉容寂寞梨花朵，胭脂浅淡樱桃颗，这相思何时是可？昏邓邓黑海来深[25]，白茫茫陆地来厚，碧悠悠青天来阔；太行山般高仰望，东洋海般深思渴。毒害的怎么。俺娘呵，将颤巍巍双头花蕊搓，香馥馥同心缕带割，长挽挽连理琼枝挫。白头娘不负荷，青春女成担搁，将俺那锦片也似前程蹬脱。俺娘把甜句儿落空了他，虚名儿误赚了我。（下）

（末云）小生醉也，告退。夫人跟前，欲一言以尽意，未知可否？前者贼寇相迫，夫人所言，能退贼者，以莺莺妻之。小生挺身而出，作书与杜将军，庶几得免夫人之祸。今日命小生赴宴，将谓有喜庆之期；不知夫人何见，以兄妹之礼相待？小生非图哺啜而来[26]，此事果若不谐，小生即当告退。（夫人云）先生纵有活我之恩，奈小姐先相国在日，曾许下老身侄儿郑恒。即日有书赴京唤去了，未见来。如若此子至，其事将如之何？莫若多以金帛相酬，先生拣豪门贵宅之女，别为之求，先生台意若何？（末云）既然夫人不与，小生何慕金帛之色？却不道"书中有女颜如玉"？只今日便索告辞。（夫人云）你且住者，今日有酒也。红娘扶将哥哥去书房中歇息，到明日咱别有话说。（下）（红扶末科）（末念）有分只熬萧寺夜，无缘难遇洞房春。（红云）张生，少吃一盏却不好！（末云）我吃甚么来！（末跪红科）小生为小姐，昼夜忘餐废寝，魂劳梦断，常忽忽如有所失。自寺中一见，隔墙酬和，迎风待月，受无限之苦楚。甫能得成就婚姻，夫人变了卦，使小生智竭思穷，此事几时是了！小娘子怎生可怜见小生，将此意申与小姐，知小生之心。就小娘子前解下腰间之带，寻个自尽。（末念）可怜刺股悬梁志，险作离乡背井魂。（红云）街上好贱柴，烧你个傻角。你休慌，妾当与君谋之。（末云）计将安在？小生当筑坛拜将。（红云）妾见先生有囊琴一张，必善于此。俺小姐深慕于琴。今夕妾与小姐同至花园内烧夜香，但听咳嗽为令，先生动操；看小姐听得时，说甚么言语，却将先生之言达知。若有话说，明日妾来回报。这早晚怕夫人寻我，回去也。（下）

[1]"一人有庆，兆民赖之"：出自《书·吕刑》，意思是皇帝有善良的品德，老百姓可以依赖他。

[2]不停当：没有料理妥当。

[3]双蛾：双眉。

[4]浮浣(wò)：浮尘。

[5]钿窝：贴花胜的地方。 钿即花胜，妇女首饰。

[6]没查没利：夸张欺骗之意。 谎傢科：说谎的小科子。科子是北方人对娼妓的蔑称。

[7]休聒：不要吵闹。

[8]信口开合：随便乱说。

[9]结丝萝：结亲。

[10]荆刺刺：形容惊慌失措。

[11]死没腾：死板，无生气的样子。

[12]措支剌：惊慌失态的样子。

[13]软兀剌：软瘫无力之状。

[14]即即世世：本意是老于世故的，引申为狡猾、虚伪。

[15]不邓邓：喻怒火中烧。 祆(xiān)庙火：祆庙是波斯拜火教祆神之庙。我国民间传说，蜀帝的公主和乳母之子恋爱，两人分隔数年，公主以幸祆庙为由，前去看望乳母之子。因乳母之子沉睡，公主解下玉环放入其怀而去。乳母之子醒而见之，怨气成火，焚烧祆庙。后人遂借此比喻对爱情的忠贞。

[16]扑剌剌：状声词。

[17]扢搭地：一下子。

[18]撅窨(diānyìn)：顿足。

[19]一垛：一堆

[20]喽啰：这里是聪明能干之意。

[21]摧挫：悔恨。

[22]转关儿：变卦。

[23]黑阁落：偏僻之处。

[24]下场头：落得的结局。　　那答儿：那里。

[25]昏邓邓：黑暗的样子。

[26]哺啜：吃喝。

第四折

（末上，云）红娘之言，深有意趣。天色晚也，月儿，你早些出来么！（焚香了）呀，却早发擂也[1]；呀，却早撞钟也。（做理琴科）琴呵，小生与足下湖海相随数年，今夜这一场大功，都在你这神品、金徽、玉轸、蛇腹、断纹、峄阳、焦尾、冰弦之上。天哪！却怎生借得一阵顺风，将小生这琴声吹入俺那小姐玉琢成、粉捏就、知音的耳朵里去者！（旦引红上，红云）小姐，烧香去来，好明月也呵！（旦云）事已无成，烧香何济！月儿，你团圆呵，咱却怎生？

【越调·斗鹌鹑】云敛晴空，冰轮乍涌[2]；风扫残红，香阶乱拥；离恨千端，闲愁万种。夫人那，"靡不有初，鲜克有终[3]"。他做了个影儿里的情郎，我做了个画儿里的爱宠。

【紫花儿序】只落得心儿里念想，口儿里闲题，只索向梦儿里相逢。俺娘昨日个大开东阁，我只道怎生般炮凤烹龙？朦胧，可教我"翠袖殷勤捧玉钟"，却不道"主人情重"？只为那兄妹排连，因此上鱼水难同。

（红云）姐姐，你看月阑[4]，明日敢有风也？（旦云）风月天边有，人间好事无。

【小桃红】人间看波：玉容深锁绣帏中，怕有人搬弄。想嫦娥、西没东生有谁共？怨天公、裴航不作游仙梦[5]。这云似我罗帏数重，只恐怕嫦娥心动，因此上围住广寒宫。

（红做咳嗽科）（末云）来了。（做理琴科）（旦云）这甚么响？（红发科）（旦唱）

【天净沙】莫不是步摇得宝髻玲珑？莫不是裙拖得环珮叮咚？莫不是铁马儿檐前骤风[6]？莫不是金钩双控，吉丁当敲响帘栊？

【调笑令】莫不是梵王宫，夜撞钟？莫不是疏竹潇潇曲槛中？莫不是牙尺剪刀声相送？莫不是漏声长滴响壶铜？潜身再听在墙角东，原来是近西厢理结丝桐[7]。

【秃厮儿】其声壮，似铁骑刀枪冗冗；其声幽，似落花流水溶溶；其声高，似风清月朗鹤唳空；其声低，似听儿女语，小窗中，喁喁。

【圣药王】他那里思不穷，我这里意已通，娇鸾雏凤失雌雄；他曲未终，我意转浓，争奈伯劳飞燕各西东：尽在不言中。

　　　　我近书窗听咱。（红云）姐姐，你这里听，我瞧夫人一会便来。（末云）窗外有人，已定是小姐[8]。我将弦改过，弹一曲，就歌一篇，名曰《凤求凰》。昔日司马相如得此曲成事[9]，我虽不及相如，愿小姐有文君之意。（歌曰）有美人兮，见之不忘。一日不见兮，思之如狂。凤飞翱翔兮，四海求凰。无奈佳人兮，不在东墙。张弦代语兮，欲诉衷肠。何时见许兮，慰我彷徨？愿言配德兮，携手相将！不得于飞兮[10]，使我沦亡。（旦云）是弹得好呵！其词哀，其意切，凄凄然如鹤唳天，故使妾闻之，不觉泪下。

【麻郎儿】这的是令他人耳聪，诉自己情衷。知音者芳心自懂，感怀者断肠悲痛。

【幺篇】这一篇与本宫、始终、不同。又不是《清夜闻钟》，又不是《黄鹤》《醉翁》，又不是《泣麟》《悲凤》。

【络丝娘】一字字更长漏永，一声声衣宽带松。别恨离愁，变成一弄。张生呵，越教人知重。

　　　　（末云）夫人且做忘恩，小姐，你也说谎也呵！（旦云）你差怨了我。

【东原乐】这的是俺娘的机变，非干是妾身脱空；若由得我呵，乞求得效鸾凤。俺娘无夜无明并女工[11]；我若得些儿闲空，张生呵，怎教你无人处把妾身作诵[12]。

【绵搭絮】疏帘风细，幽室灯清，都只是一层儿红纸，几榥儿疏棂，兀的不是隔着云山几万重，怎得个人来信息通？便做道十二巫峰，他也曾赋高唐来梦中[13]。

　　　　（红云）夫人寻小姐哩，咱家去来。（旦唱）

【拙鲁速】只见他走将来气冲冲，怎不教人恨匆匆，唬得人来怕恐。早是不曾转动，女孩儿家直恁响喉咙[14]！紧摩弄，索将他拦纵，只恐怕夫人行把我来厮葬送。

　　　　（红云）姐姐只管听琴怎么？张生着我对姐姐说，他回去也。（旦云）好姐姐呵，是必再着他住一程儿！（红云）再说甚么！（旦云）你去呵。

【尾】只说道夫人时下有人唊哝[15]，好共歹不着你落空。不问俺口不应的狠毒娘，怎肯着别离了志诚种？（并下）

【络丝娘煞尾】不争惹恨牵情逗引，少不得废寝忘餐病症。

　　题目　张君瑞破贼计　　莽和尚生杀心
　　正名　小红娘昼请客　　崔莺莺夜听琴

031

[1] 发擂：击鼓。

[2] 冰轮：月亮。

[3] "靡不有初，鲜克有终"：出自《诗经·大雅·荡》，意思是不能够善始善终。

[4] 月阑：月残。

[5] 裴航：唐传奇中的一个秀才，求得玉杵臼，娶云英为妻，两人婚后入玉峰洞为仙。

[6] 铁马儿：古代建筑悬在屋檐下的金属小片，风起时相击成声，以测风力。

[7] 丝桐：即琴。古代琴多用桐木制成，上安丝质琴弦，故称琴为"丝桐"。

[8] 已定：一定。

[9] 司马相如：西汉著名文学家，传说他曾借弹琴获得卓文君的芳心。

[10] 于飞：本意指凤和凰相谐而飞，后用以喻夫妻和谐。

[11] 女工：指女子所从事的纺织、刺绣、缝纫等。

[12] 作诵：念叨。

[13] 赋高唐来梦中：传说楚襄王游高唐，于梦中和巫山神女欢会于阳台。

[14] 响喉咙：大嗓门。

[15] 唧哝：喋喋不休。

　　虽然张生爱莺莺，莺莺也喜欢张生，两人都有意于对方，但在封建社会，这不是婚姻的基础，婚姻的基础是门第，是职位。因而崔、张的爱情犹如海市蜃楼，虽然美丽漂亮却不现实。使崔、张爱情看到希望曙光的关键，是"白马解围"。

　　李渔在《闲情偶寄》中说："一部《西厢》，止为张君瑞一人；而张君瑞一人，又止为'白马解围'一事；其余枝节，皆从此一事而生——夫人之许婚，张生之望配，红娘之勇于作合，莺莺之敢于失身，与郑恒之力争原配而不得，皆由于此。是'白马解围'四字，即作《西厢记》之主脑也。"的确，如果老夫人重然诺，恪守"两廊僧俗，但有退兵之策的，倒陪房奁，断送莺莺与他为妻"的诺言，那么崔、张的结合早在第二本即可完成。可这样一来，剧情就过分简单，反映不出封建礼教的强大势力，也表现不出争取自由爱情的艰难。

　　老夫人的赖婚，在崔、张二人之间横砌了一堵墙，但"心有灵犀一点通"不是这堵墙所能阻止的。张生在西厢的月光下，抚琴吟歌《凤求凰》这一爱情的绝唱，向崔莺莺敞开了自己赤诚的心扉；崔莺莺也因此加深了对张生的了解和爱恋，更加坚定了她下一步反抗母命的信心。所以说，第二本中老夫人的赖婚，是坏事，也是好事，两个年轻人经此磨难，非但没有疏远，反而更加贴近了。

第三本　张君瑞害相思杂剧

楔　子

　　(旦上，云)自那夜听琴后，闻说张生有病，我如今着红娘去书院里，看他说甚么。(叫红科)(红上，云)姐姐唤我，不知有甚事，须索走一遭。(旦云)这般身子不快呵，你怎么不来看我？(红云)你想张……(旦云)张甚么？(红云)我张着姐姐哩[1]。(旦云)我有一件事央及你咱。(红云)甚么事？(旦云)你与我望张生去走一遭，看他说甚么，你来回我话者。(红云)我不去，夫人知道不是耍。(旦云)好姐姐，我拜你两拜，你便与我走一遭！(红云)侍长请起[2]，我去则便了。说道："张生，你好生病重，只俺姐姐也不弱。"只因午夜调琴手，引起春闺爱月心。(红唱)

【仙吕·赏花时】俺姐姐针钱无心不待拈[3]，脂粉香消懒去添，春恨压眉尖。若得灵犀一点[4]，敢医可了病恹恹。(下)

　　(旦云)红娘去了，看他回来说甚话，我自有主意。(下)

　　[1]张着：看着。
　　[2]侍长：元代奴仆对主人的称呼。
　　[3]不待：不想，没有心情。
　　[4]灵犀：犀牛角。旧说犀牛是灵异之兽，角中有白纹如线，直通两头。故借此比喻两心相通。

第一折

　　(末上，云)害杀小生也。自那夜听琴之后，再不能够见俺那小姐。我着长老说将去，道："张生好生病重。"却怎生不见人来看我？却思量上来，我睡些儿咱。(红上，云)奉小姐言语，着我看张生，须索走一遭。我想咱每一家，若非张生，怎存俺一家儿性命也？

【仙吕·点绛唇】相国行祠，寄居萧寺。因丧事、幼女孤儿，将欲从军死。

【混江龙】谢张生伸志，一封书到便兴师。显得文章有用，足见天地无私。若不是剪草除根半万贼，险些儿灭门绝户了俺一家儿。莺莺君瑞，许配雄雌；夫人失信，推托别词；将婚姻打灭，以兄妹为之。如今都废却成亲

中国家庭基本藏书

事，一个价糊涂了胸中锦绣，一个价泪揾湿了脸上胭脂。

【油葫芦】憔悴潘郎鬓有丝[1]；杜韦娘不似旧时[2]，带围宽清减了瘦腰肢。一个睡昏昏不待观经史，一个意悬悬懒去拈针指；一个丝桐上调弄出离恨谱，一个花笺上删抹成断肠诗[3]；一个笔下写幽情，一个弦上传心事：两下里都一样害相思。

【天下乐】方信道才子佳人信有之，红娘看时，有些乖性儿，则怕有情人不遂心也似此。他害的有些抹媚[4]，我遭着没三思，一纳头安排着憔悴死。

却早来到书院里，我把唾津儿润破窗纸，看他在书房里做甚么。

【村里迓鼓】我将这纸窗儿润破，悄声儿窥视。多管是和衣儿睡起，罗衫上前襟褶袏。孤眠况味，凄凉情绪，无人伏侍。觑了他涩滞气色，听了他微弱声息，看了他黄瘦脸儿。张生呵，你若不闷死，多应是害死。

【元和令】金钗敲门扇儿。（末云）是谁？（红唱）我是个散相思的五瘟使[5]。俺小姐想着风清月朗夜深时，使红娘来探尔。（末云）既然小娘子来，小姐必有言语。（红唱）俺小姐至今脂粉未曾施，念到有一千番张殿试。

（末云）小姐既有见怜之心，小生有一简，敢烦小娘子达知肺腑咱。（红云）只恐他翻了面皮。

【上马娇】他若是见了这诗，看了这词，他敢颠倒费神思。他拽扎起面皮来[6]："查得谁的言语你将来，这妮子怎敢胡行事？"他可敢嗤、嗤的扯做了纸条儿。

（末云）小生久后多以金帛拜酬小娘子。（红唱）

【胜葫芦】哎，你个馋穷酸俫没意儿，卖弄你有家私，莫不图谋你的东西来到此？先生的钱物，与红娘做赏赐，是我爱你的金赀？

【幺篇】你看人似桃李春风墙外枝，卖俏倚门儿。我虽是个婆娘有志气。只说道："可怜见小子，只身独自！"怎的呵，颠倒有个寻思。

（末云）依着姐姐，可怜见小子只身独自！（红云）兀的不是也。你写来，咱与你将去。（末写科）（红云）写得好呵，读与我听咱。（末读云）珙百拜，奉书芳卿可人妆次：自别颜范，鸿稀鳞绝，悲怆不胜。孰料夫人以恩成怨，变易前姻，岂得不为失信乎？使小生目视东墙，恨不得胁翅于妆台左右；患成思渴，垂命有日。因红娘至，聊奉数字，以表寸心。万一有见怜之意，书以掷下，庶几尚可保养。造次不谨，伏乞情恕！后成五言诗一首，就书录呈。相思恨转添，谩把瑶琴弄。乐事又逢春，芳心尔亦动。此情不可违，虚誉何须奉？莫负月华明，且怜花影重。（红唱）

【后庭花】我只道拂花笺打稿儿，原来他染霜毫不构思。先写下几句寒温序，后题着五言八句诗。不移时，把花笺锦字，叠做个同心方胜儿[7]。忒聪明，忒敬思，忒风流，忒浪子。虽然是假意儿，不可的难到此。

【青哥儿】颠倒写鸳鸯两字，方信道"在心为志"。(末云)姐姐将去，是必在意者！(红唱)看喜怒其间觑个意儿。放心波学士！我愿为之，并不推辞，自有言词。只说道："昨夜弹琴的那人儿，教传示。"

这简帖儿我与你将去，先生当以功名为念，休堕了志气者！

【寄生草】你将那偷香手[8]，准备着折桂枝[9]。休教那淫词儿污了龙蛇字，藕丝儿缚定鲲鹏翅，黄莺儿夺了鸿鹄志；休为这翠帏锦帐一佳人，误了你玉堂金马三学士[10]。

(末云)姐姐在意者！(红云)放心，放心！

【煞尾】沈约病多般，宋玉愁无二，清减了相思样子[11]。只你那眉眼传情未了时，我中心日夜藏之。怎敢因而，"有美玉于斯"，我须教有发落归着这张纸，凭着我舌尖儿上说词，更和这简帖儿里心事，管教那人儿来探你一遭儿。(下)

(末云)小娘子将简帖儿去了，不是小生说口，则是一道会亲的符箓。他明日回话，必有个次第。且放下心，须索好音来也。且将宋玉风流策，寄与蒲东窈窕娘。(下)

[1]潘郎：即潘岳，西晋文学家。长相俊美，词藻华丽。后世女子称丈夫或情人为潘郎。这里代指张生。

[2]杜韦娘：唐代歌妓。这里代指莺莺。

[3]删抹：起草。

[4]抹媚：迷惘。

[5]五瘟使：瘟神。

[6]拽扎起面皮：紧绷脸面。

[7]方胜儿：将信笺折叠成菱形的花样。

[8]偷香：指韩寿偷香。《世说新语·惑溺》载，贾充的女儿偷偷将要充的奇香送给情人韩寿。后代指私结姻缘。

[9]折桂枝：科举的美称。

[10]玉堂金马：本指汉代的金马门和玉堂殿，后亦代指翰林院。

[11]沈约：南朝梁文学家，他曾经自述老病："百日数旬，革带常应移空；以手握臂，率计月小半分。"（《南史·沈约传》）后用"沈约病""沈腰"代指身体消瘦。　宋玉：战国楚辞赋家。他的作品叙述自己政治上不得意的悲伤，流露出抑郁愁闷的情绪。这里用"宋玉愁"形容张生的愁苦。

（旦上，云）红娘伏侍老夫人不得空便，偌早晚敢待来也[1]。起得早了些儿，困思上来，我再睡些儿咱。（睡科）（红上，云）奉小姐言语去看张生，因伏侍老夫人，未曾回小姐话去。不听得声音，敢又睡哩。我入去看一遭。

【中吕·粉蝶儿】风静帘闲，透纱窗麝兰香散，启朱扉摇响双环。绛台高，金荷小，银钉犹灿。比及将暖帐轻弹，先揭起这梅红罗软帘偷看。

【醉春风】只见他钗亸玉横斜[2]，鬓偏云乱挽。日高犹自不明眸，畅好是懒、懒。（旦做起身长叹科）（红唱）半晌抬身，几回搔耳，一声长叹。

我待便将简帖儿与他，恐俺小姐有许多假处哩。我只将这简帖儿放在妆盒儿上，看他见了说甚么。（旦做照镜科，见帖看科）（红唱）

【普天乐】晚妆残，乌云亸，轻匀了粉脸，乱挽起云鬟。将简帖儿拈，把妆盒儿按，开拆封皮孜孜看，颠来倒去不害心烦。（旦怒叫）红娘！（红做意云[3]）呀，决撒了也[4]！厌的早揸皱了黛眉[5]。（旦云）小贱人，不来怎么！（红唱）忽的波低垂了粉颈，氲的呵改变了朱颜。

（旦云）小贱人，这东西那里将来的？我是相国的小姐，谁敢将这简帖来戏弄我？我几曾惯看这等东西？告过夫人，打下你个小贱人下截来。（红云）小姐使将我去，他着我将来。我不识字，知他写着甚么？

【快活三】分明是你过犯，没来由把我摧残；使别人颠倒恶心烦。你不惯，谁曾惯？

姐姐休闹，比及你对夫人说呵，我将这简帖儿去夫人行出首去来。（旦做揪住科）我逗你要来。（红云）放手，看打下下截来！（旦云）张生近日如何？（红云）我只不说。（旦云）好姐姐，你说与我听咱！（红唱）

【朝天子】张生近间、面颜，瘦得来实难看。不思量茶饭，怕待动弹；晓夜将佳期盼，废寝忘餐。黄昏清旦，望东墙淹泪眼。（旦云）请个好太医看他证候咱[6]。（红云）他证候吃药不济。病患、要安，只除是出几点风流汗。

（旦云）红娘，不看你面时，我将与老夫人看，看他有何面目见夫人！虽然我家亏他，只是兄妹之情，焉有外事。红娘，早是你口稳哩；若别人知呵，甚么模样！（红云）你哄着谁哩！你把这个饿鬼弄得他七死八活，却要怎么？

【四边静】怕人家调犯[7]，"早共晚夫人见些破绽，你我何安。"问甚么他遭危难？撺断得上竿[8]，掇了梯儿看。

（旦云）将描笔儿过来，我写将去回他，着他下次休是这般。（旦做写科）（起身科，云）红娘，你将去说："小姐看望先生，相待兄妹之礼如此，非有他意。再一遭儿是这般呵，必告夫人知道。"和你个小贱人都有话说。（旦掷书下）（红唱）

【脱布衫】小孩儿家口没遮拦[9]，一味的将言语摧残。把似你使性子，休思量秀才，做多少好人家风范。（红做拾书科）

【小梁州】他为你梦里成双觉后单，废寝忘餐。罗衣不奈五更寒，愁无限，寂寞泪阑干。

【幺篇】似这等辰勾空把佳期盼[10]，我将这角门儿世不曾牢拴，只愿你做夫妻无危难。我向这筵席头上整扮，做一个缝了口的撮合山[11]。

（红云）我若不去来，道我违拗他，那生又等我回报，我须索走一遭。（下）（末上，云）那书请红娘将去，未见回话。我这封书去，必定成事。这早晚敢待来也。（红上）须索回张生话去。小姐，你性儿太惯得娇了，有前日的心，那得今日的心来？

【石榴花】当日个晚妆楼上杏花残，犹自怯衣单，那一片听琴心清露月明间。昨日个向晚，不怕春寒，几乎险被先生馔，那其间岂不胡颜[12]。为一个不酸不醋风魔汉，隔墙儿险化做了望夫山[13]。

【斗鹌鹑】你用心儿拨雨撩云，我好意儿传书寄简。不肯搜自己狂为，只待要觅别人破绽。受艾焙权时忍这番，畅好是奸。"张生是兄妹之礼，焉敢如此！"对人前巧语花言；——没人处便想张生，——背地里愁眉泪眼。

（红见末科）（末云）小娘子来了。擎天柱，大事如何了也？（红云）不济事了，先生休傻。（末云）小生简帖儿是一道会亲的符箓，则是小娘子不用心，故意如此。（红云）我不用心？有天理！你那简帖儿好听！

【上小楼】这的是先生命悭，须不是红娘违慢。那简帖儿倒做了你的招状，他的勾头，我的公案。若不是觑面颜，厮顾盼，担饶轻慢。先生受罪，礼之当然。贱妾何辜？争些儿把你娘拖犯。

【幺篇】从今后相会少，见面难。月暗西厢，凤去秦楼，云敛巫山。你也赸[14]，我也赸；请先生休讪，早寻个酒阑人散。

（红云）只此再不必申诉足下肺腑，怕夫人寻，我回去也。（末云）小娘子此一遭去，再着谁与小生分剖？必索做一个道理，方可救得小生一命。（末跪下揪住红科）（红云）张先生是读书人，岂不知此意，其事可知矣。

【满庭芳】你休要呆里撒奸[15]；你待要恩情美满，却教我骨肉摧残。老夫人手执着棍儿摩娑看，粗麻线怎透得针关。直待我挂着拐帮闲钻懒，缝合唇送暖偷寒。待去呵，小姐性儿撮盐入火，消息儿踏着泛；待不去呵，（末跪哭云）小生这一个性命，都在小娘子身上。（红唱）禁不得你甜话儿热趓[16]：好着我两下里做人难。

我没来由分说。小姐回与你的书，你自看者。（末接科，开读科）呀，有这场喜事！撮土焚香，三拜礼毕。早知小姐简至，理合远接；接待不及，勿令见罪！小娘子，和你也欢喜。（红云）怎么？（末云）小姐骂我都是假，书中之意，着我今夜花园里来，和他"哩也波哩也啰"哩。（红云）你读书我听。（末云）"待月西厢下，迎风户半开。隔墙花影动，疑是玉人来。"（红云）怎见得他着你来？你解与我听咱。（末云）"待月西厢下"，着我月上来；"迎风户半开"，他开门待我；"隔墙花影动，疑是玉人来"，着我跳过墙来。（红笑云）他着你跳过墙来，你做下来。端的有此说么？（末云）俺是个猜诗谜的社家，风流隋何[17]，浪子陆贾[18]。我那里有差的勾当？（红云）你看我姐姐，在我行也使这般道儿。

【耍孩儿】几曾见寄书的颠倒瞒着鱼雁，小则小心肠儿转关。写着道西厢待月等得更阑，着你跳东墙"女"字边"干"。原来那诗句儿里包笼着三更枣，简帖儿里埋伏着九里山。他着紧处将人慢，您会云雨闹中取静，我寄音书忙里偷闲。

【四煞】纸光明玉板，字香喷麝兰，行儿边湮透非春汗？一缄情泪红犹湿，满纸春愁墨未干。从今后休疑难，放心波玉堂学士，隐情取金雀鸦鬟。

【三煞】他人行别样的亲，俺根前取次看，更做道孟光接了梁鸿案[19]。别人行甜言美语三冬暖，我根前恶语伤人六月寒。我为头儿看：看你个离魂倩女，怎发付掷果潘安[20]。

（末云）小生读书人，怎跳得那花园过也？（红唱）

【二煞】隔墙花又低，迎风户半拴，偷香手段今番按。怕墙高怎把龙门跳，嫌花密难将仙桂攀。放心去，休辞惮；你若不去呵，望穿他盈盈秋水，蹙损他淡淡春山。

（末云）小生曾到那花园里，已经两遭，不见那好处；这一遭知他又怎么？（红云）如今不比往常。

【煞尾】你虽是去了两遭，我敢道不如这番。你那隔墙酬和都胡侃，证果的是今番这一简。（红下）

（末云）万事自有分定，谁想小姐有此一场好处。小生是猜诗谜的社家，风流隋何，浪子陆贾，到那里挖扎帮便倒地[21]。今日颓天百般的难得晚。天，你有万物于人，何故争此一日。疾下去波！"读书继晷怕黄昏，不觉西沉强掩门。欲赴海棠花下约,太阳何苦又生根?"(看天云)呀,才晌午也,再等一等。(又看科)今日万般的难得下去也呵。"碧天万里无云,空劳倦客身心。恨杀鲁阳贪战[22],不叫红日西沉!"呀,却早倒西也,再等一等咱。"无端三足乌,团团光烁烁。安得后羿弓,射此一轮落!"谢天地!却早日下去也!呀,却早发擂也!呀,却早撞钟也!拽上书房门,到得那里,手挽着垂杨,滴流扑跳过墙去[23]。(下)

[1]偌早晚:这个时候。

[2]钗嚲(duǒ):钗子下垂。

[3]做意:舞台提示语,谓故作某种姿态或表情。

[4]决撒了:被识破了。

[5]扢皱:紧皱。

[6]证候:病情。

[7]调犯:作弄、调侃。

[8]撺(cuān)断:怂恿、劝诱。

[9]口没遮拦:说话不注意。

[10]辰勾:星星名,不经常出现,见之甚难。引申为切盼佳期之词。

[11]撮合山:媒人。

[12]胡颜:丢人现丑。

[13]望夫山:古代传说,有一贞妇,其夫从役赴国难。贞妇带弱子送行,立望而死,化作山峰。

[14]趁(shàn):走。

[15]呆里撒奸:装疯卖傻。

[16]热趱(zǎn):紧紧催逼。

[17]隋何:汉初人。楚汉战争中,奉刘邦之命赴淮南,说英布归汉。

[18]陆贾:汉初政论家、辞赋家。对汉初政治曾发生影响。

[19]孟光接了梁鸿案:《后汉书·梁鸿传》载:梁鸿的妻子孟光不敢在梁鸿面前仰视,盛饭时举案齐眉。

[20]掷果潘安:西晋文学家潘岳(字安仁)长相俊美,少年时代出洛阳道,妇人爱慕,投之以果。后用为妇女爱慕男子的典故。

[21]扢扎帮:迅速。

[22]鲁阳贪战:《淮南子·览冥训》载,鲁阳公与韩构难,战酣,日暮,挥戈指日,日为之退三舍。

[23]滴流扑:迅速(跳过)。

第三折

(红上,云)今日小姐着我寄书与张生,当面偌多般假意儿,原来诗内暗约着他来。小姐也不对我说,我也不瞧破他,只请他烧香。今夜晚妆处,比每日较别,我看他到其间怎的瞒我?(红唤科)姐姐,咱烧香去来。(旦上,云)花阴重叠香风细,庭院深沉淡月明。(红云)今夜月明风清,好一派景致也呵!

【双调·新水令】晚风寒峭透窗纱,控金钩绣帘不挂。门阑凝暮霭[1],楼角敛残霞。恰对菱花[2],楼上晚妆罢。

【驻马听】不近喧哗,嫩绿池塘藏睡鸭;自然幽雅,淡黄杨柳带栖鸦。金莲蹴损牡丹芽,玉簪抓住荼蘼架。夜凉苔径滑,露珠儿湿透了凌波袜。

　　我看那生和俺小姐巴不得到晚。

【乔牌儿】自从那日初时想月华,捱一刻似一夏;见柳梢斜日迟迟下,早道"好教贤圣打"。

【搅筝琶】打扮的身子儿诈[3],准备着云雨会巫峡。只为这燕侣莺俦[4],锁不住心猿意马。不只俺那姐姐害,那生呵!二三日来水米不粘牙。因姐姐闭月羞花,真假、这其间性儿难按纳,一地里胡拿[5]。

　　姐姐,这湖山下立地,我开了寺里角门儿。怕有人听俺说话,我且看一看。(做意了)偌早晚,傻角却不来"赫赫赤赤"[6]来?(末云)这其间正好去也,赫赫赤赤。(红云)那鸟来了。

【沉醉东风】我只道槐影风摇暮鸦,原来是玉人帽侧乌纱。一个潜身在曲槛边,一个背立在湖山下;那里叙寒温,并不曾打话。(红云)赫赫赤赤,那鸟来了。(末云)小姐,你来也。(搂住红科)(红云)禽兽,是我,你看得好仔细着,若是夫人怎了?(末云)小生害得眼花,搂得慌了些儿,不知是谁,望乞恕罪!(红唱)便做道搂得慌呵,你也索觑咱,多管是饿得你个穷神眼花。

　　(末云)小姐在那里?(红云)在湖山下,我问你咱,真个着你来哩?(末云)小生猜诗谜社家,风流隋何,浪子陆贾,准定扎掙帮便倒地。(红云)你休从门里去,只道我使你来。你跳过这墙去,今夜这一弄儿助你两个成亲。我说与你,依着我者。

【乔牌儿】你看那淡云笼月华,似红纸护银蜡;柳丝花朵垂帘下,绿莎茵铺着绣榻。

【甜水令】良夜迢迢,闲庭寂静,花枝低亚。他是个女孩儿家,你索将性儿温存,话儿摩弄,意儿谦洽;休猜做败柳残花。

【折桂令】他是个娇滴滴美玉无瑕,粉脸生春,云鬓堆鸦。恁的般受怕担惊,又不图甚浪酒闲茶。只你那夹被儿时当奋发,指头儿告了消乏;打叠起嗟呀,毕罢了牵挂,收拾了忧愁,准备着撑达[7]。

　　(末作跳墙搂旦科)(旦云)是谁?(末云)是小生。(旦怒云)张生,你是何等之人!我在这里烧香,你无故至此;若夫人闻知,有何理说!(末云)呀,变了卦也!(红

唱)

【锦上花】为甚媒人，心无惊怕；赤紧的夫妻们、意不争差。我这里蹑足潜踪，悄地听咱。一个羞惭，一个怒发。

【幺篇】张生无一言，呀！莺莺变了卦。一个悄悄冥冥，一个絮絮答答。却早禁住隋何，进住陆贾，又手躬身，妆聋做哑。

张生背地里嘴那里去了？向前搂住丢翻，告到官司，怕羞了你！

【清江引】没人处只会闲嗑牙，就里空奸诈。怎想湖山边，不记"西厢下"。香美娘处分破花木瓜。

(旦) 红娘，有贼！(红云) 是谁？(末云) 是小生。(红云) 张生，你来这里有甚么勾当？(旦云) 扯到夫人那里去！(红云) 到夫人那里，怕坏了他行止[8]。我与姐姐处分他一场。张生，你过来跪着！你既读孔圣之书，必达周公之礼，黉夜来此何干[9]？

【雁儿落】不是俺一家儿乔作衙[10]，说几句衷肠话。我只道你文学海样深，谁知你色胆有天来大。

(红云) 你知罪么？(末云) 小生不知罪。(红唱)

【得胜令】谁着你黉夜入人家，非奸做贼拿。你本是个折桂客，做了偷花汉。不想去跳龙门，学骗马[11]。姐姐，且看红娘面饶过这生者！(旦云) 若不看红娘面，扯你到夫人那里去，看你有何面目见江东父老？起来！(红唱) 谢小姐贤达，看我面遂情罢。若到官司详察，"你既是秀才，只合苦志于寒窗之下，谁教你黉夜辄入人家花园？做得个非奸即盗。"先生呵，整备着精皮肤吃顿打。

(旦云) 先生虽有活人之恩，恩则当报。既为兄妹，何生此心？万一夫人知之，先生何以自安？今后再勿如此。若更为之，与足下决无干休！(下)(末朝鬼门道云) 你着我来，却怎么有偌多说话？(红扯过末云) 羞也，羞也！却不"风流隋何，浪子陆贾"？(末云) 得罪波"社家"，今日便早则死心塌地。(红唱)

【离亭宴带歇拍煞】再休题"春宵一刻千金价"，准备着"寒窗更守十年寡"。猜诗谜的社家，俺拍了"迎风户半开"[12]，山障了"隔墙花影动"，绿惨了"待月西厢下"。你将何郎粉面搽[13]，他自把张敞眉儿画[14]。强风情措大，晴干了尤云殢雨心，悔过了窃玉偷香胆，删抹了倚翠偎红话。(末云) 小生再写一简，烦小娘子将去，以尽衷情如何？(红唱) 淫词儿早则休，简帖儿从今罢。犹古自参不透风流调法[15]。从今后悔罪也卓文君，你与我游学去波汉司马。(下)

(末云) 你这小姐送了人也！此一念小生再不敢举，奈有病体日笃，将如之奈何？夜来得简方喜，今日强扶至此，又值这一场怨气，眼见得休也。只索回书房中

纳闷去。桂子闲中落,槐花病里看。(下)

[1]门阑:门框。

[2]菱花:代指铜镜。

[3]诈:这里是漂亮之意。

[4]燕侣莺俦:燕和莺双出双栖,故常用以比喻恩爱的夫妻。

[5]胡拿:胡闹。

[6]赫赫赤赤:嘴中发出的声响,有音而无义,元剧中多指约会时的暗号。

[7]撑达:痛快。

[8]行止:名声和品德。

[9]黄夜:深夜。

[10]乔作衙:假装。

[11]骗马:勾引妇女。

[12]伽(qì)拍:弄错。

[13]何郎:何晏面白貌美,后以"何郎"称美男子。这里指张生。

[14]张敞眉:《汉书·张敞传》载,张敞无威仪,又替妻子画眉,很好看。后用作夫妻恩爱之典。

[15]犹古自:"还(hái)"的意思。

第四折

(夫人上,云)早间长老使人来,说张生病重。我着长老使人请个太医去看了。一壁道与红娘[1],看哥哥行问汤药去者,问太医下甚么药?证候如何?便来回话。(下)(红上,云)老夫人才说张生病沉重,昨夜吃我那一场气,越重了。莺莺呵,你送了他人。(下)(旦上,云)我写一简,只说道药方,着红娘将去与他,证候便可。(旦唤红科)(红云)姐姐唤红娘怎么?(旦云)张生病重,我有一个好药方儿,与我将去咱!(红云)又来也!娘呵,休送了他人!(旦云)好姐姐,救人一命,将去咱!(红云)不是你,一世也救他不得。如今老夫人使我去哩,我就与你将去走一遭。(下)(旦云)红娘去了,我绣房里等他回话。(下)(末上,云)自从昨夜花园中吃了这一场气,投着旧证候,眼见得休了也。老夫人说着长老唤太医来看我;我这颗证候,非是太医所治的;只除是那小姐美甘甘、香喷喷、凉渗渗、娇滴滴一点唾津儿咽下去,这屌病便可[2]。(洁引太医上,"双斗医"科范了[3])(下)(洁云)下了药了,我回夫人话去,少刻再来相望。(下)(红上,云)俺小姐送得人如此,又着我去动问,送药方儿去,越着他病沉了也。我索走一遭。异乡易得离愁病,妙药难医肠断人。

【越调·斗鹌鹑】只为你彩笔题诗,回文织锦,送得人卧枕着床,忘餐废寝，折倒得鬓似愁潘[4]，腰如病沈[5]。恨已深，病已沉，昨夜个热脸儿对面抢白，今日个冷句儿将人厮侵[6]。

昨夜这般抢白他呵！

【紫花儿序】把似你休倚着棂门儿待月，依着韵脚儿联诗，侧着耳朵儿听琴。见了他撒假偌多话：“张生，我与你兄妹之礼，甚么勾当！”怒时节把一个书生来跌窨[7]，欢时节——“红娘，好姐姐，去望他一遭！”——将一个侍妾来逼临。难禁，好看我似线脚儿般殷勤不离了针。从今后教他一任。这的是俺老夫人的不是：将人的义海恩山，都做了远水遥岑。

（红见末问云）哥哥病体若何？（末云）害杀小生也！我若是死呵，小娘子，阎王殿前，少不得你做个干连人。（红叹云）普天下害相思的，不似你这个傻角。

【天净沙】心不存学海文林，梦不离柳影花阴，只去那窃玉偷香上用心。又不曾得甚，自从海棠开想到如今。

因甚的便病得这般了？（末云）都因你行——怕说的谎——因小侍长上来！当夜书房一气一个死。小生救了人，反被害了。自古人云：“痴心女子负心汉。”今日反其事了。（红唱）

【调笑令】我这里自审，这病为邪淫；尸骨岩岩鬼病侵。更做道秀才们从来恁。似这般干相思的好撒吞[8]！功名上早则不遂心，婚姻上更返吟复吟。

（红云）老夫人着我来，看哥哥要甚么汤药。小姐再三伸敬，有一药方，送来与先生。（末做慌科）在那里？（红云）用着几般儿生药，各有制度[9]，我说与你：

【小桃红】“桂花”摇影夜深沉，酸醋“当归”浸。（末云）桂花性温，当归活血，怎生制度？（红唱）面靠着湖山背阴里窨，这方儿最难寻。一服两服令人恁。（末云）忌甚么物？（红唱）忌的是“知母”未寝，怕的是“红娘”撒沁[10]。吃了呵，稳情取“使君子”一星儿“参”。

这药方儿，小姐亲笔写的。（末看药方大笑科）（末云）早知姐姐书来，只合远接。小娘子——（红云）又怎么？却早两遭儿也。（末云）——不知这首诗意，小姐待和小生“里也波”哩。（红云）不少了一些儿？

【鬼三台】足下其实咮[11]，休妆吞。笑你个风魔的翰林，无处问佳音，向简帖儿上计禀。得了个纸条儿恁般绵里针，若见玉天仙怎生软厮禁？俺那小姐忘恩，赤紧的偻人负心[12]。

书上如何说？你读与我听咱。（末念云）“休将闲事苦萦怀，取次摧残天赋才。不意当时完妾命，岂防今日作君灾？仰图厚德难从礼，谨奉新诗可当媒。寄语高唐休咏赋，今宵端的雨云来。"此韵非前日之比，小姐必来。(红云)他来呵，怎生？

【秃厮儿】身卧着一条布衾，头枕着三尺瑶琴；他来时怎生和你一处寝？冻得来战兢兢，说甚知音？

【圣药王】果若你有心，他有心，昨日秋千院宇夜深沉；花有阴，月有阴，"春宵一刻抵千金"，何须"诗对会家吟"？

(末云)小生有花银十两，有铺盖赁与小生一付。(红唱)

【东原乐】俺那鸳鸯枕，翡翠衾，便遂杀了人心，如何肯赁？至如你不脱解和衣儿更怕甚？不强如手执定指尖儿恁。倘或成亲，到大来福荫[13]。

(末云)小生为小姐如此容色，莫不小姐为小生也减动丰韵么？(红唱)

【绵搭絮】他眉弯远山不翠，眼横秋水无光，体若凝酥，腰如嫩柳，俊的是庞儿俏的是心，体态温柔性格儿沉。虽不会法灸神针，更胜似救苦难观世音。

(末云)今夜成了事，小生不敢有忘。(红唱)

【幺篇】你口儿里漫沉吟，梦儿里苦追寻。往事已沉，只言目今，今夜相逢管教恁。不图你甚白璧黄金，只要你满头花，拖地锦。

(末云)怕夫人拘系，不能够出来。(红云)只怕小姐不肯，果有意呵，

【煞尾】虽然是老夫人晓夜将门禁，好共歹须教你称心。(末云)休似昨夜不肯。(红云)你挣揣咱[14]，来时节肯不肯尽由他，见时节亲不亲尽在恁[15]。(并下)

【络丝娘煞尾】因今宵传言送语，看明日携云握雨。

　　题目　老夫人命医士　　崔莺莺寄情诗
　　正名　小红娘问汤药　　张君瑞害相思

[1]一壁：一边，一面。

[2]屌(diǎo)病：可恶的病。屌用做詈词，是北方对男性生殖器的俗称。

[3]科范：表演或科段的规范，如作揖、坐、跪等。这里是指看病的有关动作。

[4]鬓似愁潘：晋潘岳《秋兴赋》："余春秋三十有二，始见二毛。"后用"潘鬓"慨叹未老先衰，头发斑白。

[5]腰如病沈：《南史·沈约传》载，沈约曾向老朋友表达自己因病而腰围减少。后借此形容身体消瘦。

[6]厮侵：相近。

[7]跌窨：顿足发怒。

［8］撒吞：形容呆傻。

［9］制度：指药的配制方法及用法。

［10］撒沁：奚落。

［11］唴(lín)：呆貌。

［12］偻人：曲背之人。这里指老夫人。

［13］到大来：多么、非常。

［14］挣揣：勉力支撑。

［15］恁(nín)：意同"您"。指你，非敬称。

　　在封建社会，男女是不平等的。表现在两性关系中，男子可以一夫多妻，甚至婚外再有恋情也无伤大雅；而女子则必须从一而终，"德言工容"中，"德"居首位，而"德"的主要内容便是贞操。明乎此，我们就不难理解这一本中莺莺的一系列言行了。

　　封建礼教对莺莺的束缚，表现在外部束缚和内在束缚两个方面。冲破外在束缚要比挣脱内在束缚容易一些。作为千金之躯的相国小姐，莺莺从小就受封建伦理的熏陶，她比任何人都明白一旦失身意味着什么。从"闹简"到"赖简"，莺莺的内心深处充满了痛苦。所以才会有她的刚刚眉目传情，就装腔作势；前面传书约会，后面耍赖不认等一系列看似矛盾的言行。她在考验红娘、考验张生的过程中，内心深处情与礼进行着尖锐的斗争。一直到第四折再次"酬简"约会，莺莺才最终情感战胜了理智，爱情击败了礼教。此时，她与红娘的隔阂已经消除，与张生的距离进一步缩小，内部矛盾基本上解决了。剩下的外部矛盾，则留待后两本加以解决。

　　这一本中，楔子写莺莺派遣红娘探望张生之病；第一折写张生托红娘捎给莺莺书信；第二折写莺莺看信后，"贼喊捉贼"，表面上责备红娘和张生，实则写诗约会张生；第三折写张生依言赴约，却又被莺莺数落一顿；眼看没什么希望了，第四折中又有红娘转来莺莺主动约会的情诗。剧情一波三折，让读者的心与张生一起忐忑，足见作者之高明。

第四本　草桥店梦莺莺杂剧

楔　子

（旦上，云）昨夜红娘传简去与张生，约今夕和他相见，等红娘来做个商量。（红上，云）姐姐着我传简帖儿与张生，约他今宵赴约。俺那小姐，我怕又有说谎，送了他性命，不是要处。我见小姐去，看他说甚么。（旦云）红娘收拾卧房，我睡去。（红云）不争你要睡呵[1]，那里发付那生？（旦云）甚么那生？（红云）姐姐，你又来也！送了人性命不是要处。你若又翻悔，我出首与夫人，你着我将简帖儿约下他来。（旦云）这小贱人倒会放刁，羞人答答的，怎生去！（红云）有甚的羞，到那里只合着眼者。（红催莺云）去来，去来！老夫人睡了也。（旦走科）（红云）俺姐姐语言虽是强，脚步儿早先行也。

【仙吕·端正好】因姐姐玉精神，花模样，无倒断晓夜思量[2]。着一片志诚心，盖抹了漫天谎[3]。出画阁[4]，向书房，离楚岫[5]，赴高唐，学窃玉，试偷香，巫娥女，楚襄王；楚襄王敢先在阳台上。（下）

[1]不争：假若。

[2]无倒断：没有间歇。

[3]"着一片"二句：意思是莺莺此次真心赴约，可以弥补老夫人赖婚的过错。

[4]画阁：本指有画栋雕梁的楼阁，此处是指莺莺的绣房。

[5]楚岫(xiù)：指巫山。

第一折

（末上，云）昨夜红娘所遗之简，约小生今夜成就。这早晚初更尽也，不见来呵，小姐休说谎咱！人间良夜静复静，天上美人来不来？

【仙吕·点绛唇】伫立闲阶，夜深香霭、横金界。潇洒书斋，闷杀读书客。

【混江龙】彩云何在，月明如水浸楼台。僧归禅室，鸦噪庭槐。风弄竹声只道金珮响，月移花影疑是玉人来。意悬悬业眼，急攘攘情怀，身心一片，无处安排；只索呆答孩倚定门儿待[1]。越越的青鸾信杳[2]，黄犬音乖。

　　小生一日十二时，无一刻放下小姐，你那里知道呵！

【油葫芦】情思昏昏眼倦开，单枕侧，梦魂飞入楚阳台。早知道无明无夜因他害，想当初"不如不遇倾城色"。人有过，必自责，勿惮改，我却待"贤贤易色"将心戒，怎禁他兜的上心来[3]。

【天下乐】我只索倚定门儿手托腮，好着我难猜：来也那不来？夫人行料应难离侧。望得人眼欲穿，想得人心越窄，多管是冤家不自在。

　　偌早晚不来，莫不又是谎么？

【那吒令】他若是肯来，早身离贵宅；他若是到来，便春生敝斋；他若是不来，似石沉大海。数着他脚步儿行，倚定窗棂儿待。寄语多才[4]：

【鹊踏枝】恁的般恶抢白，并不曾记心怀；拨得个意转心回，夜去明来。空调眼色经今半载，这其间委实难捱。

　　小姐这一遭若不来呵，

【寄生草】安排着害，准备着抬。想着这异乡身强把茶汤捱，只为这可憎才熬得心肠耐，办一片志诚心留得形骸在。试着那司天台打算半年愁，端的是太平车约有十余载。

　　（红上，云）姐姐，我过去，你在这里。（红敲门科）（末问云）是谁？（红云）是你前世的娘。（末云）小姐来么？（红云）你接了衾枕者，小姐入来也。张生，你怎么谢我？（末拜云）小生一言难尽。寸心相报，惟天可表！（红云）你放轻者，休唬了他！（红推旦入云）姐姐，你入去，我在门儿外等你。（末见旦跪云）张珙有何德能，敢劳神仙下降，知他是睡里梦里？

【村里迓鼓】猛见他可憎模样，——小生那里得病来——早医可九分不快。先前见责，谁承望今宵欢爱！着小姐这般用心，不才张珙，合当跪拜。小生无宋玉般容，潘安般貌，子建般才，姐姐，你只是可怜见为人在客！

【元和令】绣鞋儿刚半拆[5]，柳腰儿够一搦[6]，羞答答不肯把头抬，只将鸳枕捱。云鬟仿佛坠金钗，偏宜鬏髻儿歪。

【上马娇】我将这钮扣儿松，把搂带儿解，兰麝散幽斋。不良会把人禁害，哈[7]，怎不肯回过脸儿来？

【胜葫芦】我这里软玉温香抱满怀。呀，阮肇到天台[8]，春至人间花弄色。将柳腰款摆，花心轻拆，露滴牡丹开。

【幺篇】但蘸着些儿麻上来，鱼水得和谐，嫩蕊娇香蝶恣采。半推半就，又惊又爱，檀口揾香腮。

（末跪云）谢小姐不弃，张珙今夕得就枕席，异日犬马之报。（旦云）妾千金之躯，一旦弃之。此身皆托于足下，勿以他日见弃，使妾有白头之叹[9]。（末云）小生焉敢如此？（末看手帕科）

【后庭花】春罗原莹白，早见红香点嫩色。（旦云）羞人答答的，看甚么？（末唱）灯下偷睛觑，胸前着肉揣。畅奇哉，浑身通泰，不知春从何处来？无能的张秀才，孤身西洛客，自从逢稔色，思量的不下怀；忧愁因间隔，相思无摆划；谢芳卿不见责。

【柳叶儿】我将你做心肝儿般看待，点污了小姐清白。忘餐废寝舒心害，若不是真心耐，志诚捱，怎能够这相思苦尽甘来？

【青哥儿】成就了今宵欢爱，魂飞在九霄云外。投至得见你多情小奶奶，憔悴形骸，瘦似麻秸。今夜和谐，犹自疑猜。露滴香埃，风静闲阶，月射书斋，云锁阳台；审问明白，只疑是昨夜梦中来，愁无奈。

（旦云）我回去也，怕夫人觉来寻我。（末云）我送小姐出来。

【寄生草】多丰韵，忒稔色。乍时相见教人害，霎时不见教人怪，些儿得见教人爱。今宵同会碧纱厨，何时重解香罗带。

（红云）来拜你娘！张生，你喜也。姐姐，咱家去来。（末唱）

【煞尾】春意透酥胸，春色横眉黛，贱却人间玉帛。杏脸桃腮，乘着月色，娇滴滴越显得红白。下香阶，懒步苍苔，动人处弓鞋凤头窄。叹鲰生不才[10]，谢多娇错爱。若小姐不弃小生，此情一心者，你是必破工夫明夜早些来。（下）

[1]呆答孩：呆呆的。

[2]越越的：越发、更加。

[3]兜的：猛然、一下子。

[4]多才：男女称所爱的人。这里指莺莺。

[5]半拆：即半拃，一拃约三寸，半拃则不足二寸，形容妇女脚小。

[6]一搦：一把、一握，极言美女腰身之细。

[7]咍(hāi)：招呼别人之词，犹如"喂"。

[8]阮肇到天台：传说汉代的阮肇与刘晨共入天台山，遇仙女，结良缘。

[9]白头之叹：汉乐府《白头吟》云："闻君有两意，故来相决绝。……愿得一心人，白头不相离。"后用作失宠女子对负心男子怨诽之典。

[10]鲰(zōu)生：无知的小人。自谦之词。

第二折

　　(夫人引俫上,云),这几日窃见莺莺语言恍惚,神思加倍,腰肢体态,比向日不同;莫不做下来了么?(俫云)前日晚夕,奶奶睡了,我见姐姐和红娘烧香,半晌不回来,我家去睡了。(夫人云)这桩事都在红娘身上,唤红娘来!(俫唤红科)(红云)哥哥唤我怎么?(俫云)奶奶知道你和姐姐去花园里去,如今要打你哩!(红云)呀!小姐,你带累我也!小哥哥,你先去,我便来也。(红唤旦科)(红云)姐姐,事发了也,老夫人唤我哩,却怎了?(旦云)好姐姐,遮盖咱!(红云)娘呵,你做的隐秀者[1],我道你做下来也。(旦念)月圆便有阴云蔽,花发须教急雨催。(红唱)

【越调·斗鹌鹑】只着你夜去明来,倒有个天长地久;不争你握雨携云,常使我提心在口。你只合戴月披星,谁着你停眠整宿?老夫人心数多,情性促[2];使不着我巧语花言,将没做有。

【紫花儿序】老夫人猜那穷酸做了新婿,小姐做了娇妻,这小贱人做了牵头[3]。俺小姐这些时春山低翠,秋水凝眸。别样的都休,试把你裙带儿拴,纽门儿扣,比着你旧时肥瘦,出落得精神,别样的风流

　　(旦云)红娘,你到那里小心回话者。(红云)我到夫人处,必问:"这小贱人,

【金蕉叶】我着你但去处行监坐守,谁着你迤逗的胡行乱走?"若问着此一节呵如何诉休?你便索与他个知情的犯由。

　　姐姐,你受责理当,我图甚么来?

【调笑令】你绣帏里效绸缪,倒凤颠鸾百事有。我在窗儿外几曾轻咳嗽,立苍苔将绣鞋儿冰透。今日个嫩皮肤倒将粗棍抽,姐姐呵,俺这通殷勤的着甚来由?

　　姐姐在这里等着,我过去。说过呵,休欢喜;说不过,休烦恼。(红见夫人科)(夫人云)小贱人,为甚么不跪下!你知罪么?(红跪云)红娘不知罪。(夫人云)你故自口强哩。若实说呵,饶你;若不实说呵,我直打死你这个贱人!谁着你和小姐花园里去来?(红云)不曾去,谁见来?(夫人云)欢郎见你去来,尚故自推哩!(打科)(红云)夫人休闪了手,且息怒停嗔,听红娘说。

【鬼三台】夜坐时停了针绣,供姐姐闲穷究,说张生哥哥病久。咱两个背着夫人,向书房问候。(夫人云)问候呵,他说甚?(红云)他说来,道"老夫人事已休,将恩变为仇,着小生半途喜变做忧"。他道"红娘你且先行,教小姐权时落后。"

049

（夫人云）他是个女孩儿家，着他落后怎么！（红唱）

【秃厮儿】我只道神针法灸，谁承望燕侣莺俦。他两个经今月余只是一处宿，何须你一一问缘由？

【圣药王】他每不识忧，不识愁，一双心意两相投。夫人得好休，更好休，这其间何必苦追求？常言道"女大不中留"。

（夫人云）这端事都是你个贱人[4]。（红云）非是张生小姐红娘之罪，乃夫人之过也。（夫人云）这贱人倒指下我来，怎么是我之过？（红云）信者，人之根本，"人而无信，不知其可也。大车无輗，小车无軏，其何以行之哉[5]？"当日军围普救，夫人所许退军者，以女妻之。张生非慕小姐颜色，岂肯建区区退军之策？兵退身安，夫人悔却前言，岂得不为失信乎？既然不肯成其事，只合酬之以金帛，令张生舍此而去。却不当留请张生于书院，使怨女旷夫，各相早晚窥视，所以夫人有此一端。目下老夫人若不息其事，一来辱没相国家谱；二来张生日后名重天下，施恩于人，忍令反受其辱哉？使至官司，夫人亦得治家不严之罪。官司若推其详，亦知老夫人背义而忘恩，岂得为贤哉？红娘不敢自专，乞望夫人台鉴：莫若恕其小过，成就大事，捆之以去其污[6]，岂不为长便乎[7]？

【麻郎儿】秀才是文章魁首，姐姐是仕女班头；一个通彻三教九流，一个晓尽描鸾刺绣。

【幺篇】世有、便休、罢手，大恩人怎做敌头？起白马将军故友，斩飞虎叛贼草寇。

【络丝娘】不争和张解元参辰卯酉[8]，便是与崔相国出乖弄丑。到底干连着自己骨肉，夫人索穷究。

（夫人云）这小贱人也道得是。我不合养了这个不肖之女。待经官呵，玷辱家门。罢，罢！俺家无犯法之男，再婚之女，与了这厮罢。红娘唤那贱人来！（红见旦云）且喜姐姐，那棍子只是滴溜溜在我身上，吃我直说过了[9]，我也怕不得许多。夫人如今唤你来，待成合亲事。（旦云）羞人答答的，怎么见夫人？（红云）娘跟前有甚么羞？

【小桃红】当日个月明才上柳梢头，却早人约黄昏后。羞得我脑背后将牙儿衬着衫儿袖。猛凝眸，看时节只见鞋底尖儿瘦。一个恣情的不休，一个哑声儿厮耨。吁！那其间可怎生不害半星儿羞？

（旦见夫人科）（夫人云）莺莺，我怎生抬举你来？今日做这等的勾当！只是我的孽障，待怨谁的是！我待经官来，辱没了你父亲，这等事不是俺相国人家的勾当。罢罢罢！谁似俺养女的不长进！红娘，书房里唤将那禽兽来！（红唤末科）（末云）

小娘子唤小生做甚么？（红云）你的事发了也，如今夫人唤你来，将小姐配与你哩。小姐先招了也，你过去。（末云）小生惶恐，如何见老夫人？当初谁在老夫人行说来？（红云）休俫小心，过去便了。

【幺篇】 既然泄漏怎干休？是我相投首。俺家里陪酒陪茶倒捆就[10]。你休愁，何须约定通媒媾？我弃了部署不收[11]，你原来"苗而不秀"。呸！你是个银样镴枪头[12]。

（末见夫人科）（夫人云）好秀才呵，岂不闻"非先王之德行不敢行"？我待送你去官司里去来，恐辱没了俺家谱。我如今将莺莺与你为妻，只是俺三辈儿不招白衣女婿[13]，你明日便上朝取应去，我与你养着媳妇。得官呵，来见我；驳落呵[14]，休来见我。（红云）张生早则喜也。

【东原乐】 相思事，一笔勾，早则展放从前眉儿皱。美爱幽欢恰动头。既能够，张生，你觑兀的般可喜娘庞儿也要人消受。

（夫人云）明日收拾行装，安排果酒，请长老一同送张生到十里长亭去。（旦念）寄语西河堤畔柳，安排青眼送行人。（同夫人下）（红唱）

【收尾】 来时节画堂箫鼓鸣春昼，列着一对儿鸾交凤友。那其间才受你说媒红[15]，方吃你谢亲酒[16]。（并下）

［1］隐秀：隐蔽。

［2］俫(zhòu)：固执、厉害。

［3］牵头：指牵拢双方，使之成亲者。俗谓"拉皮条"。

［4］这端事：这件事。

［5］"人而无信"以下五句：语出《论语·为政》。輗(ní)：大车车杠前端与车衡相衔接的部分。 軏(yuè)：小车车杠前端与车衡相衔接的关键。

［6］捆(ruán)：迁就。

［7］长便：长久而稳便的打算。

［8］参(shēn)辰卯酉：参星居西方，商星居东方，出没互不相见；卯时为五至七时，酉时为十七时至十九时。这里是对立、冲突的意思。

［9］吃：被。

［10］捆就：撮合、迁就。

［11］部署：师傅。

［12］银样镴(là)枪头：比喻外强中干，中看不中用。

［13］白衣女婿：没有官职的女婿。

［14］驳落：落第。

［15］说媒红：送给媒人的谢礼。

［16］谢亲酒：古时结婚之后，男方往女方家谢亲宴饮，叫做谢亲酒。

第三折

（夫人、长老上，云）今日送张生赴京，十里长亭安排下筵席。我和长老先行，不见张生小姐来到。

（旦、末、红同上）（旦云）今日送张生上朝取应，早是离人伤感，况值那暮秋天气，好烦恼人也呵！悲欢聚散一杯酒，南北东西万里程。

【正宫·端正好】碧云天，黄花地，西风紧，北雁南飞。晓来谁染霜林醉？总是离人泪。

【滚绣球】恨相见得迟，怨归去得疾。柳丝长玉骢难系，恨不倩疏林挂住斜晖[1]。马儿迍迍的行[2]，车儿快快的随，却告了相思回避，破题儿又早别离[3]。听得道一声去也，松了金钏；遥望见十里长亭，减了玉肌：此恨谁知？

（红云）姐姐今日怎么不打扮？（旦云）你那知我的心里呵！

【叨叨令】见安排着车儿、马儿，不由人熬熬煎煎的气；有甚么心情花儿、靥儿，打扮得娇娇滴滴的媚；准备着被儿、枕儿，只索昏昏沉沉的睡；从今后衫儿、袖儿，都揾做重重叠叠的泪。兀的不闷杀人也么哥，兀的不闷杀人也么哥！久已后书儿、信儿，索与我恓恓惶惶的寄。

（做到）（见夫人科）（夫人云）张生和长老坐，小姐这壁坐，红娘将酒来。张生，你向前来，是自家亲眷，不要回避。俺今日将莺莺与你，到京师休辱没了俺孩儿，挣揣一个状元回来者[4]。（末云）小生托夫人余荫，凭着胸中之才，视官如拾芥耳。（洁云）夫人主见不差，张生不是落后的人。（把酒了，坐）（旦长吁科）

【脱布衫】下西风黄叶纷飞，染寒烟衰草萋迷。酒席上斜签着坐的，蹙愁眉死临侵地[5]。

【小梁州】我见他阁泪汪汪不敢垂，恐怕人知；猛然见了把头低，长吁气，推整素罗衣。

【幺篇】虽然久后成佳配，奈时间怎不悲啼。意似痴，心如醉，昨宵今日，清减了小腰围。

（夫人云）小姐把盏者！（红递酒，旦把盏长吁科，云）请吃酒！

【上小楼】合欢未已，离愁相继。想着俺前暮私情，昨夜成亲，今日别离。我谂知这几日相思滋味，却原来比别离情更增十倍。

【幺篇】年少呵轻远别，情薄呵易弃掷。全不想腿儿相挨，脸儿相偎，手儿相携。你与俺崔相国做女婿，妻荣夫贵，但得一个并头莲，煞强如状元及第。

（夫人云）红娘把盏者！（红把酒科）（旦唱）

【满庭芳】供食太急，须臾对面，顷刻别离。若不是酒席间子母每当回避，有心待与他举案齐眉。虽然是厮守得一时半刻，也合着俺夫妻每共桌而食。眼底空留意，寻思起就里，险化做望夫石。

（红云）姐姐不曾吃早饭，饮一口儿汤水。（旦云）红娘，甚么汤水咽得下！

【快活三】将来的酒共食，尝着似土和泥。假若便是土和泥，也有些土气息，泥滋味。

【朝天子】暖溶溶玉醅[6]，白泠泠似水[7]，多半是相思泪。眼面前茶饭怕不待要吃，恨塞满愁肠胃。"蜗角虚名，蝇头微利"，拆鸳鸯在两下里。一个这壁，一个那壁，一递一声长吁气。

（夫人云）辆起车儿[8]，俺先回去，小姐随后和红娘来。（下）（末辞洁科）（洁云）此一行别无话儿，贫僧准备买登科录看[9]，做亲的茶饭少不得贫僧的。先生在意，鞍马上保重者！从今经忏无心礼，专听春雷第一声。（下）（旦唱）

【四边静】霎时间杯盘狼藉，车儿投东，马儿向西。两意徘徊，落日山横翠。知他今宵宿在那里？有梦也难寻觅。

张生，此一行得官不得官，疾便回来。（末云）小生这一去，白夺一个状元，正是"青霄有路终须到，金榜无名誓不归"。（旦云）君行别无所赠，口占一绝，为君送行：弃掷今何在，当时且自亲。还将旧来意，怜取眼前人。（末云）小姐之意差矣，张珙更敢怜谁？谨赓一绝[10]，以剖寸心：人生长远别，孰与最关亲？不遇知音者，谁怜长叹人？（旦唱）

【要孩儿】淋漓襟袖啼红泪，比司马青衫更湿。伯劳东去燕西飞，未登程先问归期。虽然眼底人千里，且尽生前酒一杯。未饮心先醉，眼中流血，心内成灰。

【五煞】到京师服水土，趁程途节饮食，顺时自保揣身体。荒村雨露宜眠早，野店风霜要起迟！鞍马秋风里，最难调护，最要扶持。

【四煞】这忧愁诉与谁？相思只自知，老天不管人憔悴。泪添九曲黄河溢，恨压三峰华岳低。到晚来闷把西楼倚，见了些夕阳古道，衰柳长堤。

【三煞】笑吟吟一处来，哭啼啼独自归。归家若到罗帏里，昨宵个绣衾香暖留春住，今夜个翠被生寒有梦知。留恋你别无意，见据鞍上马，阁不住泪眼愁眉。

（末云）有甚言语嘱付小生咱？（旦唱）

【二煞】你休忧"文齐福不齐"，我只怕你"停妻再娶妻"。休要"一春鱼雁无消息"！我这里青鸾有信频须寄，你却休"金榜无名誓不归"。此一节君须记，若见了那异乡花草，再休似此处栖迟。

（末云）再谁似小姐？小生又生此念。（旦唱）

【一煞】青山隔送行，疏林不做美，淡烟暮霭相遮蔽。夕阳古道无人语，禾黍秋风听马嘶。我为甚么懒上车儿内，来时甚急，去后何迟？

（红云）夫人去好一会，姐姐，咱家去！（旦唱）

【收尾】四围山色中，一鞭残照里。遍人间烦恼填胸臆，量这些大小车儿如何载得起？

（旦、红下）（末云）仆童赶早行一程儿，早寻个宿处。泪随流水急，愁逐野云飞。（下）

[1]倩(qiàn)：请。

[2]迍迍(tún)：形容缓慢。

[3]破题儿：第一次。

[4]挣揣：勉力争取、博得。

[5]死临侵地：死呆呆的，没有生气。

[6]玉醅(pēi)：酒的美称。

[7]白泠泠：形容极白。

[8]辆起车儿：驾起车儿。

[9]登科录：登载录取进士姓名的册子。

[10]赓：续。

第四折

（末引仆骑马上，开）离了蒲东早三十里也。兀的前面是草桥，店里宿一宵，明日赶早行。这马百般儿不肯走[1]。行色一鞭催去马，羁愁万斛引新诗。

【双调·新水令】望蒲东萧寺暮云遮，惨离情半林黄叶。马迟人意懒，风急雁行斜。离恨重叠，破题儿第一夜。

想着昨日受用，谁知今日凄凉！

【步步娇】昨夜个翠被香浓熏兰麝，欹珊枕把身躯儿趄。脸儿厮揾者，仔细端详，可憎的别。铺云鬓玉梳斜，恰便似半吐初生月。

　　早到也。店小二哥那里？（小二哥上，云）官人，俺这头房里下。（末云）琴童接了马者。点上灯，我诸般不要吃，只要睡些儿。（仆云）小人也辛苦，待歇息也。（在床前打铺做睡科）（末云）今夜甚睡得到我眼里来也！

【落梅风】旅馆欹单枕，秋蛩鸣四野，助人愁的是纸窗儿风裂。乍孤眠被儿薄又怯，冷清清几时温热！

　　（末睡科）（旦上，云）长亭畔别了张生，好生放不下。老夫人和梅香都睡了，我私奔出城，赶上和他同去。

【乔木查】走荒郊旷野，把不住心娇怯，喘吁吁难将两气接。疾忙赶上者，打草惊蛇。

【搅筝琶】他把我心肠扯，因此不避路途赊[2]。瞒过俺能拘管的夫人，稳住俺厮齐攒的侍妾[3]。想着他临上马痛伤嗟，哭得我也似痴呆。不是我心邪，自别离以后，到西日初斜，愁得来陡峻，瘦得来咍嗻[4]。只离得半个日头，却早又宽掩过翠裙三四褶，谁曾经这般磨灭？

【锦上花】有限姻缘，方才宁贴；无奈功名，使人离缺。害不了的愁怀，却才觉些；撇不下的相思，如今又也。

【幺篇】清霜净碧波，白露下黄叶。下下高高，道路凹折；四野风来，左右乱踅。我这里奔驰，他何处眠歇？

【清江引】呆答孩店房儿里没话说[5]，闷对如年夜。暮雨催寒蛩，晓风吹残月，今宵酒醒何处也？

　　（旦云）在这个店儿里，不免敲门。（末云）谁敲门哩？是一个女人的声音，我且开门看咱，这早晚是谁？

【庆宣和】是人呵疾忙快分说，是鬼呵合速灭。（旦云）是我。老夫人睡了，想你去了呵，几时再得见，特来和你同去。（末唱）听说罢将香罗袖儿拽，却原来是姐姐、姐姐。

　　难得小姐的心勤！

【乔牌儿】你是为人须为彻，将衣袂不藉。绣鞋儿被露水泥沾惹，脚心儿管踏破也。

　　（旦云）我为足下呵，顾不得迢递。（旦唧唧了[6]）（末唱）

【甜水令】想着你废寝忘餐，香消玉减，花开花谢，犹自觉争些：便枕冷衾寒，凤只鸾孤，月圆云遮，寻思来有甚伤嗟。

【折桂令】想人生最苦离别，可怜见千里关山，独自跋涉。似这般割肚牵肠，倒不如义断恩绝。虽然是一时间花残月缺，休猜做瓶坠簪折。不恋豪杰，不羡骄奢；自愿的生则同衾，死则同穴。

（外净一行扮卒子上[7]，叫云）恰才见一女子渡河，不知那里去了？打起火把者！分明见他走在这店中去也。将出来！将出来！（末云）却怎了？（旦云）你近后，我自开门对他说。

【水仙子】硬围着普救寺下锹钁，强当住咽喉仗剑钺。贼心肠馋眼脑天生得劣。（卒子云）你是谁家女子，黉夜渡河？（旦唱）休言语，靠后些！杜将军你知道他是英杰，觑一觑着你为了醢酱，指一指教你化做膏血[8]。骑着匹白马来也。

（卒子抢旦下）（末惊觉云）呀，原来却是梦里。且将门儿推开看。只见一天露气，满地霜华，晓星初上，残月犹明。"无端喜鹊高枝上，一枕鸳鸯梦不成。"

【雁儿落】绿依依墙高柳半遮，静悄悄门掩清秋夜，疏剌剌林梢落叶风，昏惨惨云际穿窗月。

【得胜令】惊觉我的是颤巍巍竹影走龙蛇，虚飘飘庄周梦蝴蝶，絮叨叨促织儿无休歇，韵悠悠砧声儿不断绝。痛煞煞伤别，急煎煎好梦儿应难舍；冷清清的咨嗟，娇滴滴玉人儿何处也！

（仆云）天明也。咱早行一程儿，前面打火去[9]。（末云）店小二哥，还你房钱，鞴了马者。

【鸳鸯煞】柳丝长咫尺情牵惹，水声幽仿佛人鸣咽。斜月残灯，半明不灭。畅道是旧恨连绵，新愁郁结；别恨离愁，满肺腑难淘泻。除纸笔代喉舌，千种相思对谁说。（并下）

【络丝娘煞尾】都只为一官半职，阻隔得千山万水。

　　题目　小红娘成好事　　老夫人顺私情
　　正名　短长亭斟别酒　　草桥店梦莺莺

　　[1]百般儿：无论如何。
　　[2]赊：长远。

［3］厮齐攒：相搅闹。

［4］咋嗻(chē zhē)：厉害。

［5］呆答孩：呆呆的。

［6］唧唧：叹息声。

［7］外净：正角以外的次要角色。

［8］青(liáo)血：血水。

［9］打火：旅途之中吃饭休息。

在红娘的热心撮合下，崔、张二人私自结合，将礼教的束缚彻底挣脱。在这个颇费周折的过程中，红娘的功劳不可抹煞，她是崔、张爱情不可或缺的牵线搭桥者，起着起承转合的关键作用。

金圣叹在《第六才子书批语》中说："《西厢记》止为要写此一个人，便不得不又写一个人。一个人者，红娘是也。若使不写红娘，却如何写双文(按即莺莺)？然则从《西厢记》写红娘，当知正是出力写双文。"金圣叹真可谓王实甫的隔代知音，他确实抓住了王实甫以写红娘来写莺莺的艺术精髓。

前三本已有不凡表现的红娘，在第四本第二折的"拷红"中，更加光彩夺目。对老夫人的诘问，她索性直截了当地予以回答："他两个经今月余只是一处宿，何须你一一问缘由？"面对老夫人的淫威，红娘理直气壮地"以其人之道还治其人之身"："非是张生小姐红娘之罪，乃夫人之过也。"接着，她像发连珠炮似的，将张生有恩有义、老夫人背信弃义的道理，讲得十分透彻，致使老夫人哑口无言，且不得不承认："这小贱人也道得是。"红娘又见缝插针，劝老夫人成就了崔、张二人。强将手下无弱兵，通过红娘的一系列言行，我们似乎窥到了温柔敦厚、大家风范崔小姐的另一个方面。

中国家庭基本藏书

第五本 　张君瑞庆团圞杂剧[1]

楔　子

（末引仆人上开，云）自暮秋与小姐相别，倏经半载之际[2]。托赖祖宗之荫，一举及第，得了头名状元。如今在客馆听候圣旨御笔除授，惟恐小姐挂念，且修一封书，令琴童家去，答知夫人，便知小生得中，以安其心。琴童过来，你将文房四宝来，我写就家书一封，与我星夜到河中府去。见小姐时，说："官人怕娘子忧，特地先着小人将书来。"即忙接了回书来者。过日月好疾也呵！

【仙吕·赏花时】相见时红雨纷纷点绿苔，别离后黄叶萧萧凝暮霭。今日见梅开，别离半载。琴童，我嘱咐你的言语记着！只说道特地寄书来。（下）

（仆云）得了这书，星夜望河中府走一遭。（下）

[1]团圞(luán)：团聚，团圆。

[2]倏(shū)：很快。

第一折

（旦引红娘上开，云）自张生去京师，不觉半年，杳无音信。这些时神思不快，妆镜懒抬，腰肢瘦损，茜裙宽褪，好烦恼人也呵！

【商调·集贤宾】虽离了我眼前，却在心上有；不甫能离了心上，又早眉头。忘了时依然还又，恶思量无了无休。大都来一寸眉峰[1]，怎当他许多颦皱。新愁近来接着旧愁，厮混了难分新旧。旧愁似太行山隐隐，新愁似天堑水悠悠。

（红云）姐姐往常针尖不倒，其实不曾闲了一个绣床，如今百般的闷倦。往常也曾不快，将息便可，不似这一场清减得十分利害。（旦唱）

【逍遥乐】曾经消瘦，每遍犹闲，这番最陡[2]。（红云）姐姐心儿闷呵，那里散心耍咱。（旦唱）何处忘忧？看时节独上妆楼，手卷珠帘上玉钩，空目断山明水秀；见苍烟迷树，衰草连天，野渡横舟。

（旦云）红娘，我这衣裳这些时都不似我穿的。（红云）姐姐正是"腰细不胜

衣"。(旦唱)

【挂金索】裙染榴花,睡损胭脂皱;纽结丁香,掩过芙蓉扣;线脱珍珠,泪湿香罗袖;杨柳眉颦,人比黄花瘦。

（仆人上,云）奉相公言语,特将书来与小姐。恰才前厅上见了夫人,夫人好生欢喜,着入来见小姐,早至后堂。（咳嗽科）（红问云）谁在外面?（见科）（红见仆了）（红笑云）你几时来?可知道"昨夜灯花报,今朝喜鹊噪"。姐姐正烦恼哩。你自来?和哥哥来?（仆云）哥哥得了官也,着我寄书来。（红云）你只在这里等着,我对俺姐姐说了呵,你进来。（红见旦笑科）（旦云）这小妮子怎么?（红云）姐姐,大喜大喜,咱姐夫得了官也。（旦云）这妮子见我闷呵,特故哄我。（红云）琴童在门首,见了夫人了,使他进来见姐姐,姐夫有书。（旦云）惭愧,我也有盼着他的日头,唤他入来。（仆入见旦科）（旦云）琴童,你几时离京师?（仆云）离京一月多也,我来时哥哥去吃游街棍子去了。（旦云）这禽兽不省得,状元唤作夸官,游街三日。（仆云）夫人说的便是,有书在此。（旦做接书科）

【金菊花】早是我只因他去减了风流,不争你寄得书来又与我添些儿证候。说来的话儿不应口,无语低头,书在手,泪凝眸。

（旦开书看科）

【醋葫芦】我这里开时和泪开,他那里修时和泪修,多管搁着笔尖儿未写早泪先流,寄来的书泪点儿兀自有。我将这新痕把旧痕湮透,正是一重愁翻做两重愁。

（旦念书科）"张珙百拜奉启芳卿可人妆次:自暮秋拜违,倏尔半载[3]。上赖祖宗之荫,下托贤妻之德,举中甲第。即目于招贤馆寄迹[4],以伺圣旨御笔除授。惟恐夫人与贤妻忧念,特令琴童奉书驰报,庶几免虑。小生身虽遥而心常迩矣,恨不得鹣鹣比翼,邛邛并躯。重功名而薄恩爱者,诚有浅见贪饕之罪。他日面会,自当请谢不备。后成一绝,以奉清照:玉京仙府探花郎,寄语蒲东窈窕娘。指日拜恩衣昼锦,定须休作倚门妆。"

【幺篇】当日向西厢月底潜,今日向琼林宴上佮[5]。谁承望跳东墙脚步儿占了鳌头?怎想道惜花心养成折桂手?脂粉丛里包藏着锦绣?从今后晚妆楼改做了至公楼[6]。

（旦云）你吃饭不曾?（仆云）上告夫人知道,早晨至今,空立厅前,那有饭吃?（旦云）红娘,你快取饭与他吃。（仆云）感蒙赏赐,我每就此吃饭,夫人写书。哥哥着小人索了夫人回书,至紧、至紧!（旦云）红娘将笔砚来。（红将来科）（旦云）书却写了,无可表意,只有汗衫一领,裹肚一条,袜儿一双,瑶琴一张,玉簪一枚,斑管一枝。琴童,你收拾得好者。红娘,取银十两来,就与他盘缠。（红娘云）姐夫得了官,

岂无这几件东西，寄与他有甚么缘故？（旦云）你不知道。这汗衫儿呀，

【梧叶儿】他若是和衣卧，便是和我一处宿；但贴着他皮肉，不信不想我温柔。（红云）这裹肚要怎么？（旦唱）常则不要离了前后，守着他左右，紧紧的系在心头。（红云）这袜儿如何？（旦唱）拘管他胡行乱走。（红云）这琴他那里自有，又将去怎么？（旦唱）

【后庭花】当日五言诗紧趁逐[7]，后来因七弦琴成配偶。他怎肯冷落了诗中意，我只怕生疏了弦上手。（红云）玉簪呵有甚主意？（旦唱）我须有个缘由，他如今功名成就，只怕他撇人在脑背后。（红云）斑管要怎的？（旦唱）湘江两岸秋，当日娥皇因虞舜愁[8]，今日莺莺为君瑞忧。这九嶷山下竹，共香罗衫袖口——

【青哥儿】都一般啼痕湮透。似这等泪斑宛然依旧，万古情缘一样愁。涕泪交流，怨慕难收，对学士叮咛说缘由，是必休忘旧！

（旦云）琴童，这东西收拾好者。（仆云）理会得。（旦唱）

【醋葫芦】你逐宵野店上宿，休将包袱做枕头，怕油脂腻展污了恐难酬。倘或水侵雨湿休便扭，我只怕干时节熨不开褶皱。一桩桩一件件细收留。

【金菊花】书封雁足此时修，情系人心早晚休？长安望来天际头，倚遍西楼，"人不见，水空流"。

（仆云）小人拜辞，即便去也。（旦云）琴童，你见官人对他说。（仆云）说甚？（旦唱）

【浪里来煞】他那里为我愁，我这里因他瘦。临行时啜赚人的巧舌头[9]，指归期约定九月九，不觉的过了小春时候。到如今"悔教夫婿觅封侯"。

（仆云）得了回书，星夜回俺哥哥话去。（并下）

[1]大都来：总共。

[2]陡：严重。

[3]倏尔：一晃。极言时间之快。

[4]即目：如今。

[5]挦(chōu)：同"偢"，漂亮。

[6]至公楼：科举考试时的试院大堂。

[7]趁逐：追求。

[8]娥皇：传说中舜的妃子。舜出外巡视，死于苍梧，她和女英(舜另一妃子)赶至南方，也死于江湘间。

[9]啜赚：哄骗。

第二折

（末上，云）"画虎未成君莫笑，安排牙爪始惊人。"本是举过便除，奉圣旨着翰林院编修国史。他每那知我的心，甚么文章做得成。使琴童递佳音，不见回来。这几日睡卧不宁，饮食少进，给假在驿亭中将息。早间太医院着人来看视，下药去了。我这病卢扁也医不得[1]。自离了小姐，无一日心闲也呵！

【中吕·粉蝶儿】从到京师，思量心旦夕如是，向心头横躺着俺那莺儿。请医师，看诊罢，一星星说是[2]。本意待推辞，只被他察虚实不须看视。

【醉春风】他道是医杂证有方术，治相思无药饵。莺莺呵，你若是知我害相思，我甘心儿死、死。四海无家，一身客寄，半年将至。

（仆上云）我只道哥哥除了，原来在驿亭中抱病，须索回书去咱。（见了科）（末云）你回来了也。

【迎仙客】疑怪这噪花枝灵鹊儿，垂帘幕喜蛛儿，正应着短檠上夜来灯爆时。若不是断肠词，决定是断肠诗。（仆云）小夫人有书至此。（末接科）写时管情泪如丝，既不呵，怎生泪点儿封皮上渍。

（末读书科）"薄命妾崔氏拜复，敬奉才郎君瑞文儿：自音容去后，不觉许时，仰敬之心，未尝少息。纵云日近长安远，何故鳞鸿之杳矣[3]？莫因花柳之心，弃妾恩情之意。正念间，琴童至，得见翰墨，始知中科，使妾喜之如狂。郎之才望，亦不辱相国之家谱也。今因琴童回，无以奉贡，聊布瑶琴一张，玉簪一枚，斑管一枝，裹肚一条，汗衫一领，袜儿一双，权表妾之真诚。匆匆草字欠恭，伏乞情恕不备。谨依来韵，遂继一绝云：阑干倚遍盼才郎，莫恋宸京黄四娘[4]；病里得书知中甲，窗前览镜试新妆。"（云）那风风流流的姐姐，似这等女子，张珙死也死得着了。

【上小楼】这的堪为字史，当为款识。有柳骨颜筋，张旭张芝，羲之献之[5]。此一时，彼一时，佳人才思，俺莺莺世间无二。

【幺篇】俺做经咒般持，符箓般使。高似金章，重似金帛，贵似金赀。这上面若签个押字，使个令史，差个勾使，只是一张忙不及印赴期的咨示。

（末拿汗衫儿科）休道文章，只看他这针黹，人间少有。

【满庭芳】怎不教张生爱尔，堪针工出色，女教为师。几千般用意针针是，可索寻思。长共短又没个样子，窄和宽想象著腰肢，好共歹无人试。想当初做时，用煞那小心儿。

小姐寄来这几件东西，都有缘故，一件件我都猜着了。

【白鹤子】这琴，他教我闭门学禁指，留意谱声诗，调养圣贤心，洗荡巢由耳[6]。

【二煞】这玉簪，纤长如竹笋，细白似葱枝，温润有清香，莹洁无瑕玼。

【三煞】这斑管，霜枝曾栖凤凰，泪点渍胭脂，当时舜帝恸娥皇，今日淑女思君子。

【四煞】这裹肚，手中一叶绵，灯下几回丝，表出腹中愁，果称心间事。

【五煞】这鞋袜儿，针脚儿细似虮子，绢帛儿腻似鹅脂，既知礼不胡行，愿足下当如此。

琴童，你临行小夫人对你说甚么？（仆云）着哥哥休别继良姻。（末云）小姐，你尚然不知我的心哩。

【快活三】冷清清客店儿，风淅淅雨丝丝，雨儿零，风儿细，梦回时，多少伤心事。

【朝天子】四肢不能动止，急切里盼不到蒲东寺。小夫人须是你见时，别有甚闲传示？我是个浪子官人，风流学士，怎肯去带残花折旧枝。自从到此，甚的是闲街市。

【贺圣朝】少甚宰相人家，招婿的娇姿。其间或有个人儿似尔，那里取那温柔，这般才思？想莺莺意儿，怎不教人梦想眠思？

琴童来，将这衣裳东西收拾好者。

【耍孩儿】只在书房中倾倒个藤箱子，向箱子里面铺几张纸。放时节须索用心思，休教藤刺儿抓住锦丝。高抬在衣架上怕吹了颜色，乱穰在包袱中恐锉了褶儿。当如此，切须爱护，勿得因而。

【二煞】恰新婚，才燕尔，为功名来到此。长安忆念蒲东寺。昨宵个春风桃李花开夜，今日个秋雨梧桐叶落时。愁如是，身遥心迩，坐想行思。

【三煞】这天高地厚情，直到海枯石烂时，此时作念何止？直到烛灭眼下才无泪，蚕老心中罢却丝。我不比游荡轻薄子，轻夫妇的琴瑟，拆鸾凤的雄雌。

【四煞】不闻黄犬音[7]，难传红叶诗[8]，驿长不遇梅花使。孤身去国三千里，一日归心十二时。凭栏视，听江声浩荡，看山色参差。

【尾】忧只忧我在病中，喜只喜你来到此。投至得引人魂卓氏音书至，险将这害鬼病的相如盼望死。（下）

〔1〕卢扁：即扁鹊，战国时期医学家，姓秦，名越人。因生于卢国，故人又称卢扁或卢医。

〔2〕一星星：一件件。

〔3〕鳞鸿：指书信。古代有鱼雁传书之说。

〔4〕宸（chén）京：帝京。

〔5〕"有柳骨颜筋"三句：柳骨颜筋，指唐代书法家柳公权和颜真卿的书法风格。　张旭，唐代著名书法家。　张芝，东汉书法家。　羲之献之，王羲之和王献之父子，均为东晋著名书法家。

〔6〕巢由：巢父和许由，古代著名高士。尧召许由为九州长，许由嫌这话玷污他的耳朵，便到颍水去洗耳。他的朋友巢父正准备饮牛，听说这件事后，嫌许由洗过耳朵的水脏，牵着牛到上游饮水。

〔7〕黄犬：《晋书·陆机传》载：陆有一犬名黄耳，能传递家书。后便用"黄犬之音"代指家书。

〔8〕红叶诗：唐范摅《云溪友议》卷下《题红怨》载，卢渥应举时在御沟拾到一片题有绝句的红叶，后竟与题绝句的宫女相逢并成亲。

第三折

（净扮郑恒上开，云）自家姓郑名恒，字伯常。先人拜礼部尚书，不幸早丧。后数年，又丧母。先人在时曾定下俺姑娘的女孩儿莺莺为妻[1]，不想姑夫亡化，莺莺孝服未满，不曾成亲。俺姑娘将着这灵柩，引着莺莺，回博陵下葬，为因路阻，不能得去。数月前写书来唤我同扶柩去，因家中无人，来得迟了。我离京师，来到河中府，打听得孙飞虎欲掳莺莺为妻，得一个张君瑞退了贼兵，俺姑娘许他。我如今到这里，没这个消息便好去见他；既有这个消息，我便撞将去呵，没意思。这一件事都在红娘身上，我着人去唤他。只说"哥哥从京师来，不敢来见姑娘，着红娘来下处来，有话去对姑娘行说去"。去的人好一会了，不见来。见姑娘和他有话说。（红上云）郑恒哥哥在下处，不来见夫人，却唤我说话。夫人着我来，看他说甚么。（见净科）哥哥万福！夫人道哥哥来到呵，怎么不来家里来？（净云）我有甚颜色见姑娘[2]？我唤你来的缘故是怎生？当日姑夫在时，曾许下这门亲事，我今番到这里，姑夫孝已满了，特地央及你去夫人行说知，拣一个吉日成合，了这件事，好和小姐一答里下葬去[3]。不争不成合，一答里路上难厮见。若说得肯呵，我重重的相谢你。（红云）这一节话再也休提，莺莺已与了别人了也。（净云）道不得"一马不跨双鞍"，可怎生父时曾许了我，父丧之后，母倒悔亲？这个道理那里有！（红云）却非如此说。当日孙飞虎将半万贼兵来时，哥哥你在那里？若不是那生呵，那里得俺一家儿来？今日太平无事，却来争亲，倘被贼人掳去呵，哥哥如何去争？（净云）与了一个富家，也不枉了，却与了这个穷酸饿醋。偏我不如他？我仁者能仁、身里出身的根脚[4]，又是亲上做亲，况兼他父命。（红云）他倒不如你，噤声！

【越调·斗鹌鹑】卖弄你仁者能仁，倚仗你身里出身；至如你官上加官，也不合亲上做亲。又不曾执羔雁邀媒，献币帛问肯。恰洗了尘，便待要过门：枉腌了他金屋银屏，枉污了他锦衾绣裀。

【紫花儿序】枉蠢了他梳云掠月，枉羞了他惜玉怜香，枉村了他殢雨尤云。当日三才始判，两仪初分；乾坤：清者为乾，浊者为坤，人在中间相混。君瑞是君子清贤，郑恒是小人浊民。

（净云）贼来，怎地他一个人退得？都是胡说！（红云）我对你说。

【天净沙】看河桥飞虎将军，叛蒲东掳掠人民，半万贼屯合寺门，手横着霜刃，高叫道"要莺莺做压寨夫人"。

（净云）半万贼，他一个人济甚么事？（红云）贼围之甚迫，夫人慌了，和长老商议，拍手高叫："两廊不问僧俗，如退得贼兵的，便将莺莺与他为妻。"忽有游客张生，应声而前曰："我有退兵之策，何不问我？"夫人大喜，就问："其计何在？"生云："我有一故人白马将军，现统十万之众，镇守蒲关。我修书一封，着人寄去，必来救我。"不想书至兵来，其困即解。

【小桃红】洛阳才子善属文，火急修书信。白马将军到时分，灭了烟尘。夫人小姐都心顺，只为他"威而不猛""言而有信"，因此上"不敢慢于人"。

（净云）我自来未尝闻其名，知他会也不会。你这个小妮子，卖弄他偌多[5]！（红云）便又骂我！

【金蕉叶】他凭着讲性理《齐论》《鲁论》，作词赋韩文柳文，他识道理为人敬人，俺家里有信行知恩报恩。

【调笑令】你值一分，他值百十分，萤火焉能比月轮？高低远近都休论，我拆白道字辨与你个清浑[6]。（净云）这小妮子省得甚么拆白道字，你拆与我听。（红唱）君瑞是个"肖"字这壁着个"立人"，你是个"木寸""马户""尸巾"。

（净云）木寸、马户、尸巾——你道我是个"村驴屌"。我祖代是相国之门，倒不如你个白衣饿夫穷士！做官的只是做官。（红唱）

【秃厮儿】他凭师友君子务本，你倚父兄仗势欺人。甯盐日月不嫌贫，治百姓新民、传闻。

【圣药王】这厮乔议论，有向顺。你道是官人只合做官人，信口喷，不本分。你道穷民到老是穷民，却不道"将相出寒门"。

（净云）这桩事都是那长老秃驴弟子孩儿[7]。我明日慢慢的和他说话。（红唱）

【麻郎儿】他出家儿慈悲为本，方便为门。横死眼不识好人，招祸口不知分寸。

（净云）这是姑夫的遗留，我拣日牵羊担酒上门去，看姑娘怎么发落我。（红唱）

【幺篇】讪筋[8]，发村[9]，使狠，甚的是软款温存。硬打捱强为眷姻，不睹事强谐秦晋。

（净云）姑娘若不肯，着二三十个伴当，抬上轿子，到下处脱了衣裳，赶将来还你一个婆娘。（红唱）

【络丝娘】你须是郑相国嫡亲的舍人[10]，须不是孙飞虎家生的莽军。乔嘴脸、腌躯老、死身分，少不得有家难奔。

（净云）兀的那小妮子，眼见得受了招安了也。我也不对你说，明日我要娶，我要娶！（红云）不嫁你，不嫁你！

【收尾】佳人有意郎君俊，我待不喝采其实怎忍。（净云）你喝一声我听。（红笑云）你这般颓嘴脸，只好偷韩寿下风头香，傅何郎左壁厢粉。（下）

（净脱衣科，云）这妮子拟定都和那酸丁演撒[11]，我明日自上门去，见俺姑娘，只做不知。我只道张生赘在卫尚书家，做了女婿。俺姑娘最听是非，他自小又爱我，必有话说。休说别个，只这一套衣服也冲动他。自小京师同住，惯会寻章摘句。姑夫许我成亲，谁敢将言相拒。我若放起刁来，且看莺莺那去？且将压善欺良意，权作尤云殢雨心。（下）（夫人上，云）夜来郑恒至，不来见我，唤红娘去问亲事。据我的心只是与孩儿是；况兼相国在时，已许下了。我便是违了先夫的言语。做我一个主家的不着，这厮每做下来。拟定只与郑恒，他有言语，怪他不得也。料持下酒者，今日他敢来见我也。（净上，云）来到也，不索报复，自入去见夫人。（拜夫人哭科）（夫人云）孩儿既来到这里，怎么不来见我？（净云）小孩子有甚嘴脸来见姑娘！（夫人云）莺莺为孙飞虎一节，等你不来，无可解危，许张生也。（净云）那个张生？敢便是状元？我在京师看榜来，年纪有二十四五岁，洛阳张珙，夸官游街三日。第二日头答正来到卫尚书家门首[12]，尚书的小姐十八岁也，结着彩楼，在那御街上，只一球正打着他。我也骑着马看，险些打着我。他家粗使梅香十余人，把那张生横拖倒拽入去。他口叫道："我自有妻，我是崔相国家女婿！"那尚书有权势气象，那里听，只管拖将入去了。这个却才便是他本分，出于无奈。尚书说道："我女奉圣旨结彩楼，你着崔小姐做次妻。他是先奸后娶的，不应取他。"闹动京师，因此认得他。（夫人怒云）我道这秀才不中抬举，今日果然负了俺家。俺相国之家，世无与人做次妻之理。既然张生奉圣旨娶了妻，孩儿，你拣个吉日良辰，依着姑夫的言语，依旧入来做女婿者。（净云）倘或张生有言语，怎生？（夫人云）放着我哩，明日拣个吉日良辰，你便过门来。（净云）中了我的计策了，准备筵席、茶礼、花红，克日过门者。（同下）（洁上，云）老僧昨日买登科记看来，张生头名状元，授着河中府尹。

谁想夫人没主张，又许了郑恒亲事。老夫人不肯去接，我将着肴馔直至十里长亭接官走一遭。(下)(杜将军上，云)奉圣旨，着小官主兵蒲关，提调河中府事，上马管军，下马管民。谁想君瑞兄弟一举及第，正授河中府尹，不曾接得。眼见得在老夫人宅里下，拟定乘此机会成亲。小官牵羊担酒，直至老夫人宅上，一来庆贺状元，二来就主亲[13]，与兄弟成此大事。左右那里？将马来，到河中府走一遭。(下)

[1] 姑娘：姑姑。

[2] 颜色：脸面。

[3] 一答里：一同，一块儿。

[4] 身里出身：指能够继承父业。 根脚：家世。

[5] 偌多：这么多。

[6] 拆白道字：宋元时代游戏性的一种文字体制：把一个字拆做两个字，或变成一句话。

[7] 弟子孩儿：骂人的话。弟子指妓女，弟子孩儿即妓女所养。

[8] 讪筋：面红耳赤。

[9] 发村：撒野。

[10] 舍人：本为官名，宋元时称贵人之子为舍人，犹云公子、少爷。

[11] 拟定：一定。 演撒：勾搭。

[12] 头答：又叫"头踏"，古代官员出行时，走在前面的仪仗。

[13] 主亲：主婚。

第四折

(夫人上，云)谁想张生负了俺家，去卫尚书家做女婿去，今日不负老相公遗言，还招郑恒为婿。今日好个日子，过门者，准备下筵席，郑恒敢待来也。(末上，云)小官奉圣旨，正授河中府尹。今日衣锦还乡，小姐的金冠霞帔都将著，若见呵，双手索送过去。谁想有今日也呵！文章旧冠乾坤内，姓字新闻日月边。

【双调·新水令】玉鞭骄马出皇都，畅风流玉堂人物。今朝三品职，昨日一寒儒。御笔亲除，将名姓翰林注。

【驻马听】张珙如愚，酬志了三尺龙泉万卷书；莺莺有福，稳请了五花官诰七香车。身荣难忘借僧居，愁来犹记题诗处。从应举，梦魂儿不离了蒲东路。

(末云)接了马者！(见夫人科)新状元河中府尹婿张珙参见。(夫人云)休拜，休拜！你是奉圣旨的女婿，我怎消受得你拜？(末唱)

【乔牌儿】我谨躬身问起居，夫人这慈色为谁怒？我只见丫鬟使数都厮觑，莫不我身边有甚事故？

（末云）小生去时，夫人亲自饯行，喜不自胜。今日中选得官，夫人反行不悦，何也？（夫人云）你如今那里想着俺家？道不得个"靡不有初，鲜克有终"。我一个女孩儿，虽然妆残貌陋，他父为前朝相国。若非贼来，足下甚气力到得俺家？今日一旦置之度外，却于卫尚书家作婿，岂有是理！（末云）夫人听谁说？若有此事，天不盖，地不载，害老大小疔疮！

【雁儿落】若说着丝鞭仕女图，端的是塞满章台路。小生呵此间怀旧恩，怎肯别处寻亲去？

【得胜令】岂不闻"君子断其初"，我怎肯忘得有恩处？那个贼畜生行嫉妒，走将来老夫人行厮间阻？不能够娇姝^[1]，早共晚施心数；说来的无徒^[2]，迟和疾上木驴^[3]。

（夫人云）是郑恒说来，绣球儿打着马了，做女婿也。你不信呵，唤红娘来问。（红上，云）我巴不得见他，原来得官回来。惭愧，这是非对着也。（末背问云）红娘，小姐好么？（红云）为你别做了女婿，俺小姐依旧嫁了郑恒也。（末云）有这般跷蹊的事！

【庆东原】那里有粪堆上长出连枝树，淤泥中生出比目鱼？不明白展污了姻缘簿？莺莺呵，你嫁个油炸猢狲的丈夫^[4]；红娘呵，你伏侍个烟熏猫儿的姐夫；张生呵，你撞着个水浸老鼠的姨夫。这厮坏了风俗，伤了时务。（红唱）

【乔木查】妾前来拜覆，省可里心头怒。间别来安乐否？你那新夫人何处居？比俺姐姐是何如？

（末云）和你也葫芦提了也^[5]。小生为小姐受过的苦，诸人不知，瞒不得你。不甫能成亲，焉有是理？

【搅筝琶】小生若求了媳妇，只目下便身殂。怎肯忘得待月回廊，难撇下吹箫伴侣。受了些活地狱，下了些死工夫。不甫能得做妻夫，现将着夫人诰敕，县君名称，怎生待欢天喜地，两只手儿分付与。你划地倒把人赃诬^[6]。

（红对夫人云）我道张生不是这般人，只唤小姐出来自问他。（叫旦科）姐姐快来问张生，我不信他直恁般薄情。我见他呵，怒气冲天，实有缘故。（旦见末科）（末云）小姐间别无恙？（旦云）先生万福！（红云）姐姐有的言语，和他说破。（旦长吁云）待说甚么的是！

【沉醉东风】不见时准备着千言万语，得相逢都变做短叹长吁。他急攘攘却才来^[7]，我羞答答怎生觑。将腹中愁恰待申诉，及至相逢一句也无。只道个"先生万福"。

（旦云）张生，俺家何负足下？足下见弃妾身，去卫尚书家为婿，此理安在？（末云）谁说来？（旦云）郑恒在夫人行说来。（末云）小姐如何听这厮？张珙之心，惟天可表！

【落梅风】从离了蒲东路，来到京兆府，见个佳人世不曾回顾。硬揣个卫尚书家女孩儿为了眷属，曾见他影儿的也教灭门绝户。

（末云）这一桩事都在红娘身上，我只将言语傍着他，看他说甚么。红娘，我问人来，说道你与小姐将简帖儿去唤郑恒来。（红云）痴人，我不合与你作成，你便看得我一般了。（红唱）

【甜水令】君瑞先生，不索踌躇，何须忧虑。那厮本意糊涂；俺家世清白，祖宗贤良，相国名誉。我怎肯他跟前寄简传书。

【折桂令】那吃敲才怕不口里嚼蛆[8]，那厮待数黑论黄[9]，恶紫夺朱。俺姐姐更做道软弱囊揣[10]，怎嫁那不值钱人样虾胸[11]。你个东君索与莺莺做主，怎肯将嫩枝柯折与樵夫。那厮本意器虚，将足下亏图，有口难言，气夯破胸脯。

（红云）张生，你若端的不曾做女婿呵，我去夫人跟前一力保你。等那厮来，你和他两个对证。（红见夫人云）张生并不曾人家做女婿，都是郑恒谎，等他两个对证。（夫人云）既然他不曾呵，等郑恒那厮来对证了呵，再做说话。（洁上云）谁想张生一举成名，得了河中府尹，老僧一径到夫人那里庆贺。这门亲事，几时成就？当初也有老僧来，老夫人没主张，便待要与郑恒。若与了他，今日张生来却怎生？（洁见末叙寒温科）（对夫人云）夫人，今日却知老僧说的是，张生决不是那一等没行止的秀才。他如何敢忘了夫人，况兼杜将军是证见，如何悔得他这亲事？（旦云）张生此一事必得杜将军来方可。

【雁儿落】他曾笑孙庞真下愚，若是论贾马非英物；正授着征西元帅府，兼领着陕右河中路。

【得胜令】是咱前者护身符，今日有权术。来时节定把先生助，决将贼子诛。他不识亲疏，啜赚良人妇；你不辨贤愚，无毒不丈夫。

（夫人云）着小姐去卧房里去者。（旦、红下）（杜将军上，云）下官离了蒲关，到普救寺。第一来庆贺兄弟咱，第二来就与兄弟成就了这亲事。（末对将军云）小弟托兄长虎威，得中一举。今者回来，本待做亲。有夫人的侄儿郑恒，来夫人行说道你兄弟在卫尚书家作赘了。夫人怒欲悔亲，依旧要将莺莺与郑恒，焉有此理？道不得个"烈女不更二夫"。（将军云）此事夫人差矣。君瑞也是礼部尚书之子，况兼又得一举。夫人世不招白衣秀士，今日反欲罢亲，莫非理上不顺？（夫人云）当初夫主在时，曾许下这厮，不想遇此一难，亏张生请将军来杀退贼众。老身不负前言，欲招他为婿；不想郑恒说道，他在卫尚书家做了女婿也，因此上我怒他，依旧许了郑恒。(将军云) 他是贼心，可知道诽谤他。老夫人如何便信得他？(净上，云) 打扮得整整齐齐的，只等做女婿。今日好日头，牵羊担酒过门走一遭。(末云) 郑恒，你来怎么？(净云) 苦也！闻知状元回，特来贺喜。(将军云) 你这厮怎么要诓骗良人的妻子，行不仁之事，我跟前有甚么话说？我奏闻朝廷，诛此贼子。(末唱)

【落梅风】你硬撞入桃源路，不言个谁是主，被东君把你个蜜蜂儿拦住。不信呵去那绿杨影里听杜宇，一声声道"不如归去"。

　　(将军云) 那厮若不去呵，祗候拿下。(净云) 不必拿，小人自退亲事与张生罢。(夫人云) 相公息怒，赶出去便罢。(净云) 罢罢！要这性命怎么，不如触树身死。妻子空争不到头，风流自古恋风流。"三寸气在千般用，一日无常万事休"。(净倒科)(夫人云) 俺不曾逼死他，我是他亲姑娘，他又无父母，我做主葬了者。着唤莺莺出来，今日做个庆喜的茶饭，着他两口儿成合者。(旦、红上，末、旦拜科)(末唱)

【沽美酒】门迎着驷马车，户列着八椒图，娶了个四德三从宰相女，平生愿足，托赖着众亲故。

【太平令】若不是大恩人拔刀相助，怎能够好夫妻似水如鱼。得意也当时题柱，正酬了今生夫妇。自古、相女、配夫，新状元花生满路。

　　(使臣上科)(末唱)

【锦上花】四海无虞，皆称臣庶；诸国来朝，万岁山呼；行迈羲轩，德过舜禹；圣策神机，仁文义武。

【幺篇】朝中宰相贤，天下庶民富；万里河清，五谷成熟；户户安居，处处乐土；凤凰来仪，麒麟屡出。

【清江引】谢当今盛明唐圣主，敕赐为夫妇。永老无别离，万古常完聚，愿普天下有情的都成了眷属。

【随尾】只因月底联诗句，成就了怨女旷夫。显得有志的状元能，无情的郑恒苦。(下)

　　题目　小琴童传捷报　　崔莺莺寄汗衫
　　正名　郑伯常干舍命　　张君瑞庆团圆

　　[1]娇姝：美女。此处用为动词，是得到美女之意。
　　[2]无徒：无赖。

[3]迟和疾：迟早。　木驴：封建时代一种状如驴形的木制刑具，施剐刑时，先将受刑人捆绑其上示众。

[4]油炸猢狲：形容轻狂浮躁的人。

[5]葫芦提：糊涂。

[6]划(chàn)地：平白无故地。

[7]急攘攘：急匆匆。

[8]吃敲才：该死的家伙。

[8]数黑论黄：搬弄是非。

[10]囊揣：怯懦。

[11]虾朐(qú)：虾之干制品。形容人曲背像干虾的样子。

　　老夫人对崔、张二人事实婚姻的承认(虽然是不情愿的、无可奈何的)，说明"情"与"礼"的冲突中，"情"已完全占据上风。接下来是崔、张爱情能否经受得住考验的问题了。

　　至此，崔、张二人的关系发生了变化，莺莺由被动变为主动，由消极变成积极。从"长亭送别"中"碧云天，黄花地，西风紧，北雁南飞。晓来谁染霜林醉？总是离人泪"的依依惜别，到"但得一个并头莲，煞强如状元及第"这种爱情重于功名观点的流露，再到寄送给张生汗衫、裹肚、袜儿、瑶琴、玉簪、斑管等富有喻义的东西，莺莺担心张生"始乱终弃"的念头，愈来愈强烈。那么，张生会抛弃莺莺吗？答案是否定的。张生这位怀才不遇、孤独潦倒的文人，能够获得莺莺的爱情是多么的不易，他自己为此付出了多少心血！莺莺有绝代佳人的姿色，有出口成章的才学，有名门望族的身份，更有温柔敦厚的性格，莺莺之外，张生恐怕打着灯笼也找不出第二位。所以说，莺莺的顾虑是多余的。莺莺不仅是张生的红颜知己，也是封建时代知识分子心目中共同的知音。金圣叹在其《第六才子书批语》中就慨叹道："双文(按即莺莺)，天下之至尊贵女子也；双文，天下之至有情女子也；双文，天下之至灵慧女子也；双文，天下之至矜尚女子也。"他形容自己喜欢莺莺这一艺术形象："盖我之护惜莺莺，方且开卷，惟恐风吹，掩卷又愁低压，吟之固虑口气之相融，写之深恨笔法之未精。"这就是崔莺莺的魅力，这就是《西厢记》的吸引力，这也是王实甫的伟大之所在。

　　"愿普天下有情的都成了眷属"，《西厢记》的这一主题，几百年来，已成为广大青年男女追求爱情自由的一面旗帜，在这面旗帜的指引下，人类正向更自由、更平等、更民主的精神境界进发。

附　录

莺莺传

唐·元　稹

　　唐贞元中,有张生者,性温茂,美丰容,内秉坚孤,非礼不可入。或朋从游宴,扰杂其间,他人皆汹汹拳拳,若将不及,张生容顺而已,终不能乱。以是年二十三,未尝近女色。知者诘之,谢而言曰:"登徒子非好色者,是有淫行耳。余真好色者,而适不我值。何以言之? 大凡物之尤者,未尝不留连于心,是知其非忘情者也。"诘者哂之。

　　无几何,张生游于蒲。蒲之东十余里,有僧舍曰"普救寺",张生寓焉。适有崔氏孀妇,将归长安,路出于蒲,亦止兹寺。崔氏妇,郑女也。张出于郑,绪其亲,乃异派之从母。是岁,浑瑊薨于蒲。有中人丁文雅,不善于军,军人因丧而扰,大掠蒲人。崔氏之家,财产甚厚,多奴仆。旅寓惶骇,不知所托。先是,张与蒲将之党友善,请吏护之,遂不及于难。十余日,廉使杜确将天子命以统戎节,令于军,军由是戢。郑厚张之德甚,因饰馔以命张,中堂宴之。复谓张曰:"姨之孤嫠未亡,提携幼稚,不幸属师徒大溃,实不保其身。弱子幼女,犹君之生也。岂可比常恩哉! 今俾以仁兄礼奉见,冀所以报恩也。"命其子,曰欢郎,可十余,容甚温美。次命女:"出拜尔兄,尔兄活尔。"久之,辞疾。郑怒曰:"张兄活尔之命,不然,尔且虏矣。能复远嫌乎?"久之,乃至。常服睟容,不加新饰,垂鬟接黛,双脸断红而已。颜色艳异,光辉动人。张惊,为之礼。因坐郑旁,以郑之抑而见也,凝睇怨绝,若不胜其体。问其年纪,郑曰:"今天子甲子岁之七月,终于贞元庚辰,生年十七矣。"张生稍以辞导之,不对。终席而罢。张自是惑之,愿致其情,无由得也。

　　崔之婢曰红娘。生私为之礼者数四,乘间遂道其衷。婢果惊沮,腆然而奔。张生悔之。翼日,婢复至。张生乃羞而谢之,不复云所求矣。婢因谓张曰:"郎之言,所不敢言,亦不敢泄。然而崔之族姻,君所详也。

中国家庭基本藏书

何不因其德而求娶焉？"张曰："予始自孩提，性不苟合。或时纨绮闲居，曾莫留盼。不谓当年，终有所蔽。昨日一席间，几不自持。数日来，行忘止，食忘饱，恐不能逾旦暮。若因媒氏而娶，纳采问名，则三数月间，索我于枯鱼之肆矣。尔其谓我何？"婢曰："崔之贞慎自保，虽所尊不可以非语犯之。下人之谋，固难入矣。然而善属文，往往沉吟章句，怨慕者久之。君试为喻情诗以乱之。不然，则无由也。"张大喜，立缀《春词》二首以授之。是夕，红娘复至。持彩笺以授张，曰："崔所命也。"题其篇曰《明月三五夜》，其词曰：

> 待月西厢下，迎风户半开。

> 拂墙花影动，疑是玉人来。

张亦微谕其旨。是夕，岁二月旬有四日矣。崔之东有杏花一树，攀援可逾。既望之夕，张因梯其树而逾焉。达于西厢，则户半开矣。红娘寝于床，生因惊之。红娘骇曰："郎何以至？"张因绐之曰："崔氏之笺召我也，尔为我告之。"无几，红娘复来，连曰："至矣，至矣！"张生且喜且骇，谓必获济。及崔至，则端服严容，大数张曰："兄之恩，活我之家，厚矣，是以慈母以弱子幼女见托。奈何因不令之婢，致淫泆之词？始以护人之乱为义，而终掠乱以求之。是以乱易乱，其去几何？诚欲寝其词，则保人之奸，不义。明之于母，则背人之惠，不祥。将寄于婢妾，又惧不得发其真诚。是用托短章，愿自陈启。犹惧兄之见难，是用鄙靡之辞，以求其必至。非礼之动，能不愧心？特愿以礼自持，毋及于乱！"言毕，翻然而逝。张自失者久之。复逾而出，于是绝望。

数夕，张君临轩犹寝，忽有人觉之。惊骇而起，则见红娘敛衾携枕而至，抚张曰："至矣，至矣！睡何为哉！"设衾枕而去。张生拭目危坐久之，犹疑梦寐。然修谨以俟。俄而红娘捧崔氏而至。至，则娇羞融冶，力不能运支体，曩时端庄，不复同矣。是夕，旬有八日也。斜月晶莹，幽辉半床。张生飘飘然，且疑神仙之徒，不谓从人间至矣。有顷，寺钟鸣，天将晓，红娘促去。崔氏娇啼宛转，红娘又捧之而去，终夕无一言。张生辨色而兴，自疑曰："岂其梦邪！"及明，睹妆在臂，香在衣，泪光荧荧然，犹莹于茵席而已。是后又十余日，杳不复知。张生赋《会真诗》三十韵，未毕，而红娘适至，因授之，以贻崔氏。自是复客之。朝隐而出，暮隐而入，同安于曩所谓西厢者，几一月矣。张生常诘郑氏之情，则曰：

"我不可奈何矣。"因欲就成之。无何，张生将之长安，先以情谕之。崔氏宛无难辞，然而愁怨之容动人矣。将行之再夕，不复可见，而张生遂西。

不数月，复游于蒲，会于崔氏者又累月。崔氏甚工刀札，善属文。求索再三，终不可见。张生往往自以文挑之，亦不甚观览。大略崔之出人者，艺必穷极，而貌若不知；言则敏辩，而寡于酬对。待张之意甚厚，然未尝以词继之。时愁艳幽邃，恒若不识，喜愠之容，亦罕形见。异时独夜操琴，愁弄凄恻。张窃听之。求之，则终不复鼓矣。以是愈惑之。张生俄以文调及期，又当西去。当去之夕，不复自言其情，愁叹于崔氏之侧。崔已阴知将诀矣，恭貌怡声，徐谓张曰："始乱之，终弃之，固其宜矣，愚不敢恨。必也君乱之，君终之，君之惠也。则没身之誓，其有终矣。又何必深感于此行？然而君既不怿，无以奉宁。君尝谓我善鼓琴，向时羞颜，所不能及。今且往矣，既君此诚。"因命拂琴，鼓《霓裳羽衣》序，不数声，哀音怨乱，不复知其是曲也。左右皆欷歔，崔亦遽止之，投琴，泣下流连，趋归郑所，遂不复至。明旦而张行。

明年，文战不胜，张遂止于京。因贻书于崔，以广其意。崔氏缄报之辞，粗载于此，曰："捧览来问，抚爱过深。儿女之情，悲喜交集，兼惠花胜一合，口脂五寸，致耀首膏唇之饰。虽荷殊恩，谁复为容？睹物增怀，但积悲叹耳。伏承使于京中就业，进修之道，固在便安。但恨僻陋之人，永以遐弃。命也如此，知复何言！自去秋以来，常忽忽如有所失。于喧哗之下，或勉为语笑，闲宵自处，无不泪零。乃至梦寐之间，亦多感咽，离忧之思，绸缪缱绻，暂若寻常。幽会未终，惊魂已断。虽半衾如暖，而思之甚遥。一昨拜辞，倏逾旧岁。长安行乐之地，触绪牵情。何幸不忘幽微，眷念无斁。鄙薄之志，无以奉酬。至于终始之盟，则固不忒。鄙昔中表相因，或同宴处。婢仆见诱，遂致私情。儿女之情，不能自固。君子有援琴之挑，鄙人无投梭之拒。及荐寝席，义盛意深。愚陋之情，永谓终托。岂期既见君子，而不能定情。致有自献之羞，不复明侍巾帻。没身永恨，含叹何言！倘仁人用心，俯遂幽眇，虽死之日，犹生之年。如或达士略情，舍小从大，以先配为丑行，谓要盟之可欺，则当骨化形销，丹诚不泯，因风委露，犹托清尘。存没之情，言尽于此。临纸鸣咽，情不能申。千万珍重，珍重千万！玉环一枚，是儿婴年所弄，寄充君子下体所佩。玉取其坚洁不渝，环取其终始不绝。兼乱丝一绚，文竹茶碾子一枚。此数物不足见珍。意者欲君子如玉之贞，俾志如环不解。泪痕在竹，愁绪萦丝。因物达诚，永以为好耳。心迩身遐，拜会无期。幽愤所钟，千里神合。千万珍重！春风多厉，强饭为佳。慎言自保，无以鄙为深念。"张生发其书于所知，由是时人多闻之。

所善杨巨源好属词，因为赋《崔娘》诗一绝云：

> 清润潘郎玉不如，中庭蕙草雪消初。
>
> 风流才子多春思，肠断萧娘一纸书。

河南元稹亦续生《会真诗三十韵》，曰：

> 微月透帘栊，萤光度碧空。
>
> 遥天初缥缈，低树渐葱茏。
>
> 龙吹过庭竹，鸾歌拂井桐。
>
> 罗绡垂薄雾，环珮响轻风。
>
> 绛节随金母，云心捧玉童。
>
> 更深人悄悄，晨会雨濛濛。
>
> 珠莹光文履，花明隐绣龙。
>
> 瑶钗行彩凤，罗帔掩丹虹。
>
> 言自瑶华圃，将朝碧帝宫。
>
> 因游洛城北，偶向宋家东。
>
> 戏调初微拒，柔情已暗通。
>
> 低鬟蝉影动，回步玉尘蒙。
>
> 转面流花雪，登床抱绮丛。
>
> 鸳鸯交颈舞，翡翠合欢笼。
>
> 眉黛羞频聚，唇朱暖更融。
>
> 气清兰蕊馥，肤润玉肌丰。
>
> 无力慵移腕，多娇爱敛躬。
>
> 汗光珠点点，发乱绿葱葱。
>
> 方喜千年会，俄闻五夜穷。
>
> 留连时有限，缱绻意难终。
>
> 慢脸含愁态，芳辞誓素衷。
>
> 赠环明运合，留结表心同。

啼粉流清镜，残灯绕暗虫。

华光犹苒苒，旭日渐曈曈。

乘鹜还归洛，吹箫亦上嵩。

衣香犹染麝，枕腻尚残红。

幂幂临塘草，飘飘思渚蓬。

素琴鸣怨鹤，清汉望归鸿。

海阔诚难渡，天高不易冲。

行云无定所，萧史在楼中。

张之友闻之者，莫不耸异之，然而张志亦绝矣。

　　稹特与张厚，因征其辞。张曰："大凡天之所命尤物也，不妖其身，必妖于人。使崔氏子遇合富贵，乘娇宠，不为云为雨，则为蛟为螭，吾不知其变化矣。昔殷之辛，周之幽，据万乘之国，其势甚厚。然而一女子败之，溃其众，屠其身，至今为天下僇笑。予之德不足以胜妖孽，是用忍情。"于时坐者皆为深叹。后岁余，崔已委身于人，张亦有所娶。适经其所居，乃因其夫言于崔，求以外兄见。夫语之，而崔终不为出。张怨念之诚，动于颜色。崔知之，潜赋一章，词曰：

自从消瘦减容光，万转千回懒下床。

不为旁人羞不起，为郎憔悴却羞郎。

竟不之见。后数日，张生将行，又赋一章以谢绝之，曰：

弃置今何道，当时且自亲。

还将旧来意，怜取眼前人。

自是，绝不复知矣。

　　时人多许张为善补过者。予尝于朋会之中，往往及此意者，夫使知者不为，为之者不惑。贞元岁九月，执事李公垂宿于予靖安里第，语及于是，公垂卓然称异，遂为《莺莺歌》以传之。崔氏小名莺莺，公垂以命篇。歌曰：

伯劳飞迟燕飞疾，垂杨绽金花笑日。

绿窗娇女字莺莺，金雀娅鬟年十七。

黄姑上天阿母在，寂寞霜姿素莲质。

门掩重关萧寺中，芳草花时不曾出。

商调蝶恋花鼓子词

宋·赵令畤

夫传奇者,唐元微之所述也。以不载于本集而出于小说,或疑其非是。今观其词,自非大手笔孰能与于此。至今士大夫极谈幽玄,访奇述异,无不举此以为美话。至于娼优女子,皆能调说大略。惜乎不被之以音律,故不能播之声乐,形之管弦。好事君子极饮肆欢之际,愿欲一听其说,或举其末而忘其本,或纪其略而不及终其篇,此吾曹之所共恨者也。今于暇日,详观其文,略其烦亵,分之为十章。每章之下,属之以词。或全摭其文,或止取其意。又别为一曲,载之传前,先叙前篇之义。调曰商调,曲名蝶恋花。句句言情,篇篇见意。奉劳歌伴,先定格调,后听芜词。

丽质仙娥生月殿,谪向人间,未免凡情乱。宋玉墙东流美盼,乱花深处曾相见。　　密意浓欢方有便,不奈浮名,旋遣轻分散。最恨多才情太浅,等闲不念离人怨。

> 传曰:"余所善张君,性温茂,美丰仪,寓于蒲之普救寺。适有崔氏孀妇,将归长安,路出于蒲,亦止兹寺。崔氏妇,郑女也。张出于郑,绪其亲,乃异派之从母。是岁,丁文雅不善于军,军人因丧而扰,大掠蒲人。崔氏之家,财产甚厚,多奴仆。旅寓惶骇,不知所措。先是,张与蒲将之党有善,请吏护之,遂不及于难。郑厚张之德甚,因饰馔以命张,中堂宴之。复谓张曰:'姨之孤嫠未亡,提携幼稚,不幸属师徒大溃,实不保其身。弱子幼女,犹君之所生也,岂可比常恩哉!今俾以仁兄之礼奉见,冀所以报恩也。'乃命其子曰欢郎,可十余岁,容甚温美。次命女曰莺莺:'出拜尔兄,尔兄活尔。'久之,辞疾。郑怒曰:'张兄保尔之命。不然,尔且虏矣,能复远嫌乎?'又久之,乃至。常服睟容,不加新饰。垂鬟浅黛,双脸断红而已。颜色艳异,光辉动人。张惊,为之礼。因坐郑旁,凝睇怨绝,若不胜其体。张问其年几。郑曰:'十七岁矣。'张生稍以词导之,不对,终席而罢。"奉劳歌伴,再和前声。

锦额重帘深几许,绣履弯弯,未省离朱户。强出娇羞都不语,绛绡频掩酥胸素。　　黛浅愁红妆淡伫,怨绝情凝,不肯聊回顾。媚脸未匀新泪污,梅英犹带春朝露。

> "张生自是惑之,愿致其情,无由得也。崔之婢曰红娘,生私为之礼者数四,乘间遂道其衷。翌日,复至,曰:'郎之言,所不敢言,亦不敢泄。然而崔之族姻,

君所详也，何不因其媒而求娶焉？'张曰：'予始自孩提时，性不苟合。昨日一席间，几不自持。数日来，行忘止，食忘饭，恐不能逾旦暮。若因媒氏而娶，纳采问名，则三数月间，索我于枯鱼之肆矣。'婢曰：'崔之贞顺自保，虽所尊不可以非语犯之。然而善属文，往往沉吟章句，怨慕者久之。君试为喻情诗以乱之。不然，无由得也。'张大喜，立缀《春词》二首以授之。"奉劳歌伴，再和前声。

懊恼娇痴情未惯，不道看看，役得人肠断。万语千言都不管，兰房跬步如天远。　　废寝忘餐思想遍，赖有青鸾，不必凭鱼雁。密写香笺论缱绻，春词一纸芳心乱。

"是夕，红娘复至，持彩笺以授张曰：'崔所命也。'题其篇云：《明月三五夜》。其词曰：'待月西厢下，迎风户半开。拂墙花影动，疑是玉人来。'"奉劳歌伴，再和前声。

庭院黄昏春雨霁，一缕深心，百种成牵系。青翼蓦然来报喜，鱼笺微喻相容意。　　待月西厢人不寐，帘影摇光，朱户犹慵闭。花动拂墙红萼坠，分明疑是情人至。

张亦微谕其旨。是夕，岁二月旬又四日矣。崔之东墙有杏花一树，攀援可逾。既望之夕，张因梯树而逾焉。达于西厢，则户半开矣。无几，红娘复来，连曰：'至矣，至矣！'张生且喜且骇，谓必获济。及女至，则端服严容，大数张曰：'兄之恩，活我家厚矣，由是慈母以弱子幼女见依。奈何因不令之婢，致淫泆之词。始以护人之乱为义，而终掠乱而求之，是以乱易乱，其去几何？诚欲寝其词，则保人之奸不义；明之母，则背人之惠不祥；将寄于婢妾，又恐不得发其真诚。是用托于短章，愿自陈启。犹惧兄之见难，是用鄙靡之词以求其必至。非礼之动，能不愧心？特愿以礼自持，毋及于乱。'言毕，翻然而逝。张自失者久之，复逾而出，由是绝望矣。"奉劳歌伴，再和前声。

屈指幽期惟恐误，恰到春宵，明月当三五。红影压墙花密处，花阴便是桃源路。　　不谓兰诚金石固，敛袂怡声，恣把多才数。惆怅空回谁共语，只应化作朝云去。

"后数夕，张君临轩独寝，忽有人惊之。惊欻而起，则红娘敛衾携枕而至。抚张曰：'至矣，至矣！睡何为哉？'并枕重衾而去。张生拭目危坐久之，犹疑梦寐。俄而红娘捧崔而至，则娇羞融冶，力不能运支体。曩时之端庄，不复同矣。是夕，旬有八日，斜月晶荧，幽辉半床。张生飘飘然，且疑神仙之徒，不谓从人间至也。有顷，寺钟鸣晓，红娘促去。崔氏娇啼宛转，红娘又捧而去。终夕无一言。张生辨色而兴，自疑曰：'岂其梦耶？'所可明者，妆在臂，香在衣，泪光荧荧然，犹莹于茵席而已。"奉劳歌伴，再和前声。

数夕孤眠如度岁，将谓今生，会合终无计。正是断肠凝望际，云心捧得嫦娥至。　　玉困花柔羞拭泪，端丽妖娆，不与前时比。人去月斜疑梦寐，衣香犹在妆留臂。

"是后又十数日，杳不复知。张生赋《会真诗》三十韵，未毕，红娘适至，因授之以贻崔氏。自是复客之，朝隐而出，暮隐而入，同安于曩所谓西厢者，几一月矣。张生将之长安，先以情谕之。崔氏宛无难词，然愁怨之容动人矣。欲行之再夕，不复可见，而张生遂西。"奉劳歌伴，再和前声。

一梦行云还暂阻，尽把深诚，缀作新诗句。幸有青鸾堪密付，良宵从此无虚度。　　两意相欢朝又暮，争奈郎鞭，暂指长安路。最是动人愁怨处，离情盈抱终无语。

"不数月，张生复游于蒲，会于崔氏者又累月。张雅知崔氏善属文，求索再三，终不可见。虽待张之意甚厚，然未尝以词继之。异时，独夜操琴，愁弄凄恻。张窃听之，求之，则不复鼓矣。以是愈惑之。张生俄以文调及期，又当西去。当去之夕，崔恭貌怡声，徐谓张曰：始乱之，终弃之，固其宜矣，愚不敢恨。必也君始之，君终之，君之惠也。则没身之誓，其有终矣，又何必深憾于此行？然而君既不怿，无以奉宁。君尝谓我善鼓琴，今且往矣，既达君此诚。'因命拂琴，鼓《霓裳羽衣》序，不数声，哀音怨乱，不复知其是曲也。左右皆欷歔，张亦遽止之。崔投琴拥面，泣下流涟，趣归郑所，遂不复至。"奉劳歌伴，再和前声。

碧沼鸳鸯交颈舞，正恁双栖，又遣分飞去。洒翰赠言终不许，援琴请尽奴衷素。　　曲未成声先怨慕，忍泪凝情，强作霓裳序。弹到离愁凄咽处，弦肠俱断梨花雨。

"诘旦，张生遂行。明年，文战不利，遂止于京。因贻书于崔，以广其意。崔氏缄报之词，粗载于此，曰：'捧览来问，抚爱过深，儿女之情，悲喜交集。兼惠花胜一合，口脂五寸，致耀首膏唇之饰。虽荷多惠，谁复为容？睹物增怀，但积悲叹耳。伏承使于京中就业，于进修之道，固在便安。但恨鄙陋之人，永以遐弃，命也如此，知复何言！自去秋以来，尝忽忽如有所失。于喧哗之下，或勉为笑语，闲宵自处，无不泪零。乃至梦寐之间，亦多感咽，离忧之思，绸缪缱绻，暂若寻常。幽会未终，惊魂已断。虽半衾如暖，而思之甚遥。一昨拜辞，倏逾旧岁。长安行乐之地，触绪牵情。何幸不忘幽微，眷念无致。鄙薄之志，无以奉酬。至于终始之盟，则固不忒。鄙昔中表相因，或同宴处；婢仆见诱，遂致私诚。儿女之情，不能自固。君子有援琴之挑，鄙人无投梭之拒。及荐枕席，义盛恩深，愚幼之情，永谓终托。岂期既见君子，不能以礼定情，致有自献之羞，不复明侍巾帻。没身永恨，含叹何言！倘仁人用心，俯遂幽劣，虽死之日。犹生之年。如或达士略情，舍小从大，以先配为丑行，谓要盟之可欺，则当骨化形销，丹忱不泯；因风委露，犹托清尘。存殁之诚，言尽于此。临纸呜咽，情不能申，千万珍重。'奉劳歌伴，再和前声。

别后相思心目乱，不谓芳音，忽寄南来雁。却写花笺和泪卷，细书方寸教伊看。　　独寐良宵无计遣，梦里依稀，暂若寻常见。幽会未终魂已断，半衾如暖人犹远。

""玉环一枚，是儿婴年所弄，寄充君子下体之佩。玉取其坚洁不渝，环取其终始不绝。兼致彩丝一绚，文竹茶碾子一枚。此数物不足见珍，意者欲君子如玉之洁，鄙志如环不解。泪痕在竹，愁绪萦丝。因物达诚，永以为好耳。心迹身遐，拜会无期。幽愤所钟，千里神合。千万珍重。春风多厉，强饭为佳。慎言自保，毋以鄙为深念也。'"奉劳歌伴，再和前声。

尺素重重封锦字，未尽幽闺，别后心中事。佩玉彩丝文竹器，愿君一见知深意。　　环玉长圆丝万系，竹上斓斑，总是相思泪。物会见郎人永弃，心驰魂去神千里。

"张之友闻之，莫不耸异。而张之志固绝之矣。岁余，崔已委身于人，张亦有所娶。适经其所居，乃因其夫言于崔，以外兄见。夫已诺之，而崔终不为出。张怨念之诚，动于颜色。崔知之，潜赋一诗寄张曰：'自从消瘦减容光，万转千回懒下床。不为旁人羞不起，为郎憔悴却羞郎。'竟不之见。后数日，张君将行，崔又赋一诗以谢绝之。词曰：'弃置今何道，当时且自亲。还将旧来意，怜取眼前人。'"奉劳歌伴，再和前声。

梦觉高唐云雨散，十二巫峰，隔断相思眼。不为旁人移步懒，为郎憔悴羞郎见。　　青翼不来孤凤怨，路失桃源，再会终无便。旧恨新愁无计遣，情深何似情俱浅。

逍遥子曰：乐天谓微之能道人意中语。仆于是益知乐天之言为当也。何者？夫崔之才华婉美，词彩艳丽，则于所载缄书诗章尽之矣。如其都愉淫冶之态，则不可得而见。及观其文，飘飘然仿佛出于人目前。虽丹青摹写其形状，未知能如是工且至否？仆尝采摭其意，撰成鼓子词十一章，示余友何东白先生。先生曰："文则美矣，意犹有不尽者，胡不复为一章于其后，具道张之于崔，既不能以理定其情，又不能合之于义。始相遇也，如是之笃；终相失也，如是之遽。必及于此，则完矣。"余应之曰："先生真为文者也，言必欲有终始箴戒而后已。"大抵鄙靡之词，止歌其事之可歌，不必如是之备。若夫聚散离合，亦人之常情，古今所共惜也。又况崔之始相得而终至相失，岂得已哉！如崔已他适，而张诡计以求见；崔知张之意，而潜赋诗以谢之，其情盖有未能忘者矣。乐天曰："天长地久有时尽，此恨绵绵无尽期。"岂独在彼者耶？予因命此意，复成一曲，缀于传末云。

镜破人离何处问，路隔银河，岁会知犹近。只道新来消瘦损，玉容不见空传信。　　弃掷前欢俱未忍，岂料盟言，陡顿无凭准。地久天长终有尽，绵绵不似无穷恨。

西厢记诸宫调

金·董解元

卷　一

【仙吕调】【醉落魄缠令】(引辞) 吾皇德化，喜遇太平多暇，干戈倒载闲兵甲。这世为人，白甚不欢洽？　　秦楼谢馆鸳鸯幄，风流稍是有声价，教惺惺浪儿每都伏咱。不曾胡来，俏倬是生涯。

【整乾坤】携一壶儿酒，戴一枝儿花，醉时歌，狂时舞，醒时罢，每日价疏散不曾著家。放二四不拘束，尽人团剥。

【风吹荷叶】打拍不知个高下，谁曾惯对人唱他说他？好弱高低且按捺。话儿不是扑刀捍棒，长枪大马。

【尾】曲儿甜，腔儿雅，裁剪就雪月风花，唱一本儿倚翠偷期话。

【般涉调】【哨遍】(断送引辞) 太皞司春，春工著意，和气生旸谷。十里芳菲，尽东风丝丝柳搓金缕。渐次第，桃红杏浅，水绿山青，春涨生烟渚。九十日光阴能几？早鸣鸠呼妇，乳燕携雏。乱红满地任风吹，飞絮蒙空有谁主？春色三分，半入池塘，半随尘土。　　满地榆钱，算来难买春光住。初夏永，薰风池馆，有藤床、冰簟、纱帱。日转午，脱巾散发，沉李浮瓜，宝扇摇纨素。著甚消磨永日？有扫愁竹叶，侍寝青奴。霎时微雨送新凉，些少金风退残暑。韶华早暗中归去。

【耍孩儿】萧萧败叶辞芳树，切切寒蝉会絮。渐零零疏雨滴梧桐，听哑哑雁归南浦。澄澄水印千江月，淅淅风筛一岸蒲。穷秋尽，千林如削，万木皆枯。　　　朔风飘雪江天暮，似水墨工夫画图。浩然何处冻骑驴？多应在霸陵西路。寒侵安道读书舍，冷浸文君沽酒垆。黄昏后，风清月淡，竹瘦梅疏。

【太平赚】四季相续，光阴暗把流年度。休慕古，人生百岁如朝露。莫区区，莫区区，好天良夜且追游，清风明月休辜负。但落魄，一笑人间今古，圣朝难遇。　　　俺平生情性好疏狂，疏狂的情性难拘束。一回家想么，诗魔多爱选多情曲。比前贤乐府不中听，在诸宫调里却著数。一个个，旖旎风流济楚，不比其余。

【柘枝令】也不是崔韬逢雌虎，也不是郑子遇妖狐，也不是井底引银瓶，也不是双女夺夫。　　　也不是离魂倩女，也不是谒浆崔护，也不是双渐豫章城，也不是柳毅传书。

【墙头花】这些儿古迹，见在河中府，即目仍存旧寺宇。这书生是西洛名儒，这佳丽是博陵幼女。　　　而今想得，冷落了迎风户，唯有旧题句。空存著待月回廊，不见了吹箫伴侣。　　　聪明的试相度，惺惺的拭窨付。不同热闹话，冷淡清虚最难做。三停来是闺怨相思，折半来是尤云殢雨。

【尾】穷缀作，腌对付，怕曲儿捻到风流处，教普天下颠不剌的浪儿每许。

> 此本话说，唐时这个书生，姓张名珙，字君瑞，西洛人也。从父宦游于长安，因而家焉。父拜礼部尚书，薨。五七载间，家业零替，缘尚书生前守官清廉，无他蓄积之所致也。珙有大志，二十三不娶。

【仙吕调】【赏花时】西洛张生多俊雅，不在古人之下。苦爱诗书，素闲琴画；德行文章没包弹，绰有赋名诗价。选甚嘲风咏月，擘阮分茶。平日春闱较才艺，策名屡获科甲。家业凋零，倦客京华。收拾琴书访先觉，区区四海游学，一年多半，身在天涯。

【尾】爱寂寥，耽潇洒，身到处他便为家，似当年未遇的狂司马。

> 贞元十七年二月中旬间，生至蒲州，乃今之河中府是也。有诗为证。诗曰："涛涛金汁出天涯，滚滚银波通海洼。九曲湾澴冲孟邑，三门汹涌返中华。瞿塘潋滟人虚说，夏口喧轰旅谩夸。傍有江湖竞相接，上连霄汉泛浮槎。"这八句诗，题著黄河。黄河那里最雄？无过河中府。

【仙吕调】【赏花时】芳草茸茸去路遥，八百里地秦川春色早，花木秀芳

081

郊。蒲州近也，景物尽堪描。　　　西有黄河东华岳，乳口敌楼没与高，仿佛来到云霄。黄流滚滚，时复起风涛。

【尾】东风两岸绿杨摇，马头西接著长安道。正是黄河津要，用寸金竹索，缆著浮桥。

入得蒲州，见景物繁盛，君瑞甚喜，寻旅舍安止。

【仙吕调】【醉落魄】通冲四达，景物最堪图画。茏葱瑞云迷鸳瓦，接屋连甍，五七万人家。　　　六街三市通车马，风流人物类京华。张生未及游州学，策马携仆，寻得个店儿下。

有宋玉十分美貌，怀子建七步才能，如潘岳掷果之容，似封骘心刚独正。时间尚在白衣，目下风云未遂。张生寻得一座清幽店舍下了。住经数日，心中似有闷倦。

【黄钟调】【侍香金童】清河君瑞，邸店权时住，又没个亲知为伴侣，欲待散心没处去。正疑惑之际，二哥推户。　　　张生急问，道：“都知听说：不问贤家别事故，闻说贵州天下没，有甚希奇景物？你须知处。”

【尾】二哥不合尽说与，开口道不够十句，把张君瑞送得来腌受苦。

被几句杂说闲言，送一段风流烦恼。道甚的来？道甚的来？道：“蒲州东十余里，有寺曰普救。自则天崇浮屠教，出内府财敕建，伽蓝无丽于此。请先生一观。”

【高平调】【木兰花】店都知，说一和，道“国家修造了数载余过，其间盖造的非小可。想天宫上光景，赛他不过。　　　说谎后，小人图甚么？普天之下，更没两座。”张生当时听说破，道：“譬如闲走，与你看去则个。”

生出蒲州，随喜普救寺。离城十余里，须史早到。

【仙吕调】【醉落魄】绿杨影里，君瑞正行之次，仆人顺手直东指，道：“兀底一座山门！”君瑞定睛视。　　　见琉璃碧瓦浮金紫，若非普救怎如此？张生心下犹疑贰，道“普天之下行来，不曾见这区寺。”

【尾】到根前，方知是，觑牌额分明是敕赐。写著簸箕来大六个浑金字。

祥云笼经阁，瑞霭罩钟楼。三身殿，琉璃吻，高接青虚；舍利塔，金相轮，直侵碧汉。出墙有千竿君子竹，绕寺长百株大夫松。绿杨映一所山门，上明书金字牌额，簸箕来大，颜柳真书，写“敕赐普救之寺”。秀才看了寺外景，早喜。入寺来谒，知客令一行童引随喜，陡然顿豁尘俗之性。

【商调】【玉抱肚】普天下佛寺，无过普救，有三檐经阁，七层宝塔，百尺钟楼。正堂里幡盖悬在画栋，回廊下常幕金钩。一片地是琉璃瓦，瑞烟浮，千梁万斝。宝阶数尺是琉璃甃，重檐相对，一谜地是宝妆就。　　　佛前的供床金间玉，香烟袅袅喷瑞兽。中心的悬壁，周回的画像，是吴生亲手。金刚揭帝骨相雄，善神菩萨相移走。张生觑了，失声的道："果然好！"频频地稽首。欲待问是何年建，见梁文上明写著"垂拱二年修"。

【尾】都知说得果无谬，若非今日随喜后，著丹青画出来不信道有。

　　　　此寺盖造真是富贵：捣椒泥红壁，雕花间玉梁；沉檀金四柱，玳瑁压阶矼。松桧交加，花竹间列。观此异景奢华，果为人间天上。若非国力，怎生盖得！

【双调】【文如锦】景清幽，看罢绝尽尘俗意。普救光阴，出尘离世。明晃晃，辉金碧，修完济楚，栽接奇异。有长松矮柏，名葩异卉。时潺潺流水，凑著千竿翠竹，几块湖石。瑞烟微，浮屠千丈，高接云霄。　　　行者道："先生本待观景致，把似这里闲行，随喜塔位。"转过回廊，见个竹帘儿挂起。到经藏北，法堂西，厨房南面，钟楼东里。向松亭那畔，花溪这壁，粉墙掩映，几间寮舍，半亚朱扉。正惊疑，张生觑了，魂不逐体。

【尾】瞥然一见如风的，有甚心情更待随喜，立挣了浑身森地。

　　　　当时张生却是见甚的来？见甚的来？与那五百年前疾憎的冤家，正打个照面儿！一天烦恼，当初指引为都知；满腹离愁，到此发迷因行者。一场旖旎风流事，今日相逢在此中。

【仙吕调】【点绛唇缠】楼阁参差，瑞云缥缈香风暖。法堂前殿，数处都行遍。　　　花木阴阴，偶过垂杨院。香风散，半开朱户，瞥见如花面。

【风吹荷叶】生得于中堪美，露著庞儿一半，宫样眉儿山势远。十分可喜，二停似菩萨，多半是神仙。

【醉奚婆】尽人顾盼，手把花枝捻。琼酥皓腕，微露黄金钏。

【尾】这一双，鹘鸰眼，须看了可憎底千万，兀底般媚脸儿不曾见。

　　　　手捻粉香春睡足，倚门立地怨东风。髻绾双鬟，钗簪金凤；眉弯远山不翠，眼横秋水无光；体若凝酥，腰如弱柳；指犹春笋纤长，脚似金莲稳小。正传道："张生二十三岁，未尝近于女色。"其心虽正，见此女子，颇动其情。

【中吕调】【香风合缠令】转过荼蘼，正相逢著，宿世那冤家。一时间见了他，十分地慕想他。不道措大连心要退身，却把个门儿亚。唤别人不见吵，不见吵！　　　朱樱一点衬腮霞，斜分著个庞儿鬓似鸦。那多情媚脸儿，那鹘鸰渌老儿，难道不清雅？见人不住偷睛抹，被你风魔了人也嗏，风魔了人也嗏！

【墙头花】也没首饰铅华，自然没包弹，淡净的衣服儿扮得如法。天生更一段儿红白，便周昉的丹青怎画？　　手托著腮儿，见人羞又怕。觑举止行处，管未出嫁。不知他姓甚名谁，怎得个人来问咱？　　不曾旧相识，不曾共说话。何须更买卦，已见十分掉不下。兀的般标格精神，管相思人去也妈妈！

【尾】你道是可憎么？被你直羞落庭前无数花。

　　　门前纵有闲桃李，羞对桃源洞里人。佳人见生，羞婉而入。

【大石调】【伊州衮】张生见了，五魂俏无主，道："不曾见恁好女，普天之下，更选两个应无！"胆狂心醉，使作得不顾危亡，便胡做。一向痴迷，不道其间是谁住处！　　忒昏沉，忒粗鲁，没揣三，没思虑，可来慕古。少年做事，大抵多失心粗。手撩衣袂，大踏步走至根前，欲推户。脑背后个人来，你试寻思怎照顾？

【尾】凛凛地身材七尺五，一双手把秀才揢住，吃搭搭地拖将柳阴里去。

　　　真所谓："贪趁眼前人，不防身后患。"揢住张生的，是谁？是谁？乃寺僧法聪也。生惊问其故。僧曰："此处公不可往，请诣他所。"生曰："本来随喜，何往不可？"僧曰："故相崔夫人宅眷，权寓于此。"

【仙吕调】【惜黄花】张生心乱，法聪频劝："这里面狼藉，又无看玩。不是厮遮拦，解元听分辩：这一位也非是佛殿。　　旧来是僧院，新来做了客馆。崔相国家属，见寄居里面。"君瑞道："莫胡来，便死也须索看！这里管塑盖得希罕。"

【尾】"莫推辞，休解劝，你道是有人家宅眷，我甚恰才见水月观音现？"

　　　僧笑曰："子言谬矣。何观音之有？此乃崔相幼女也。"生曰："家有闺女，容艳非常，何不居驿而寄居寺中？"应曰："夫人，郑相女也。闺门有法，至于童仆侍婢，各有所役。间有呼召，得至帘下者，亦不敢侧目。家道肃然。恶传舍冗杂，故寓此寺。"生曰："几日见归？"僧曰："近日将作水陆大会，及今岁有忌而不得葬，权置相公柩于客亭，率幼女孤子，严祭祀之礼。待来岁通，方诣都营葬。今于此守服看灵而已。"怎见得当时有如此事来？有唐李绅公垂作《莺莺本传歌》为证。歌曰："伯劳飞迟燕飞疾，垂杨绽金花笑日。绿窗娇女字莺莺，金雀鸦鬟年十七。黄姑上天阿母在，寂寞霜姿素莲质。门掩重关萧寺中，芳草花时不曾出。"

【大石调】【蓦山溪】法聪频劝，道："先辈休胡想。——话行藏，不是贫僧说谎。适来佳丽，是崔相国女孩儿，十六七，小字唤莺莺，白甚观音像？"

　　张生闻语转转心劳攘。使作得似风魔，说了依前又问当，颠来倒去，全不害心烦。贪说话，到日斋时，听珰珰钟响。

　　语话之间，行者至，请生会饭。生不免从行者参堂头和尚至德大师法本。法本见生服儒服，骨秀过群，离禅榻以释礼敬待。

【仙吕调】【恋香衾】法本慌忙离禅榻，连披法锦袈裟。君瑞敬身，大师忙答，各序尊卑对榻坐，须臾饮食如法。一般般滋味，肉食难压。
君瑞虽然腹中馁，奈胸中郁闷如麻，待强吃些儿，咽他不下。饭罢须臾却卓几，急令行者添茶。银瓶汤注，雪浪浮花。

【尾】纸窗儿明，僧房儿雅，一碗松风啜罢，两个倾心地便说知心话。

　　气合道和，如宿昔交。法本请其从来，生对以："儒学进身，将赴诏选，游学连郡，访诸先觉。偶至贵寺，喜贵寺清净，愿假一室，温阅旧书。"

【般涉调】【夜游宫】君瑞从头尽诉："小生是西洛贫儒，四海游学历州府，至蒲州，因而到梵宇。　　一到绝了尘虑，欲假一室看书，每月房钱并纳与，问吾师，心下许不许？"

　　生曰："月终聊备钱二千，充房宿之资。未知吾师允否？"

【大石调】【吴音子】张生因僧好见许，以他辞说，道："比及归去，暂时权住两三月，欲把从前诗书温阅。"若不与后，而今没这本话说。

　　法本曰："空门何计此利？寮舍稍多，但随堂一斋一粥，欲得三个月道话，何必留房缗，俗之甚也。"

【吴音子后】大师曰："先生错，咱儒释何分别？若言著钱物，自家斋舍却难借。况敝寺其间，多有寮舍，容一儒生又何碍也？"

　　生曰："和尚虽然有此心，奈容朝夕则可矣；岁寒过有搅扰，愚意不留房缗，更不敢议。有白金五十星，聊充讲下一茶之费。"本不受，生坚纳而起；本邀之，竟去。由是，僧徒知生疏于财而重于义，过善之。乃呼知事僧引于塔位一舍后，有一轩，清肃可爱，生令仆取行装而至。

【中吕调】【碧牡丹】小斋闲闭户，没一个外人知处。一间儿半，僻掠得几般来清楚。一到其间，绝去尘俗虑。纸窗儿明，湘簟儿细，竹帘儿疏。
　　晚来过雨，有多少燕喧莺语。太湖石畔，有两三竿儿修竹。好寄闲身，眼底无俗物。有几扇儿纸屏风，有几轴儿水墨画，有一枚儿瓦香炉。

【尾】其余有与谁为伴侣？有吟砚紫毫笺数幅，壁上瑶琴几上书。

　　闲寻丈室高僧语，闷对西厢皓月吟。是夜月色如昼，生至莺庭侧近，口占二十字小诗一绝,其诗曰:"月色溶溶夜,花阴寂寂春。如何临皓魄,不见月中人?"诗罢,绕庭徐步。

【中吕调】【鹊打兔】对碧天晴,清夜月,如悬镜。张生徐步,渐至莺庭。僧院悄,回廊静;花阴乱,东风冷。对景伤怀,微吟步月,陶写深情。诗罢踌躇,不胜情,添悲哽。一天月色,满身花影。心绪恶,说不尽,疑惑际,俄然听。听得哑地门开,袭袭香至,瞥见莺莺。

【尾】脸儿稳色百媚生,出得门儿来慢慢地行,便是月殿里嫦娥也没恁地撑。

青天莹洁,瑞云都向鬓边来;碧落澄晖,秀色并翠眉上长。料想春娇厌拘束,等闲飞出广寒宫。容分一捻,体露半襟。鞿罗袖以无言,垂湘裙而不语。似湘陵妃子,斜偎舞殿朱扉;如月殿姮娥,微现蟾宫玉户。

【仙吕调】【整花冠】整整齐齐忒稳色,姿姿媚媚红白。小颗颗的朱唇,翠弯弯的眉黛。滴滴春娇可人意,慢腾腾地行出门来。舒玉纤纤的春笋,把颤巍巍的花摘。低矮矮的冠儿偏宜戴,笑吟吟地喜满香腮。解舞的腰肢,瘦岩岩的一搦。簌簌的裙儿前刀儿短,被你风韵韵煞人也猜。穿对儿曲弯弯的半拆来大弓鞋。

【尾】遮遮掩掩衫儿窄,那些袅袅婷婷体态,觑著别团圆的明月伽伽地拜。

不知心事在谁边,整顿衣裳拜明月。佳人对月,依君瑞韵,亦口占一绝。其诗曰:"兰闺久寂寞,无事度芳春。料得行吟者,应怜长叹人。"生闻之惊喜。

【仙吕调】【绣带儿】映花阴,靠小栏,照人无奈,月色十分满。眼睛儿不转,仔细把莺莺偷看。早教措大心撩乱,怎禁那百媚的冤家,多时也长叹。把张生新诗答和,语若流莺啭。樱桃小口娇声颤,不防花下,有人肠断。　　张生闻语意如狂,相抛著大地苦不远,没些儿惧惮,便发狂言。手撩著衣袂,大踏步走至根前。早见女孩儿家心肠软,唬得颤著一团,几般儿害羞赧。思量那清河君瑞,也是个风魔汉。不防更被别人见,高声喝道:"怎敢戏弄人家宅眷!"

【尾】气扑扑走得掇肩的喘,胜到莺莺前面,把一天来好事都惊散。

真所谓佳期难得,好事多磨。来的是谁?来的是谁?张生觑,乃莺之婢红娘也。莺莺问所以。

【仙吕调】【赏花时】百媚莺莺正惊讶,道:"这妮子慌忙则甚那?管是妈妈使来吵！"红娘低报："教姐姐睡来呵。"促莺同归。　　引调得张生没乱煞，把似当初休见他。越添我闷愁加，非关今世，管宿世冤家。

【尾】东风惊落满庭花，玉人不见朱扉亚。"孩儿，莫不是俺无分共伊嘛？"
　　　　生快快归于寝舍，通宵无寐。

【大石调】【梅梢月】划地相逢，引调得人来眼狂心热。见了又休，把似当初，不见是他时节。恼人的一对多情眼，强睡些何曾交睫！更堪听窗儿外面，子规啼月。　　此恨教人怎说？待挤了依前又难割舍。一片狂心，九曲柔肠，划地闷如昨夜。此愁今后知滋味，是一段风流冤业，下梢管折倒了性命去也！
　　　　自兹厥后，不以进取为荣，不以干禄为用，不以廉耻为心，不以是非为戒。夜
　　　　则废寝，昼则忘餐，颠倒衣裳，不知所措。盖慕莺莺如此。

【大石调】【玉翼蝉】前时听和尚说，空把愁眉敛，道："相国夫人从来性气刚，深有治家风范。"怎敢犯？寻思了空闷乱。难睹莺莺面，更有甚身心，书帏里做功课？百般悄如风汉。　　水干了吟砚，积渐里尘蒙了书卷。千方百计，无由得见。小庭那畔，不见佳人门昼掩。列翅著脚儿，走到千遍。数幅花笺，相思字写满，无人敢暂传。正是：咫尺是冤家，浑如天样远。
　　　　客窗错种疏疏竹，细雨斜风故恼人。

【双调】【豆叶黄】薄薄春阴，酿花天气，雨儿霢霂，风儿渐沥。药栏儿边，钩窗儿外，妆点新晴，花染深红，柳拖轻翠。　　采蕊的游蜂，两两相携；弄巧的黄鹂，双双作对。对景伤怀恨自己，病里逢春，四海无家，一身客寄。

【搅筝琶】穷愁泪，穷愁泪，掩了又还滴。多病的情怀，孤眠况味，说不得苦恹恹。一个少年身己，多因为那薄幸种，折倒得不戏。　　千般风韵，一捻儿年纪，多宜！多宜！不惟道生得个庞儿美，那堪更小字儿得惬人意，虫蚁儿里多情的，莺儿第一，偏称缕金衣。你试寻思：自家又没天来大福，如何消得？

【庆宣和】有甚心情取富贵？一日瘦如一日。闷答孩地倚著个枕头儿，悄一似害的。　　写个帖儿倩人寄，写得不成个伦理。欲待飞去欠双翼，甚时见你？

【尾】心头怀著待不思忆，口中强道不憔悴，怎瞒得青铜镜儿里？

087

千方百计，无由得见意中人；丧尽身心，终是难逢忔戏种。

【正宫】【虞美人缠】霎时雨过琴丝润，银叶龙香烬。此时风物正愁人，怕到黄昏，忽地又黄昏。　　花憔月悴罗衣褪，生怕旁人问。寂寥书舍掩重门，手卷珠帘，双目送行云。

【应天长】两眉无计解愁颦，旧愁新恨，这一番愁又新。淹不断眼中泪，揾不退脸上啼痕，处置不下闲烦恼，磨灭了旧精神。　　几番修简问寒温，又无人传信，想著后先断魂。书写了数幅纸，更不算织锦回文。我几曾梦见人传示，我亏你，你亏人。

【万金台】比及相逢奈何时下窨，你寻思闷那不闷？这些病何时可？待医来却又无个方本。　　饮食每日餐三顿，不曾饱吃了一顿。一日十二个时辰，没一刻暂离方寸。

【尾】待登临又不快，闲行又闷，坐地又昏沉。睡不稳，只倚著个鲛鮹枕头儿盹。

生从见了如花，烦恼处治不下。本待欲睡，忽听得栊门儿低哑，见个行者道："俺师父请吃碗淡茶。"生摄衣而起，勉就方丈，与法本闲话。

【正宫调】【应天长】僧斋僻掠得好清虚，有蒲团、禅几、经案、瓦香炉。窗间修竹影扶疏。围屏低矮，都画山水图。银瓶点嫩茶，啜罢烦渴涤除。有行者、法师、张君瑞，一个外人也无。　　许了林下做为侣，说得言语真个不入俗。高谈阔论晓今古，一个是一方长老，一个是一代名儒，俗谈没半句，那一和者也之乎。信道：若说一夕话，胜读十年书。

【尾】倾心地正说到投机处，听哑的门开瞬目觑，见个女孩儿深深地道万福。

桃源咫尺无缘到，不意仙姬出洞来。生再觑久之，乃向者促莺之人也。

【般涉调】【墙头花】虽为个侍婢，举止皆奇妙。那些儿鹘鸽那些儿掉。曲弯弯的宫样眉儿，慢松松地合欢髻小。　　裙儿窄地，一搦腰肢袅。百媚的庞儿，好那不好？小颗颗的一点朱唇，溜汋汋一双渌老。　　不苦诈打扮，不甚艳梳掠。衣服尽素缟，稳色行为定有孝。见张生欲语低头，见和尚佯看又笑。

【尾】道了个"万福"传示了，姿姿媚媚地低声道："明日相国夫人待做清醮。"

法本令执事准备。红娘辞去，生止之曰："敢问娘子，宅中未尝见婢仆出入，

088

何故?"红娘曰:"非先生所知也。"生曰:"愿闻所以。"红娘曰:"夫人治家严肃,朝野知名。夫人幼女莺莺,数日前夜乘月色潜出,夫人窃知,令妾召归,失子母之情。立莺庭下,责曰:'尔为女子,容艳不常。更夜出庭,月色如昼,使小僧、游客得见其面,岂不自耻?'莺莺泣谢曰:'今当改过自新,不必娘自苦苦。'然夫人怒色,莺不敢正视。况姨奶敢乱出入耶?"言讫而去。生谓法本曰:"小生备钱五千,为先父尚书作分功德。"师曰:"诺。"

【中吕调】【牧羊关】适来因把红娘问,说夫人恁般情性:作事威严,治家廉谨。无处通佳耗,无计传芳信。欲要成秦晋,天,天,除会圣! 闷答孩地倚著窗台儿眦,你寻思大小大郁闷?处治不下,擘画不定。得后是自家采,不得后是自家命。更打著黄昏也,兀的不愁杀人!

【尾】倘或明日见他时分,把可憎的媚脸儿饱看了一顿,便做受了这恓惶也正本。

生曰:"来日向道场里,须见得你。"越睡不著,只是想著莺莺。

【中吕调】【碧牡丹】小春寒尚浅,前岭早梅应绽,玉壶一夜,积渐里冰澌生满。业重身心,把往事思量遍。闷如丝,愁如织,夜如年。 自从人个别,何曾考五经三传?怎消遣?除告得纸和笔砚,待不寻思,怎奈心肠软。告天,天,天不应,奈何天!

【尾】没一个日头儿心放闲,没一个时辰儿不挂念,没一个夜儿不梦见。

张生捱得天晓,来看做醮,已早安排了毕。

【越调】【上平西缠令】月儿沉,鸡儿叫,现东方,日光渐拥出扶桑。诸方檀越,不论城郭与村坊,一齐齐随喜道场来,罢铺收行。 登经阁,游塔位,穿佛殿,立回廊,绕著圣位,随喜十王。供坛高垒,宝花香火间金幢。救拔亡过相公灵,灭罪消殃。

【斗鹌鹑】法聪收拾,鼓鸣钟响。众僧云集,尽临坛上:有法悟、法空、慧明、慧朗。甚严洁,甚磊浪,法堂里摆列著诸天圣像。 整整齐齐,自然成行。只少个圆光,便似圣僧模样。法本临坛,众人瞻仰。尽稽首,尽合掌,至心先把诸佛供养。

【青山口】众髻鬟篸捧著个老婆娘,头白浑一似霜。体穿一套孝衣裳,年纪到六旬以上。临坛揖了众僧,叩头礼下当阳。左壁头个老青衣拖著欢郎。 右壁个佳人举止轻盈,脸儿说不得的抢。把盖头儿揭起,不甚梳妆，自然异常。松松云鬟偏，弯弯眉黛长；首饰又没，著一套儿白衣裳，直许多韵相。

【雪里梅】诸僧与看人惊晃，瞥见一齐都望。住了念经，罢了随喜，忘了上香。　　选甚士农工商，一地里闹闹攘攘。折莫老的、小的，俏的、村的，满坛里热荒！老和尚也眼狂心痒，小和尚每接头缩项。立挣了法堂，九伯了法宝，软瘫了智广。

【尾】添香侍者似风狂，执磬的头陀呆了半晌，作法的阇黎神魂荡飏。不顾那本师和尚，眊起那法堂，怎遮当！贪看莺莺，闹了道场。

　　禅僧既见，十年苦行此时休；行者先忧，二月桃花今夜破。余者尚然，张生何似？

【大石调】【吴音子】张生心迷，著色事破了八关戒。佛名也不执，旧时敦厚性都改，抖搜风狂，摆弄九伯，作怪！作怪！　　骋无赖，旁人劝他又谁偢睬。大师遥见，坐地不定害涩奈，觑著莺莺，眼去眉来。被那女孩儿，不睬，不睬。

【尾】短命冤家薄情煞，兀的不枉教人害，少负你前生眼儿债。

　　抵暮，暮食毕，大作佛事。

【般涉调】【哨遍缠令】是夜道场，同业大众，众僧都来到。宝兽炉中瑞烟飘，珰珰地把金磬初敲。众僧早躬身合掌，稽首皈依，佛、法、僧三宝。相国夫人煞年老，虔心岂避辞劳！莺莺虽是个女孩儿，孝顺别人卒难学，礼拜无休，追荐亡灵，救拔先考。　　那作怪的书生，坐间悄一似风魔颠倒。大来没寻思，所为没些儿斟酌，到来一地的乱道。几曾惧惮相国夫人，不怕旁人笑。盛说法，打匹似闲唵诨，正念佛作偈，把美令儿胡嘌。秀才家那个不风魔，大抵这个酸丁忒劣角，风魔中占得个招讨。

【急曲子】比及结绝了道场，恼得诸人烦恼。智深著言苦劝："解元休心头怒恶，譬如这里闹镬铎，把似书房里睡取一觉。"

【尾】道著睬也不睬，焦也不焦，眼眯睒地佯呆著，一夜胡芦提闹到晓。

　　日欲出，道场罢，众僧请夫人烧疏。

【商调】【定风波】烧罢功德疏，百媚地莺莺，不胜悲哭，似梨花带春雨。老夫人哀声不住。那君瑞醮台儿旁立地不定，暝子里归去。　　法本众僧徒，别了莺莺、夫人子母，佛堂里自监觑，觑著收拾铺陈来的什物。见个小僧入得角门来，大踏步走得来荒速。

【尾】口茄目瞪面如土，唬杀那诸僧和寺主，气喘不迭叫苦！

天晓众僧恰斋罢，忽走一小僧，慌急来称祸事。

卷　二

【仙吕调】【剔银灯】阶下小僧报覆："观了三魂无主！尘蔽了青天，旗遮了红日，满空纷纷土雨。鸣金击鼓，摆槊抢刀，把寺围住。　　为首强人英武，见了早森森地怯惧。裹一顶红巾，珍珠如糁饭，甲挂唐夷两副，靴穿抹绿，骑匹如龙，卷毛赤兔。"

【尾】"弯一枝窝镫黄华弩，担柄簸箕来大开山板斧，是把桥将士孙飞虎！"

唐蒲关乃屯军之处。是岁浑太师薨，被丁文雅不善御军，其将孙飞虎半万兵叛，劫掠蒲中。如何见得？《莺莺本传歌》为证。歌曰："河桥上将亡官军，虎旗长戟交垒门。凤凰诏书犹未到，满城戈甲如云屯。家家玉帛弃泥土，少女娇妻愁被掳。出门走马皆健儿，红粉潜藏欲何处？呜呜阿母啼向天，窗中抱女投金钿。铅华不顾欲藏艳，玉颜转莹如神仙。"

【正宫】【文序子缠】诸师长，权且住，略听开解。不幸死了蒲州浑瑊元帅，把河桥将文雅，荒淫素无良策。乱军失统，劫掠蒲州，把城池损坏。

劫财物，夺妻女，不能挣揣。岂辨个是和非？不分个皂白。南邻北里成灰，劫掠了民财。蒲城里岂辨个后巷前街？变做尸山血海。

【甘草子】骋无赖，骋无赖，于中个首将罪过迷天大。是则是英雄临阵披重铠，倚仗著他家有手策，欲反唐朝世界。不来后是咱家众僧采，来后怎当待？

【脱布衫】来后怎生当待？思量恁怪那不怪，由然甚矮也不矮，仿佛近此中境界。

【尾】那里到一个时辰外，埠埠腾腾地尘头蔽日色，半万贼兵胜到来！

寺僧不及措手，惟掩户以拒军。贼以剑扣门，飞镞入寺，大呼曰："我无他取，惟望一饭。"典寺者与僧众议："欲开门迎贼，法堂廊宇，足以屯众，悉与会食，聊赠财贿，以悦众心，庶恶人不生凶意。若不然，恐斩关而入，不问老幼善恶，皆被残灭。大众可否？"执事僧智深启大师曰："开门迎贼，于我何害？今寺有崔夫人幼女莺莺，年少貌丽，乱军既入，若不准备，必被掳掠而去。崔相姻亲交朋，蒙恩被德，职司权路，不利后事。虽被贼掠，皆我开门迎贼所致。执

091

作同情，何辞以辩？"

【大石调】【伊州衮】佛堂里诸僧尽商议，开门欲迎贼。于中监寺道"不可"，对众说及仔细："乱军贼党，倘或掳了莺莺，怎的备？朝野所知，满寺里僧人索归逝水。"大师言道："如何是？诸乱军屯门首，不能战敌。"众中个和尚，厉声高叫如雷，道："大师休怕。众僧三百余人，只管絮聒聒地，空有身材，枉吃了馒头没见识。"

【尾】把破设设地偏衫揭将起，手提著戒刀三尺，道："我待与群贼做头抵！"

> 这和尚是谁？乃是法聪也。聪本陕右蕃部之后，少好弓剑，喜游猎，常潜入蕃国，盗掠为事，武而有勇。一旦父母沦亡，悟世路浮薄，出家于此寺。"大丈夫之志决矣！既遇今之乱，安忍坐视？非仁者之用心也。愿得寺僧有勇敢，共力破贼，易如振稿自断。众止一二作乱，余必胁从，见目前之利，忘返掌之灾。我若敷陈利害，必使逆徒不能奋武作威，自令奔溃。"

【仙吕调】【绣带儿】不会看经，不会礼忏，不清不净，只有天来大胆。一双乖眼，果是杀人不斩。自受了佛家戒，手中铁棒，经年不磨被尘暗；腰间戒刀，是旧时斩虎诛龙剑，一从杀害的众生厌，挂于壁上，久不曾拈。

> 顽羊角靶尽尘缄，生涩了雪刃霜尖。高呼僧行："有谁随俺？但请无虑，管不有分毫失赚。"心口自思念：戒刀举今日开斋，铁棒有打鏖。立于廊下，其时遂把诸僧点："搊搜好汉每兀谁敢？待要斩贼降众，大喊故是不险。"

【尾】"开门但助我一声喊，戒刀举把群贼来斩，送斋时做一顿馒头馅！"

> 杀人肝胆，翻为济众之心；落草英雄，反作破贼之勇。聪大呼曰："上为教门，下为僧众，当此之时，各当勉力。有敢助我退贼者，出于堂右。"须臾，堂下近三百人，各持白棒戒刀，相应曰："愿从和尚决死！"

【双调】【文如锦】细端详，见法聪生得搊搜相：刁厥精神，跷蹊模样；牛脚阔，虎腰长。带三尺戒刀，提一条铁棒。一匹战马，似敲了牙的活象。偏能软缠，只不披著介胄，八尺堂堂，好雄强，似出家的子路，削了发的金刚。　　从者诸人二百余，一个个器械不类寻常。生得眼脑瓯抠，人材猛浪。或拿著切菜刀，擀面杖。把法鼓擂得鸣，打得斋钟响。著绫幡做甲，把钵盂做头盔，戴著顶上。几个髾头的行者，著铁褐直裰，走离僧房，骋无量，道："俺咱情愿，苦战沙场！"

【尾】这每取经后不肯随三藏，肩担著扫帚藤杖，簇捧著个杀人和尚。

执事者不及嘱谕小心，聪已率众至门。见贼势大，不可立退，下马登楼，敷陈利害，以骇众心。

【般涉调】【沁园春】铁戟侵空，绣旗映日，遍满四郊。捧一员骁将，阵前立马，披乌油铠甲，红锦征袍。鼻偃唇轩，眉粗眼大，担一柄截头古定刀，如神道。更胸高脚阔，胯大臀腰。　　雄豪，举止轻骁，马上斜刀把宝镫挑。觑来手下，诸多军校，英雄怎画，倜傥难描。或短或长，或肥或瘦，一个个精神没弹包。掂详了，纵六千来不到，半万来其高。

【墙头花】寺方五里，众军都围绕。整整齐齐尽摆搠，三停来系青布行缠，折半著黄绸絮袄。　　冬冬的鼓响，画角声缭绕，猎猎征旗似火飘。催军的毡地轰声，呐喊的揭天唱叫。　　一时间怎堵当？从来固济得牢。墙坚若石垒，铁裹山门破后砍。待蹉踏怎地蹉踏？待奔吊如何奔吊？

【柘枝令】板钢斧劈群刀砍，一地里热闹和铎。那法聪和尚对将军下情陪告："念本寺里别无宝贝，敝院又没粮草。将军手下有许多兵，怎地停泊？

【长寿仙衮】"朝廷咫尺不晓？定知道！多应遣军，定把贤每征讨。不当稳便，恁时悔也应迟，贤家试自心量度。"那贼将闻斯语，心生怒恶："打脊的髡囚，怎敢把爷违拗！俺又本无心，把你僧家混耗。甚花唇儿故来相恼？"

【急曲子】"又不待夺贤寺宇，又不待要贤金宝。众军饥困权停待，甚坚把山门闭著？众僧其间只有你做虎豹，叨叨地把爷凌虐。"

【尾】"你要截了手打破脑，双割了耳朵牢缚了脚，倒吊著山门上瞧到老。"

聪曰："公等息怒，愿一一从命。且公等几千人，与将军安置饮食，敢告公等少退百步，使众徐行，不至喧争，幸甚。"将军曰："尔既许我，吾不从命，非也。"于是军退百步。聪已下楼上马。

【黄钟调】【喜迁莺缠令】贼军闻语，约退三二百步。下了长关，彻了大镤。两扇门开处，那法聪呼从者："你但随吾！"喊得一声，扑碌碌地离了寺门，不曾见恁地跷蹊队伍。　　尽是没意头搂搜男女，觑贼军，约半万，如无物。那法聪横著铁棒，厉声高呼："叛国贼！请个出马决胜负，不消得埋竿竖柱。"

【四门子】"国家又不曾把贤每亏负，试自心窨腹：衣粮俸禄是吾皇物，恁咱有福。好干、好羞，方今太平征战又无；好干、好羞，你做得无功受禄！　　　不幸蒲州太守浑瑊卒，你便欺民叛国，劫人财产行粗鲁，更蹂踏人寺宇。好干、好羞，馒头待要俺不与；好干、好羞，待留著喂驴。"

【柳叶儿】"譬如蹂踏俺寺家门户，不如守著你娘坟墓。俺也不是厮虎，孩儿每早早地伏输。"

【尾】"好也好教你回去，弱也弱教你回去。待不回去只消我这六十斤铁棒苦！"

　　聪跃马大呼："军中掌领相见！"一将出谓聪曰："汝为佛弟子，当念经持戒，如何出粗恶？"聪曰："公等身充卒伍，忝预军官。且国家养尔，本欲安边，是以月终给粟，岁季支衣。四时无冻馁之忧，数口享福安之庆。岂以一时失统，忘国重恩，大掠良民，敢残上郡！朝廷咫尺，旦夕必知。命将统兵，片时可至。汝等作沙场之血，汝族为叛国之因。族灭身亡，有财何益？公等宜熟计之。"贼将突马出曰："尔不为我备食，何说我众？"

【大石调】【玉翼蝉】贼头领，闻此语，佛也应烦恼。嚼碎狼牙，睁察大小："众孩儿曹听我教著：只助我，一声喊，只一合，活把髡徒捉。"众军闻言，冬辈擂战鼓，滴溜溜地杂彩旗摇。　　连天地叫杀，不住齐吹画角，愁云闭日，杀气连霄。遂呼"和尚！休要狂獐等待著！紧搭著铁棒，牢坐著鞍轿，想著西方极乐，见得十分是命天。略等我仁事，与贤家一万刀。"

【尾】掩耳不及如飞到，马蹄践碎霞一道，见和尚鼻凹上大刀落。

　　只听得咭叮地一声，和尚性命如何？

【大石调】【伊州衮缠令】阴风恶，戈甲遍荒郊，杀气黯青霄。六军发喊，旗前二马相交。法聪和尚，手中铁棒眉齐，快赌当，咭叮地一声，架过截头古定刀。　　马如龙，人如虎，铁棒轮，钢刀举，各按《六韬》。这一回，须定个谁强谁弱。三合以上，贼徒气力难迭。怎赌当？办得个架格遮截，欲胜那僧人碇上碇。

【红罗袄】苦苦的与他当，强强地与他熬，似狡兔逢鹰鼠见猫。待伊揣几合，赢些方便，便宜厮号。欲待望本阵里逃生，见一骑马悄如飞到。捻一柄丈二长枪，骋粗豪，妆就十分恶。　　和尚果雄骁，兵法瞭曾学。辟过钢枪，刀又早落。不紧不慌，不惊不怕，不忙不暴。不惟眼辨与身轻，那更马疾手妙。盘得两个气一似揎搽，欲逋逃，又恐怕诸军笑。

【尾】把不定心中拘拘地跳，眼睁得七角八角，两个将军近不得其脚。

六条臂膊，于中使铁棒的偏强；三个英雄，闹里戴头盔的先歇。使刀的对垒，使枪的好斗。

【正宫】【文序子】才歇罢，重披挂，何曾打话？不问个是和非，觑僧人便扎。轻闪过捽住狮蛮，狠心不舍。用平生勇力，抱入怀来，鞍鞒上一纳。

听得叫一声苦，连衣甲，头撺得掉下。奈何使刀的人困马乏，欲待挣揣些英雄不如赴撒。何曾敢与他和尚争锋，望著直南下便逃。

【甘草子】怎拿拏？怎拿拏？法聪觑了，勃腾腾地无明发。仿佛赶相近，叫声如雷炸。和尚何曾动著，子喝一声那时唬煞。贼阵里儿郎懑眼不扎，道："这秃厮好交加！"

【尾】怎禁那和尚高声骂："打脊贼徒每怎敢反国家！怕更有当风的快出马！"

绣旗开队，临风散几百里朝霞；战鼓助威，从地涌一千个霹雳。直恼得这个将军出马。是谁？是谁？

【仙吕调】【点绛唇】这个将军，英雄名姓非此此。嫌小官不做，欲把山河取。　　状貌雄雄，人见森森地惧。法聪觑，恐这人脸上，常带著十分怒。

【哈哈令】生得邓虏沦敦著大肚，眼三角鼻大唇粗，额阔颏宽眉卓竖，一部赤髭须。也么哈哈。

【风吹荷叶】云雁征袍金缕，狼皮战靴抹绿，磊落身材宜结束，红彪彪地戴一顶纱巾，密砌著珍珠。

【醉奚婆】甲挂两副，雄烈超今古。力敌万夫，绰名唤孙飞虎。

【尾】带一枝铁胎弩，弧内插著百双钢箭，担一柄簸箕来大开山斧。

适来压路赢人，不意棋逢对手。

【般涉调】【麻婆子】飞虎是真英烈，法聪是大丈夫；飞虎又能征战，法聪甚是英武；飞虎专心取寺宇，法聪本意破贼徒；法聪有降贼策，飞虎有叛国图。　　法聪使一条镔铁棒，飞虎使一柄开山斧。恨不得一斧砍了和尚，恨不得一棒待搠了飞虎。不道飞虎惯相持，思量法聪怎当赌？法聪寻赢便，飞虎觅走路。

【尾】法聪赢，飞虎输。法聪不合赶将去，飞虎扳番窍镫弩。

那法聪认做真实取胜，怎知是飞虎佯败。把夹钢斧摒在战鞍，伸靴入镫，扳番龙筋弩，安上一点油，摇番铜牙利，会百步风里穿杨，教七尺来僧人怎躲？

【正宫】【文序子】将军败，有机变，不合追赶。赶上落便宜，输他方便。斜挑金镫，那身十分得便。一声霹雳，弩箭离弦，浑如飞电。　　法聪早当此际，遥遥地望见。果是会相持，能征惯战，不慌不紧不忙，果手疾眼辨。捽著宝勒，侧坐著鞍鞒，陀地勒住战骣。

【尾】剔团圞的睁察杀人眼，嗔忿忿地斜横著打将鞭，咭叮地拈折点钢箭。

　　铁鞭举大蟒腾空，钢箭折流星落地。贼众大骇，飞虎谓众曰："僧无甲，不可以短兵接战，可以长兵敌。如僧再追，汝必齐发弓弩，僧必溃矣。"聪自度贼有变，又马困不可久敌，因谓众曰："汝等退而保寺，我当冲阵而出，自有长策。"

【中吕调】【乔捉蛇】和尚定睛睃，见贼军兵众多，郊外列干戈。威风大，垓前马上一个将军坐，肩担著铁斧来也么。一个越添忿怒精神恶。征战瞧偻㑩，把法聪来便砍，砍又砍不著。法聪出地过，谁人比得他骁果？禁持得飞虎心胆破，手亲眼便难擒捉。

【尾】贼军觑了频相度：打脊的髡徒怎恁么，措手不及早㩧过我！

　　粗豪和尚，单身鏖战，勇如九里山混垓西楚王；独自征敌，猛似毛驼冈刺良美髯公。全然不顾残生，走在飞虎军内。

【仙吕调】【一斛叉】乱军虽然众，望见僧人忽地开。有若山中羊逢虎，恰似兽逢豸。弓弩如何近傍，铁棒浑如遮箭牌。马过处连天叫苦，血污溅尘埃。半个时辰突围透，和尚英雄果壮哉！上至顶门红飚飚，事急怎生揌？妆就个曜州和尚，撞著挢搜孟秀才。不合道浑如那话，初出产门来。

　　纵聪独力不加，走出阵去。贼兵把寺围了，孙飞虎隔门大叫："我第一待交兵卒吃顿饭食；第二知崔相夫人家眷在此，来取莺莺。与我，大兵便退；不与我，目下有灾。"人报崔氏子母，唬杀莺莺。

【大石调】【玉翼蝉】冲军阵，鞭骏马，一径地西南上迤。更不寻思，手下众僧行，身边又无衣甲，怎禁他诸贼党，著弓箭射，争敢停时霎？众僧三百余人，比及叩寺门，十停儿死了七八。　　几个参头行者，著箭后即时坐化。头陀中剑，血污了袈裟。几个诵经五戒，是佛力扶持后马践杀。一个走不迭和尚，被小校活拿，唬得脸儿来浑如蜡滓，几般来害怕。绣旗底飞虎道："驱来询问咱！"

【尾】欲待揪捽没头发，扯住那半扇云衲，屹搭搭地直驱来马直下。

　　飞虎问曰："我求一饭，汝辈拒我？"僧曰："大师欲邀将军会食，执事者论及前相国崔公灵柩在寺，公有女莺莺，艳绝一时，恐公等房去。崔公之亲旧，权重朝野，致患在他时。"飞虎笑曰："适来法聪所言，真有莺莺。我想河桥将丁文雅，好色嗜酒之外，百事不能动其情。我若使莺莺靓妆艳服献之，文雅必大悦，可连师据蒲，虽朝廷兴兵，莫我御矣。"

【正宫】【甘草子缠令】听说破，听说破，把黄髯捻定，彻放眉间锁。遂唤几个小偻儸，传令教揎掇。　　隔著山门厉声叫："满寺里僧人听呵！随俺后抽兵便回去，不随后恁须识我。"

【脱布衫】"得莺莺后便退干戈，不得后目前生祸。不共你摇嘴掉舌，不共你斗争斗合。"

【尾】"寺墙儿便是纯钢裹，更一个时辰打不破，屯著山门便点火。"
　　僧众闻之大骇。法本领被伤行者来见夫人，说及贼事。夫人闻语，仆地唬倒。红娘与莺莺连救，多时稍苏。莺泣曰："且以相公灵柩为念，莺莺乞从乱军：一身被辱，上救夫人残年，下解寺灾，活众僧之命。愿不以女子一身见辱，而误众人。"

【道宫】【解红】蓦闻人道，森森地唬得魂离壳。全家眷爱，多应是四分五落。先人化去，不幸斯间遭贼盗。思量了，兄弟欢郎忒年纪小。隔门又听得贼徒叫，指呼著莺莺是他待要。心头悄如千刀搅，孤孀子母，没处投告。　　心下徘徊自筹度，只除会圣一命难逃。寻思到底，多应被他诛剿。我随强寇，年老婆婆有谁倚靠？添烦恼，地阔天空没处著，到此怎惜我贞共孝！多被贼人控持了，有些儿事体夫人表："若惜奴一个，有大祸三条：

【尾】"第一我母亲难再保，第二那诸僧都索命天，第三把兜率般的伽蓝枉火内烧。"
　　夫人泣曰："母礼至爱，母情至亲。汝若从贼，我生何益？吾今六十，死不为夭。所痛莺莺幼年，未得从夫，孤亡萧寺！"言讫，放声大恸。

【大石调】【还京乐】是时莺莺孤孀母子，抱头哭泣号咷。放声不住，哭得他众僧心焦。思量这回，子母不能保，待觅个身亡命夭，又恐贼军，不知缕细，葫芦提把寺院焚烧。我还取次随贼寇，怕后人知道，这一场污名不小，做下千年耻笑，辱累煞我，相公先考。　　我寻思，这事体，怎生是著？夫人与大师，议论评度烦恼。阶前僧行，一谜地向前哀告。擎拳合掌，要奴献与贼盗。指约不住，一地里闹镬铎。除死后一场足了。

欲要乱军不生怒恶，恁献与妾身尸壳，尽教他阵前乱刀万斫，假如死也名全贞孝。

【尾】觑著阶址恰待褰衣跳，众人都唬得呆了。见阶下一人拍手笑。

"法聪施武，寺中难可退贼兵；不肖用谋，破尽许多强寇众。"莺莺褰衣望阶下欲跳，欲跳，被夫人与红娘扯住。忽听阶下一人大笑，众人皆觑，笑者是谁？

【黄钟宫】【快活尔缠令】子母正是愁，大众情无那。忽闻得一人语言，称将贼盗捉。一齐观瞻，见个书生，出离人丛，生得面颜相貌有谁过！年纪二十余，身品五尺大，疏眉更目秀，鼻直齿能粗，唇若涂朱，脸似银盘，清秀的容仪，比得潘安、宋玉丑恶。

【出队子】却认得是张生，僧人把他衣扯著，低言悄语唤哥哥："比不得书房里闲吟课，你须见贼军排列著。　　贤不是九伯与风魔，出言了怎改抹？见法聪临阵恁比合，与飞虎冲军恶战讨，也独力难加他走却。"

【柳叶儿】"你肌骨似美人般软弱，与刀后怎生抢摩？气力又无些个，与四马看怎乘坐？　　春笋般指头儿十个，与张弓怎发金镞？觑你人品儿挫穤，与副甲怎地披著？"

【尾】"你把笔尚犹力弱，伊言欲退干戈，有的计对俺先道破。"

笑者是谁？是谁？众再觑，乃张珙也。生言曰："妇人女子，别无远见，临危惟是悲泣而已；寺僧游客，何愚之甚也！不能止此乱军，坐定灭亡。倘用吾言，灭贼必矣。"法本大师仰知生间世之才，必有奇划，可遏乱众。法本就见生而嘱曰："僧众无脱祸之计，先生既有奇策，愿除众难。"生笑曰："师等佛家弟子，岂不悟此：生者死之原，死者生之路，生死乃人之常理。向者佛祖亦须入灭，况佛书分明自说因果。如师等前生行恶于贼，今生固当冤报，何能苟免耶？若前生与贼无因，今世不为冤对，又何惧也？"师曰："诚如是。但可惜寺门、佛殿、廊庑、钟鼓、经阁，计其营造，不啻百万，一旦火举，便为灰烬。愿以功德为念。"生愈笑曰："师坐讲《金刚经》，岂不知骨肉皮毛，亦非己有。性者，我也；身者，舍也。若当来限尽之后，一性既往，四大狼藉：妻子虽亲，不能从其去；金珠虽宝，不可挈而行。是何佛殿、钟楼，欲为己有哉！"师曰："我等说道，不计生死，不恤寺宇。所悲者，母子生离，故来上请。"生曰："夫人与我无恩，崔相与我无旧，素不往还，救之何益？"僧曰："子不救莺，即夫人必不使莺从贼，乱军必怒，大举兵来，先生奈何？"生曰："我自有脱身计，师当自画。"师又曰："子为儒者，行仁义之教。仁者爱人，恶所以害之者，固当除害；义者循理，恶所以乱之者，固当除乱。幼闺孀母，皆欲就死，子坐而笑之，岂仁者爱人之意欤？且乱军余党，恣为暴虐，子视而弗诛，岂义者循理之意欤？古者叔段有不弟之恶，郑伯可制而不制；黎侯有狄人之患，卫伯可救而不救：《春秋》讥之。先生有安人退军之策，卷而怀之，责以《春秋》，未为得也。先生裁之。"生又笑曰："师知其一，不知其二。闻诸夫子曰：'君子有勇而无义为乱，小人有勇而无义为盗。'故君子恶其勇而无礼也。我虽负勇，他无所求，我何自举？又曰：'礼闻来学，未闻往教。'是以君子不屑就也。"

【般涉调】【麻婆子】大师频频劝："先生好性撒。众人都烦恼，偏你恁欢悦！"君瑞闻言，越越地笑："吾师情性好伴呆。又不是儒书载，分明是圣教说：'有生必有死，无生亦无灭。'生死人常理，何须恁怕怯？乱军都来半万余，便做天蓬黑煞般尽刁厥，但存得自家在，怎到得被虏劫？"

【尾】"不须骑战马，不须持寸铁，不须对阵争优劣。觑一觑教半万贼兵化做脊血！"

大师以生言语及夫人，夫人曰："诚如是？"夫人以礼见生，泣而告曰：

【小石调】【花心动】"乱军门外，要幼女莺莺，怎生结果？可怜自家，母子孤孀，投托解元子个！"张生闻语先陪笑，道："相国夫人且坐，但放心，何须怕怯子么！　　不是咱家口大，略使权术，立退干戈。除却乱军，存得伽蓝，免那众僧灾祸。您一行家眷须到三五十口，大小不教伤著一个。恁时节，便休却外人般待我！"

夫人曰："是何言也！不以见薄为辞，祸灭身安，继子为亲。"云云。生谓僧曰："先令人传报乱军：莺非敌他，当辞母别灵，理妆治服，少顷即至。愿不见逼。"乱军稍缓。生曰："乱军不可以言说，人众不可以力争，但可威服。"师与夫人皆曰："孰为有威者？"生曰："吾一故人，以儒业进身，武勇治乱。内怀信义之心，外有威严之色。初典郡城，贼盗悉皆去境；再擢边任，塞马不敢嘶南。故知武备德修，人归军仰。临军常跨雪白马，人目之曰'白马将军'。姓杜，名确，今镇守蒲关，素得军心，人莫敢犯，与仆为死生交。我有书稿，上呈夫人。"

其略曰："辱游张珙书上将军帅府：仓惶之下，不备文章；慷慨之前，直陈利害。不幸浑太师薨于蒲郡，丁文雅失制河桥。兵乱军叛，悉残郡邑。蒲州兵火，盈耳哀声。生灵有惧死之忧，黎庶有倒悬之急。伏启将军：天姿神策，人仰洪威。有爱民治乱之谋，奋斩将破敌之勇。忍居住守，安振军城？坐看乱军，肆凶暴恶？公如不起，孰拯斯危？稍缓师徒，恐成大乱。公至，则斩贼降众，守郡安民，百里无虞，一方苏泰。诏书将下，必推退乱之功；旌旆不行，自受怯敌之过。今日贼兵见围普救，陋儒何计逃生？但愿上扶郡国，下救寒生。垂死之余，鹄观来耗；再生之赐，皆荷恩光。辱游张珙再拜良契将军帅府足下。"

卷　三

【中吕调】【碧牡丹缠令】"是须休怕怖，请夫人放心无虑。乱军虽众，张珙看来无物。俺有个亲知，只在蒲关住。　与俺好相看、好相识、好相与。

祖宗非偡偡，也非是庶民白屋，不袭门荫，应中贤良科举。是杜如晦的重孙，英烈超宗祖。开六钧弓，阅八阵法，读五车书。"

【摸鱼儿】"初间典郡城，一方贼盗没。后临边地职，塞马胡儿不敢正觑。方今出镇蒲关，掌著军卒。普天下好汉果煞数著，有文有武有权术，熟娴枪槊快弓弩。遮莫贼军三万垛，便是天蓬黑煞，见他应也伏输。"

【鹊打兔】"爱骑一匹白战马，如彪虎。使一柄大刀，冠绝今古。扶社稷，清寰宇，宰天下，安邦国。为主存忠，愿削平祸乱，开疆展土。　自古有的英雄，这将军，皆不许。压著一万个孟贲，五千个吕布。楚项籍，蜀关羽，秦白起，燕孙武：若比这个将军，兵书战策，索拜做师父。"

【尾】"文章贾、马岂是大儒？智略孙、庞是真下愚，英武笑韩、彭不丈夫。"

夫人曰："杜将军诚一时名将，威令人伏。与君有旧，书至则必起雄师，立残诸恶。关城相去几数十里，若候修书，师定见迟留。"生曰："适于法聪出战之时，已持此书报杜将军矣。请夫人、大师待望于钟楼之上，兵必至矣。"

【大石调】【吴音子】相国夫人，怕伊不信自家说，"请宽尊抱，是须休把两眉结。"倚著栏杆，凝望时节，寺宇周回，贼军间列稍宁贴。　堪伤处，见杀气迷荒野。尘头起处，远观一道阵云斜，五百来儿郎，一个个习厥，似初下云端，来的驱雷使者。

【尾】甲溜晴郊似银河泻，绣旗飚似彩霞招折，管是白马将军到来也！

夫人陡长欢容，大众便生喜色。

【越调】【斗鹌鹑缠令】天昏昏兮，阵云四合；埠腾腾地，尘头悄如枕簸。栲栳大队精兵，转过拽脚慢坡。六百来少，半千来多。一心待把、群贼立破。　一字阵分开，尽都摆搣。一个个精神，悄没弹剥。三十的早年高，六尺的早最殂。把业龙擒捉，猛虎倒拖。乱军虽众，望他怕他。

【青山口】嘶风的骄马弄风珂，雄雄军势恶。步兵卒子小偻偟，擂狼皮鼓，筛动金锣。森森排剑戟，密密列干戈。待破贼军解君忧，与民除祸。

簇捧著个将军，状貌雄雄，古今没两个。把金镫笑踏，宝鞍斜坐。腕下铁鞭是水磨，脿背到恁来阔，身材恁来大。挟矢负弧，甲挂熟铜，袍披茜罗。

【雪里梅】行军计若通神，挥剑血成河。莫道是乱军，便是六丁黑煞，待子甚么！ 马上笑呵呵，把贼众欲平蹉。乱军觑了，道："这爷爷来也，咱怎生奈何？"

【尾】马颔系朱缨，栲栳来大一团火。肩上钢刀门扇来阔。人似金刚，马似骆驼。孙飞虎唬得来肩磨，魂魄离壳，自摧挫，只管为这一顿馒头送了我！

贼众没精神，飞虎挫锐气。

【般涉调】【墙头花】白马将军手下，五百来人衣铁，一布地平原尽摆列。觑一觑飞虎魂消，喝一声群贼脑裂。 贼军厮见，道："咱性命合休也！"半万余人看怎者，又不敢赌个输赢，又不敢争个优劣。 贼军悄似儿，来兵悄似爷；来兵势若龙，害怕的贼军悄似鳖；来兵似五百个僧人，贼军似六千个行者。

【尾】把那弓箭解，刀斧撇，旌旗鞍马都不藉。回头来觑著白马将军，喝一声爆雷也似喏。

杜将军曰："尔等以浑太师薨后，无人统制，丁文雅恣其酒色，稍失训练，因为掠闹，想无叛心。汝等父母妻子，皆处旧营，一忘国恩，悉皆诛戮。我今拥强出兵，振英武，杀尔无主乱军，易如刈草。但恐其间有非叛者，吾实不忍。"又曰："军中不叛者，东向弃仗坐甲；叛者西向作队，以备死战。"言讫，军中皆弃仗向东坐甲。杜取孙飞虎斩之，余众悉免。张生与大师出寺邀杜，杜与生兄弟礼毕，执手入寺，置酒于廊下，以道契阔。生曰："君今有功于国，有义于朋友，有恩于蒲民，只在朝夕，朝廷必当重有封拜，即容上贺。"

【仙吕调】【满江红】相邀入寺，满寺里僧人尽欢悦。"有义于知交，有恩于寺舍，即时呈表闻帝阙。功业见得凌烟阁上写，赏延后世，名传万劫。不是降了群贼后，蒲州百姓，几时宁贴？弟兄休作外，几盏儿淡酒，聊复致谢。"白马将军，饮了一杯，道："君瑞何须，恁般怆懒。"约退杂人，把知心话说。三巡酒外红日斜，白马将军离坐起，道："先生勿罪，小官索去也。"相送到山门外，临歧执手，彼此难舍。更了一杯酒，比及再回，哥哥且略别。

马离普救摇金勒，人望蒲关和凯歌。生次日见大师曰："昨日乱军至寺，夫人祷我退贼之策，愿我继亲。未审亲事若何？"

【高平调】【于飞乐】"念自家，虽是个浅陋书生，于夫人反有深恩。是他家先许了、先许了免难后成亲。十分里九分，多应待聘与我莺莺。细寻思，此件事对面难陈。师兄略暂听闻：既为佛弟子，须方便为门。不合上烦，托付你作个媒人。"

师笑许之，曰："先生少待，小僧径往。"师诣夫人院，令人报，夫人出，请师坐，师乃劳问安慰，夫人陈谢而已。师徐曰："张生，义人也。当时献退贼之策，夫人面许继亲。张生托贫僧敬问一耗，未审懿旨若何？"夫人曰："张生之恩，固不可忘。方备蔬食，当与生面议。"师喜而退，以夫人语报生。

【高平调】【木兰花】那法师，忙贺喜，道："那每殷勤的请你，待对面商议。"张生曰："今朝正是个成婚日，那家多应，管准备那就亲筵席。"又问道："吾师，那家里做甚底？买了几十瓶法酒？做了几十分茶食？"法师笑道："休打砌，我见舂了几升陈米，煮下半瓮黄齑。"

生喜不自胜，整衣而待。

【仙吕调】【恋香衾】梳裹箱儿里取明镜，把脸儿挣得光莹。拂拭了纱巾，要添风韵。牢地罗衫长打影，偏宜二色罗领。沈郎腰道，与绛绦儿厮称。

铃口鞋儿样儿整，僧勒袜儿恬净。扮了书闹里坐地不稳，镜儿里拈相了内心骋。窗儿外弄影儿行，恨日头儿不到正南时分。

【尾】痒如如把心不定，肚皮儿里骨辘辘地雷鸣，眼悬悬地专盼著人来请。

生更衣不作饭，专待来请。自早至晚，不蒙人至，生曰："法本和尚何相戏我至此！夫人亦待我薄矣！"

【高平调】【木兰花】从自斋时，等到日转过，没个人偢问，酪子里忍饿。侵晨等到合昏个，不曾汤个水米，便不饿损卑末？　　果是咱饥变做渴，咽喉干燥，肚儿里如火。开门见法本来参贺："怎那门亲事，议论的如何？"

生作色曰："我平日待师不薄，师何薄我如此！"师曰："不知我所以薄公者。"生曰："适来嘱师问亲，师报我以今日见请。自朝抵暮，殊不蒙召。非师薄我何？"师曰："山僧过矣。夫人言明日作排，非今日矣。"生笑曰："两句传示，尚自疏脱，怎背诵《华严经》呵？秃屌！"师笑而去。生通宵不寐。须臾，日色清晨，果见红娘敛衽，道："夫人有请。"

【仙吕调】【赏花时】恰正张生闷转加，蓦见红娘欢喜煞，叉手奉迎他。连忙陪笑，道："姐坐来么！"红娘曰："夫人使来，怎敢。　　相国夫人教邀足下，是必休教推避咱。多谢解元呵！"张生道："依命。我有分见那冤家！"

【尾】"不图酒食不图茶，夫人请我别无话，孩儿，管教俺两口儿就亲吵！"

　　　　红娘笑而去。

【双调】【惜奴娇】绝早侵晨，早与他忙梳裹，不寻思虚脾真个。你试寻思，秀才家，平生饿，无那，空倚著门儿咽唾。　　去了红娘，会圣肯书闹里坐！坐不定一地里笃么。觑著日头儿，暂时间，斋时过。"杀剁，又不成红娘邓我？"

　　　　生正疑惑间，红娘再至，生与俱往见夫人。

【双调】【惜奴娇】再见红娘，五脏神儿都欢喜，请来后何曾推避。逐定红娘，见夫人，忙施礼。道："前日，想娘娘可来惊悸？"　　相国夫人，谨陪奉张君瑞，道："辄敢便屈邀先辈。子母孤孀，又无个，别准备。可怜客寄，愿先生高情勿罪。"

　　　　命生坐，茶讫，生起致辞曰："前者凶人掩至，惊扰尊怀，且喜雅候无恙。"夫人称谢，邀生坐，命进酒来。

【仙吕调】【赏花时】体面都输富贵家，客馆先来摒掠得雅，铺设得更奢华：帘垂绣额，芸阁小窗纱。　　尺半来厚花茵铺矮榻，百和奇香添宝鸭。饮膳味偏佳。一托头的侍婢，尽是十五六女孩儿家。

【尾】轻敲檀板送流霞，壁间簇吊儿是名人画如法，胆瓶儿里惟浸几枝花。

　　　　生自思之：莺莺必为我有！

【黄钟宫】【侍香金童】不须把定，不在通媒媾，百媚莺莺应入手。郑氏起来方劝酒，张生急起，避席祗候。　　一门亲事，十分指望著九。不堤防夫人情性恼，将下脸儿来不害羞，欺心丛里，做得个魁首。

【尾】把山海似深恩掉在脑后，转关儿便是舌头，许了的话儿都不应口。

　　　　道甚的来？夫人谓生曰："妾之孤孀未亡，提携幼稚。不幸属师徒大溃，实不保其身。弱子幼女，犹君之生也，岂可忘其恩哉！"乃命弱子欢郎出拜。

【大石调】【红罗袄】酒行到数巡外，君瑞将情试想，自家倒大采。百媚的冤家，风流的姐姐，有分同谐。红娘满捧金卮，夫人道个无休外。想当日厚义深恩若山海，怎敢是常人般待。　　低语使红娘：叫"取我儿来！"须臾至，鬓角儿如鸦头绪儿白；穿一领绸衫，不长不短，不宽不窄；系一条水运绦儿，穿一对儿浅面铃口僧鞋。都不到怎大小身材，畅好台孩，举止没俗态。

【尾】怎不教夫人珍珠儿般爱？居中中地行近前来，依次第觑著张生大人般拜。

　　　夫人指生曰："当以仁兄礼奉。"欢郎拜，生不受，夫人令婵邀坐受拜。生自念之：欢郎，莺之弟也。我不与莺继亲礼，而得兄事，何济？似有愠色。

【仙吕调】【乐神令】君瑞心头怒发，怎得来七上八下。烦恼身心怎捺纳？诵笃笃地酪子里骂。　　夫人可来夹衩，刚强与张生说话，道："礼数不周休怪呵！教我女儿见哥哥咱。"

　　　夫人令红娘命莺莺"出拜尔兄"。久之，莺辞以疾。夫人怒曰："张生保尔之命，不然，尔虏矣！不能报恩以礼，能复嫌疑乎？"又久之，方至。常服悴容，不加新饰，然而颜色动人。

【黄钟宫】【出队子】滴滴风流，做为娇更柔。见人无语但回眸，料得娘行不自由，眉上新愁压旧愁。　　天、天闷得人来毂，把深恩都变做仇。比及相面待迫依，见了依前还又休，是背面相思对面羞。

【尾】怪得新来可唧嚼，折倒得个脸儿清瘦，瘦即瘦，比旧时越模样儿好否？

　　　当初救难报恩，望佳丽结丝萝；及至免危答贺，教玉容为姊妹。此时张生筵上无语，情怀似醉，偷目觑莺，妍态迥别。

【南吕宫】【瑶台月】冤家为何，近日精神，直恁的消磨？浑如睡起，尚古子不曾梳裹。杏腮浅淡羞匀，绿鬓珑璁斜軃。眉儿细，凝翠娥；眼儿媚，翦秋波。娇多，想天真不许胭脂点污。　　谩言天上有姮娥，算人间应没两个。朱唇一点，小颗颗似樱桃初破。庞儿宜笑宜嗔，身分儿宜行宜坐。腰儿细，偏袅娜；弓脚小，绣鞋儿是红罗。轻挪，伽伽地拜，百般的软和。

【三煞】等得夫人眼儿落，斜著渌老儿不住睃。是他家偃不偃人，都只被你个可憎姐姐，引得眼花心乱，悄似风魔。　　酒入愁肠醉颜酡，料自家没分消他。想昨来枉了身心，初间唤做得为夫妇。谁知今日，却唤俺做哥哥。　　是俺失所算，谩摧挫，被这个积世的老虔婆瞒过我！

如何见得？有《莺莺本传歌》为证。歌曰："此时潘郎未相识，偶住莲馆对南北。潜叹恓惶阿母心，为求白马将军力。明明飞诏五云下，将选金门兵悉罢。阿母深居鸡犬安，八珍玉食邀郎餐。千言万语对生意，小女初笄为姊妹。"莺拜毕，因坐于郑旁，凝睇怨绝，若不胜情。生目之，不知所措。

【商调】【玉抱肚】没留没乱，不言不语，尽夫人问当，夫人说话，不应一句。酒来后满盏家没命饮，面磨罗地甚情绪！吃著下酒，没滋味，似泥土。自心窨腹：莺莺指望同鸳侣，谁知道打脊老姬许不与。　　可憎的脸儿堪捻塑，梅妆浅浅宜淡注。唱呵，好风风韵韵，捻捻腻腻，济济楚楚。鹘鸰的渌老儿说不尽的抢，尽人劳攘把我不觑。咫尺半，如天边，谩长吁，奈何夫人间阻！苦煞人也天不管，刚待挤了，争奈煞肠肚！

【尾】婆婆娘儿好心毒，把如休教请俺去。及至请得我这里来，却教我眼受苦！

生因问莺齿，夫人曰："十七岁矣。"生徐以辞道莺，宛不蒙对，生彷徨爱慕而已。欲结良姻，未获其便，因乘酒自媒，云："小生虽处穷途，祖父皆登仕版，两典大郡，再掌丝纶。某弟某兄，各司要职。惟珙未伸表荐，流落四方。自七岁从学，于今十七年矣。十三学《礼》，十五学《春秋》，十六学《诗》《书》，前后五十余万言，置于胸中。二九涉猎诸子，至于禅律之说，无不著于心矣。后拟古而作相材时务内策，仗此决巍科，取青紫，亦不后于人矣。不幸尚书捐馆，数年置功名于度外，乃躬祭祀于墓侧。生事死葬之礼，于今毕矣。今日蒙圣天子下诏，乃丈夫富贵之秋，姑待来年，必期中鹄。愿不以自陈见责者，东方朔求见武帝，尚自媒书，时异事同，吾不让矣。今日旅食萧寺，邂逅相遇，特叙亲礼者，不自序行藏，夫人焉知终始。今因酒便，浪发狂词，无罪，无罪。"

夫人曰："先生之言，信不诬矣。然尚困布衣，必关诸命。"生曰："若承家荫，践仕途久矣。奈非本心。丈夫隐则傲世，起则冲天，况遇明时简阅！然莺莺方年十七，未结良姻，敢问夫人，愿闻所以。"

【仙吕调】【乐神令】张生因而下泪以跪，说道："不合问个小娘子年纪。"相国夫人道："十七岁。"张生道："因甚没佳配？"夫人可来积世，瞧破张生深意，使些儿譬似闲腌见识，著衫子袖儿淹泪。

夫人泣下，徐而言曰："先生之言，深会雅意。莺莺女子，容质粗陋，如若委身足下，其幸有三：一则谩塞重恩，二则身有所托，三则佳人得配才子。妾甚愿也。"言未已，生起谢曰："无状竖子，敢继良姻。"夫人急起，谓生曰："先相公秉政朝省，妾兄郑相幼子恒，年今二十，郑相以亲见属，故相不获已，以莺许之恒。莺方及嫁，相公逝去，故未得成亲。若非故相先许郑相，必以莺妻君，以应平生之举。"

【仙吕调】【醍醐香山会】那张生闻说罢，喏喏地告退。夫人请"是必终席"。张生不免放身坐地，便是醍醐甘露酒怎再吃？　　不语不言，闻著酒只推磕睡，枉了降贼见识。歪著头避著，通红了面皮，筵席上软摊了半壁。

莺莺见生敷扬己志，窃慕于己，心虽匪石，不无一动。

【双调】【月上海棠】张生果有孤高节，许多心事向谁说？眼底送情来，争奈母亲严切。空没乱，愁把眉峰暗结。　　多情彼此难割舍，都缘只是自家孽。席上正喧哗，不觉玉人低趄。莺道："休劝酒，我张生哥哥醉也。"

莺谓夫人曰："兄似不任酒力。"生开目视莺微笑。夫人曰："本欲终席，先生似倦于酒。"令红娘扶生归馆，生亦不答而去。至舍，生取金钗一只，以馈红娘。红娘惊谓生曰："妾奉夫人懿旨，送先生归馆，是何以物见赐？窥先生有意于莺，不能通殷勤，欲因妾以叙意。不然，何赐之厚？"生曰："慧哉，红娘之问。吾实有是心。娘子侍莺左右，但欲假你一言，申余肺腑。如万一有成，不忘厚德。"红娘笑曰："莺莺幼从慈母之教，贞顺自保，虽尊亲不可以非语犯，下人之谋，固难入矣。"

【仙吕调】【赏花时】"酒入愁肠闷转多，百计千方没奈何，都为那人呵！知他、你姐姐，知我此情么？　　眼底闲愁没处著，多谢红娘见察我，与你试评度：这一门亲事，全在你成合！"

【尾】"些儿礼物莫嫌薄，待成亲后再有别酬贺。奴哥，托付你方便子个。"

红娘曰："先生醉矣！"竟不受金，忿然而去。生不胜怏怏。况是无聊，又闻夜雨。

【中吕调】【棹孤舟缠令】不以功名为念，五经三史何曾想？为莺娘，近来妆就个魁浮浪。也罗！　　老夫人做事挢搜相，做个老人家说谎。白甚铺谋退群贼，到今日方知是枉。也罗！　　一陌儿来，直恁地难偎傍。死冤家无分同罗幌。也罗！　　待不思量又早隔著窗儿望，赢得眼狂心痒痒。百千般闷和愁，尽总撮在眉尖上。也罗！

【双声叠韵】烛荧煌，夜未央，转转添惆怅。枕又闲，衾又凉，睡不著，如翻掌。谩叹息，谩悒怏。谩道不想，怎不想？空赢得肚皮儿里劳攘。泪汪汪，昨夜甚短，今夜甚长，挨几时东方亮？情似痴，心似狂，这烦恼如何向？待漾下，又瞻仰；道忘了，是口强，难割舍我儿模样。

【迎仙客】宜淡玉，称梅妆，一个脸儿堪供养。做为挣，百事抢，只少天衣，便是捻塑来的观音像。　除梦里，曾到他行，烧尽兽炉百合香。鼠窥灯，偎著矮床，一个孽相的蛾儿，绕定那灯儿来往。

【尾】渐零零的夜雨儿击破窗，窗儿破处风吹著忒飘飘的响，不许愁人不断肠。

> 早是梦魂成不得，湿风吹雨入疏棂。异日，红娘复至，曰："夫人致意先生，今夜文候清胜。昨日酒不终席，先生不罪，多幸。"生谢曰："不才小子，过蒙腼饷。然昨者凶贼叩门，夫人以亲见许。以酒食馈我，令莺娘以兄礼待，薄我何多？今当西归长安，与夫人绝矣。"

【大石调】【洞仙歌】"当初遭难，与俺成亲事，及至如今放二四。把如合下，休许咱家——你恁地，我离了他家门便是。　不如归去，却往京师。见你姐姐、夫人俱传示：你咱说谎，我著甚痴心没去就，白甚只管久淹萧寺？"道得一声"好将息"，早收拾琴囊，打叠文字。

【双调】【御街行】张生欲去心将碎，却往京师里，收拾琴剑背书囊，道："保重，红娘将息！"红娘觑了高声道："君瑞先生喜！　思量此事非人力，也是关天地。这书房里往日瞵曾来，不曾见这般物事。只应此物，不须归去，你有分学连理。"

> 红娘曰："妾不忍先生凄怆，谩为言之：观人好恶，乃知人之本情。顺之则合，逆之则离。将有所谋，必有所好。今有一策，可使莺启门就此。愿不以愚贱之言见弃。"生曰："我思面莺之计，智竭思穷，尚不可得。今娘子有屈莺就见之策，敢不听命！虽赴汤火，亦愿为之。乞赐一言，以慰愁苦。"红娘曰："莺莺稍习音律，酷好琴阮。今见先生囊琴一张，想留心积有日矣。如果能之，莺莺就见之策，尽在此矣。"生闻之，捧腹而笑。

【仙吕调】【恋香衾】是日张生正郁闷，闻言点头微哂，道："九百孩儿，休把人厮哗，你甚胡来我怎信？"红娘道："先辈停头，只因此物，有分成亲。　妇女知音的从古少，知音的止有个文君；著一万个文君，怎比莺莺！多慧多娇性灵变，平生可喜秦筝。若论弹琴擘阮，前后绝伦。"

【尾】"等闲要相见、见无门，著何意思得成秦晋？不须把定，这七弦琴便是大媒人。"

> 红娘曰："如先生深夜作两三弄，莺闻必至，妾当从行。如闻声咳，乃莺至矣。愿先生变雅操为和声，以辞挑之，事必谐矣。莺亦善赋者，恐因此而得成。先生裁之。但恐先生不能耳。"生曰："吾虽不才，深善于此。"

卷 四

【双调】【文如锦】"说恁心聪，算来有分咱家共。若论著这弹琴，不是小儿得宠，从幼小，抚丝桐，《啼乌》《怨鹤》，《离鸾别凤》。使了千百贯现钱，下了五七年垜功。曾师高士，向焚香窗下，煮茗轩中，对青松，弹得高山流水，积雪堆风。《三百篇》新声诗意尽通，一篇篇弹得，风赋雅颂。古操新声，循环无始终。述壮节，写幽悰，闲愁万斛，离情千种。教知音的暗许，感怀者自痛。今夜里弹他几操，博个相逢。若见花容，平生的学识，今夜个中用。"

【尾】"红娘，我对你不是打哄，你且试听一弄，休道你姐姐，遮莫是石头人也心动。"

> 红娘归。

【仙吕调】【赏花时】去了红娘闷转加，比及到黄昏没乱煞。花影透窗纱，几时是黑，得见那死冤家？　　先拂拭瑶琴宝鸭。只怕我今宵磕睡呵，先点建溪茶。猛吃了几碗，惭愧哑，僧院已闻鸦。

【尾】碧天涯，几缕儿残霞，渐听得珰珰地昏钟儿打。钟声才罢，又成楼寒角奏《梅花》。

> 是夜晴天澄澈，月色皓空，生横琴于膝。

【中吕调】【满庭霜】幽室灯清，疏帘风细，兽炉香燕龙涎。抱琴拂拭，清兴已飘然。此个阁儿虽小，其间趣不让林泉。初移轸，啼乌怨鹤，飞上七条弦。　　循环成雅弄，纯音合正，古操通玄。渐移入新声，心事都传。一鼓松风琴瑟，再弹岩溜涓涓。空庭静，莺莺未寐寝，须到小窗前。

> 其琴操曰：琴琴，轸玉，徽金。其操雅，其趣深。玄鹤集洞，啼乌绕林。洗涤是非耳，调和道德心。漱松风于石壁，泝远水于孤岑。不是秦筝合众听，高山流水少知音。琅琅雅韵，宽游子之愁怀；落落正声，醒饮人之醉梦。红娘报莺曰："张兄鼓琴，其韵清雅，可听否？"莺曰："夫人寝未？"红娘曰："夫

人已熟寐矣。"莺潜出户，与红俱出。

【中吕调】【粉蝶儿】何处调琴，惺惺地把醉魂呼醒？正僧庭夜凉人静。羽衣轻，罗袜薄，春寒犹嫩。夜阑时，徘徊月移花影。　　寻声审听，泠然出尘幽韵。过空庭渐穿花径，蹑金莲，即渐到中庭。待侧近，转踌躇，嚣嚣地把心不定。

【尾】牙儿抵著不敢子声，侧着耳朵儿窗外听，千古清风指下生。

红娘声咳于窗侧，生闻之，惊喜交集，曰："莺即至矣，看手段何似！"

【仙吕调】【惜黄花】清河君瑞，不胜其喜，宝兽添香，稽首顶礼。十个指头儿，自来不孤你，这一回看你把戏。　　孤眠了一世，不闲了一日。今夜里弹琴，不同恁地。还弹到断肠声，得姐姐学连理。指头儿，我也有福啰，你也须得替。

【仙吕调】【赏花时】宝兽沉烟袅碧丝，半折的梨花繁杏枝，妆一胆瓶儿。冰弦重理，声渐辨雄雌。　　说尽心间无限事，謦咳微闻莺已至，窗下立了多时。听沉了一晌，流泪湿却胭脂。

【尾】也不弹雅操与新声，流水高山多不是，何似一声声尽说相思。

张生操琴歌曰："有美人兮见之不忘，一日不见兮思之如狂。凤飞翱翔兮四海求凰，无奈佳人兮不在东墙。张弦代语兮聊写微茫，何时见许兮慰我彷徨？愿言配德兮携手相将，不得于飞兮使我沦亡。"其辞哀，其意切，凄凄然如别鹤唳天。莺闻之，不觉泣下。但闻香随气散，情逐声来。生知琴感其心，推琴而起。

【双调】【芰荷香】夜凉天，泠泠十指，心事都传。短歌才罢，满庭春恨寥然。莺莺感此，阁不定粉泪涟涟，吞声窨气埋冤。张生听此，不托冰弦。　　火急开门月下觑，见莺莺独自，明月窗前，走来根底，抱定款惜轻怜。"薄情业种，咱两个彼各当年。休休，定是前缘，今宵免得，两下里孤眠。"

【尾】女孩儿唬得来一团儿颤，低声道："解元听分辩，你便做搂慌，敢不开眼？"

抱住的是谁？是谁？张生拜觑。

【中吕调】【鹘打兔】畅忒昏沉，忒慕古，忒猖狂。不问是谁，便待窝穰。说志诚，说衷肠，骋奸俏，骋浮浪。初唤做莺莺，孜孜地觑来，却是红娘！　　打惨了多时，痴呆了半晌。惟闻月下，环珮玎珰。莲步小，脚儿忙；

柳腰细，裙儿荡。嘏嘏地心惊，微微地气喘，方过回廊。

【尾】朱扉半开哑地响，风过处惟闻兰麝香，云雨无缘空断肠。

> 生问红娘曰："莺适有何言？"红娘曰："无他言，惟凄怨泣涕而已。妾逆度之，似有所动。今夕察之，拂旦报公。"红娘别生归寝，莺已卧矣。烛光照夜，愁思搅眠。

【中吕调】【碧牡丹】夜深更漏悄，莺莺更闷愁不小。拥衾无寝，心下徘徊筹度：君瑞哥哥，为我吃担阁。你莫不枉相思，枉受苦，枉烦恼？　　适来琴内排唤着，即自家大段不晓，自心思忖，怕咱做夫妻后不好？奴正青春，你又方年少。怕你不聪明？怕你不稔色？怕你没才调？

【鹌打兔】奈老夫人，情性怕，非草草，虽为个妇女，有丈夫节操。俺父亲，居廊庙，宰天下，存忠孝。妾守闺门，些儿恁地，便不辱累先考？　所重者，奈俺哥哥，由未表。适来恁地，把人奚落。司马才，潘郎貌，不由我，难偕老。怎得个人来，一星星说与，教他知道？

【双声叠韵】夜迢迢，睡不着，宝兽沉烟袅。枕又寒，衾又冷，画烛愁相照。甚日休？几时了？强合眼，睡一觉，怎禁梦魂颠倒，夜难熬。　背画烛，魆魆地哭，泪滴了，知多少！哭得烛又灭，香又消，转转心情恶。自埋怨，自失笑，自解叹，自敦搦。眼悬悬地，盼明不到。

【尾】昏沉的侍者管贪睡着，业相的明月儿不疾落，慵懒的鸡儿甚不唱叫？

> 莺通宵无寐，抵晓方眠。红娘目之，不胜悲感。侵晓而起，以情告生。

【黄钟宫】【侍香金童缠令】红娘急起，心绪愁无那，忙穿了衣裳离绣阁。如与解元相见呵，一星星都待说与子个。　急离门首，连忙开放锁，直奔书帏里来见他。天色儿又待明也，不知做甚么，书帏里兀自点着灯火。

【双声叠韵】把窗儿纸，微润破，见君瑞披衣坐。管是文字忙，诗赋多，做甚闲功课。见气出不迭，口不暂合，自埋怨，自摧挫，一会家自哭自歌。

【出队子】悄一似风魔，眉头儿厮系着。红娘不觉泪偷落。相国夫人端的左，酷毒害的心肠忒瞧过！

【尾】做个夫人做不过，做得个积世虔婆，教两下里受这般不快活。

> 红娘推开书斋，张生见了，且喜且惊。

【仙吕调】【胜葫芦】手取金钗把门打，君瑞问："是谁家？""是红娘啰，待与先生相见咱！”张生闻语，速开门连问：“管是恁姐姐使来吵？昨日因循误见他，咫尺抵天涯，一夜教人没乱煞。”红娘道：“且住，把莺莺心事，说与解元喂！”

红谓生曰：“公勿忧。观姐姐之情，于公深矣，听诉衷肠：

【中吕调】【古轮台】“莫心忧，解元听妾话踪由。俺姐姐夜来个闻得琴中挑斗，审听了多时，独语独言搔首。手抵牙儿，喟然长叹：‘奈何慈母性拗搜，应难欢偶。’料来他一种芳心，尽知琴意，非不多情，自偺自愫。争奈他家不自由。我团著情，取个从今后为伊瘦。” 张生闻语，扑撒了满怀里愁。想料死冤家心中先有，琴感其心，见得十分能勾。教俺得来，痛惜轻怜，绣帏深处效绸缪，尽百年相守。据自家冠世文章，谪仙才调，胸卷江淮，肠撑星斗，脸儿又清秀，怎不教那稔色的人人挂心头？

【尾】他家肯方便觑个缘由，知自家果有相如才调，肯学文君随我走。

生曰：“情已动矣，易为政耳。”因笔砚作诗一首。

【双调】【御街行】文房四宝都拢至，先把松烟试。墨池点得兔毫浓，拂拭锦笺一纸。笔头洒落相思泪，尽写心间事。 也不打草不勾思，先序几句俺传示，一挥挥就一篇诗。笔翰与羲之无二。须史和泪一齐封了，上面颠倒写一对鸳鸯字。

张生谓红娘曰：“敢烦持此，达莺左右。”红娘曰：“莺素端雅，焉敢以淫词致于前？然恃先生脱祸之恩，因莺莺慕郎之意，试为呈之。”持笺归，置于妆台一边。莺起理妆，见其简而视之。

【仙吕调】【赏花时】过雨樱桃血满枝，弄色奇花红间紫。清晓雨晴时，起来梳裹，脂粉未曾施。 把简儿拈来抬目视，是一幅花笺，写著三五行儿字，是一首断肠诗。低头了一晌，读了又寻思。

【尾】觑著红娘道：“怎敢如此！打脊风魔虔妮子！”这妮子合死，脸儿上与一照台儿。

照台举绶带飞空，宝鉴响花砖粉碎。红娘急躲过，曰：“死罪，死罪！”诗云：“相思恨转深，谩托鸣琴弄。乐事又逢春，花心应已动。幽情不可违，虚誉何须奉。莫恶月华明，且怜花影重。”

【仙吕调】【绣带儿】纸窗儿前，照台儿后，一封儿小简，掉在纤纤手。拆开读罢，写著淫诗一首。自来心肠㤄，更读著恁般言语，你寻思怎禁受？低头了一晌，把庞儿变了眉儿皱，道：“张兄淫滥如猪狗。若夫人知道，

111

多大小出丑？　　　不良的贱婢好难容，要砍了项上驴头。多应是你，厮
迤厮逗。兀的般言语，怎敢著我咱左右？这回且担免，若还再犯后，孩
儿多应没诉休。如今俺肯推穷到底胡追究？思量定不必闲合口，且看当
日把子母每曾救。"

【尾】"如还没事书房里走，更著闲言把我挑斗，我打折你大腿缝合你口！"
　　　莺曰："非汝孰能持诗至此？我以兄有活命之恩，不欲明言。今后勿得！"红
　　　娘谢罪。莺曰："我不欲面折。"因笔左侧，书于笺尾，令红娘："持此报兄，庶
　　　知我意。"红娘精神失措，手足战栗，趋至生前。生惊问之。

【仙吕调】【点绛唇】惊见红娘，泪汪汪地眉儿皱。生曰："可憎姐姐，休
把人僝僽。　　　百媚莺莺，管许我同欢偶，更深后与俺相约，欲学文君
走。"

【尾】红娘闻语，道："休针喇，放二四不识娘羞！待要打折我大腿缝合我
口。"

　　　红娘曰："几乎累我。"生曰："何故？"红娘尽诉莺莺意。生惊曰："奈何？"
　　　红娘示笺。生视之，微笑曰："好事成矣！"红娘曰："莺适甚怒，却有何言？"
　　　生指诗，悉解其意："题其篇曰《明月三五夜》。其诗曰：'待月西厢下，迎风
　　　户半开。拂墙花影动，疑是玉人来。'今十五日，莺诗篇曰《明月三五夜》，则
　　　十五夜也，故有'待月西厢'之句；'迎风户半开'，私启而候我也；'拂墙花影
　　　动'者，令我因花而逾垣也；'疑是玉人来'者，谓我至矣。"红娘笑曰："此先
　　　生思慕之深，妄生穿凿，实无是也。"言讫而去。生专俟天晚。

【黄钟宫】【出队子】咫尺抵天涯，病成也都为他，几时到今晚见伊呵？
业相的日头儿不转角，敢把愁人刁虐杀！　　　假热脸儿常钦定，把人心
不鉴察。邓将军你敢早行么？咱供养不曾亏了半恰，枉可惜了俺从前香
共花。

【尾】一刻儿没巴避抵一夏，不当道你个日光菩萨，没转移好教贤圣
打。

　　　是夕一鼓才过，月华初上，生潜至东垣，悄无人迹。

【中吕调】【碧牡丹】夜深更漏悄，张生赴莺期约。落花薰砌，香满东风
帘幕。手约青衫，转过栏杆角。见粉墙高，怎过去？自量度。　　　又愁
人撞著，又愁怕有人知道。见杏梢斜堕嫋，手触香残红惊落。欲待逾墙，
把不定心儿跳。怕的是，月儿明，夫人劣，狗儿恶。

【尾】照人的月儿怎得云蔽却？看院的狗儿休唱叫，愿劣相夫人先睡

著。

【黄钟宫】【黄莺儿】君瑞，君瑞，墙东里一跳，在墙西里扑地。听一人高叫道："兀谁？"生曰："天生会在这里！"　　闻语红娘道："踏实了地，兼能把戏，你还待要跳龙门，不到得恁的。"

　　见其人，乃红娘也。红娘曰："更夜至此，得无嫌疑乎？"

【双调】【搅筝琶】红娘曰："君瑞好乖劣！半夜三更，来人家院舍。明日告州衙，教贤分别。官人每更做担饶你，须监收得你几夜！"　　张生闻语，急忙应喏。"听说，听说，不须姐姐高声叫，怀儿里兀自有简帖。写著启户迎风，西厢待月。明道暗包笼，是恁姐姐。红娘，你好不分晓，甚把我拦截？"

【尾】"今宵待许我同欢悦，快疾忙报与恁姐姐，道门外'玉人'来也！"

　　怎见得有简帖期生来？有《本传歌》为证。歌曰："丹诚寸心难自比，写在红笺方寸纸。寄与春风伴落花，仿佛随风绿杨里。窗中暗读人不知，剪破红绡裁作诗。还怕香风畏飘荡，自令青鸟口衔之。诗中报郎含隐语，郎知暗到花深处。三五月明当户时，与郎相见花间语。"生返复解诗中之意，红娘曰："先生少待，容妾报之，容妾报之。"倏忽，红娘奔至，连曰："至矣，至矣！"张生但欢心谓得矣。及乎至，则端服严容，大怒生曰："兄之恩，活我之家，厚矣。是以慈母以弱子幼女见托。奈何因不令之婢，致淫佚之词？始以护人之乱为义，而终以诲淫之语为谋。以谋易乱，夺彼取此，又何异矣？诚欲寝其词，则保人之奸，不贞；明之于母，则背人之惠，不祥；将寄词婢仆，又惧不得发其真诚。是用托谕短章，愿自陈启。犹惧兄之见难，因鄙靡之词，以求必至。非礼之动，能不愧心！愿兄怀廉耻之心，无及于乱，使妾保谨廉之节，不失于贞。"

【般涉调】【哨遍缠令】是夜莺莺，从头对著张生，一一都开解："当日全家遇非灾，夫人心下惊骇，与眷爱家属，尽没逃生之计，仿佛遭残害。谢当日先生奇谋远见，坐施了决胜良策。谊深恩重若山海，不似寻常庶人般待，认义做哥哥，厚礼相钦，未尝懈怠。　　念兄以淫词，适来侍婢遗奴侧，解开遂披读，兀然心下疑猜。故恰才，令人诈以新词相约，果是先生届。料当日须曾读先圣典教，五常中礼义偏大。弟兄七岁不同席，今日特然对兄白，岂不以是非为戒？"

【急曲子】"思量可煞作怪，夜静也私离了书斋，走到寡妇人家里，是别人早做贼捉败。此言当记在心怀，知过后自今须改。"

【尾】"莫怪我抢，休怪我责，我为个妹妹你作此态，便不枉了教人唤做秀才！”

张生去住无门，红娘精神失色。

【般涉调】【夜游宫】言罢莺莺便退，兀的不羞杀人也天地！怎禁受红娘厮调戏，道：“成亲也，先生喜，喜。　　贱妾是凡庸辈，诗四句不知深意。只唤做先生解经理，解的文义差，争知快打诗谜。”

红娘曰：“羞煞我也，羞煞我也！”张生自笑，徐谓红娘曰：

【仙吕调】【绣带儿】“你寻思，甚做处，不知就里，直恁冲冲怒？把人请到，是他做死地相抢，大小大没礼度。俺也须是你个哥哥，看人似无物。据恰才的做作，心肠料必如土木。刚夸贞烈，把人耻辱。这一场出丑，向谁伸诉？　　红娘姐姐，你便聪明，当初曾救他子母，谁知到今把恩不顾。恰才据俺对面不敢支吾，白受恁闲惊怖。细寻思，吾也乾白。俺撺掇那孟姜女，之乎者也，人前卖弄能言语，俺错口儿又不曾还一句。这些儿羞懒，怎能担负？”

【尾】“如今待欲去又关了门户，不如咱两个权做妻夫。”红娘道：“你莽时书房里去！”

生带惭色，久之方出。

【般涉调】【苏幕遮】那张生，心不悦，过得墙来，闷闷归书舍。壁上银釭半明灭，床上无眠，愁对如年夜。　　寸心间，愁万叠，非是今生，尽是前生业。有眼何曾暂交睫！泪点儿不干，哭向西窗月。

【柘枝令】花唇儿恁地把人调揭，怎对外人分说？当初指望做夫妻，谁知变成吴越！　　顿不开眉尖上的闷锁，解不开心头愁结。是前生宿世负偿伊，也须有还彻。

【墙头花】当初指望，风也不教泄，事到而今已不藉。莫不是张珙曾声扬？莫不是别人曾间谍？　　群贼作警，早忘了当时节，及至如今卖弄贞烈。孤恩的毒害婆婆，负心的薄情姐姐。　　亲曾和俺诗韵，分明寄著简帖，谁知是咭咋，此恨教人怎割舍？情诗儿自今休吟，简帖儿从今莫写。

【尾】不走了，厮觑著，神天报应无虚设。休，休，休，负德孤恩的见去也！

张生勉强弃衣而卧。

【黄钟宫】【出队子】他每孤恩，适来到埋怨人。见人扶弱骋精神，幸自没嗔刚做嗔，浑不似那临危忙许亲。　　花言巧语抢了俺一顿，俺耳边伴不闻。归来对这一盏恼人灯，明又不明，昏又不昏，你道教人怎不断魂？

【尾】早是愁人睡不稳，约来到二更将尽，隔窗儿蓦听得人唤门。

卷　五

　　生启门观，喜不自胜。是谁？是谁？伴愁单枕，翻成并枕之欢；淹泪孤衾，变作同衾之乐。是谁？是谁？乃莺莺也。生惊问："适何遽拒我？"莺莺答曰："以杜谢侍婢之疑。"生拥莺至寝。

【仙吕调】【绣带儿】喜相逢，笑相拥。抱来怀里，埋怨薄情种："适来相见，不得着言相讽，今夜劳合重。你也有投奔人时，姐姐瞒起动。传言送简，分明许我效鸾凤，谁知一句儿不中用。甚厮迤厮逗，把人调弄？"　莺莺闻此，道谢相从，着笑把郎供奉。耳朵儿畔，尽诉苦悰。脸儿粉腻，口边朱麝香浓。锦被翻红浪，最美是玉臂相交，偎香恣怜宠。莺莺何曾改，怪娇痴似要人捆纵，丁香笑吐舌尖儿送——撒然惊觉，衾枕俱空。

【尾】珰珰的听一声萧寺击疏钟，玉人又不见方知是梦。愁浓，楚台云雨去无踪。

　　疏钟敲破合欢梦，晓角吹成无尽愁。

【中吕调】【踏莎行】辣浪相如，薄情卓氏，因循堕了题桥志。锦笺本传自吟诗，张张写遍莺莺字。　沈约一般，潘郎无二，算来都为相思事。莺莺，你还知道我相思，甘心为你相思死！

　　生自此行忘止，食忘饱，举措颠倒，不知所以，久之成疾。大师窃知，径来问病。曰："佳时难得，春物正妍。何事萦心，致损天和如此？"生曰："非师当问。"

【仙吕调】【赏花时】"过雨樱桃血满枝，弄色的奇花红间紫，垂柳已成丝。对许多好景，触目是断肠诗。　稔色的庞儿憔悴死，欲写相思，除非天样纸，写不尽这相思。拍愁担恨，孤负了赏花时。"

【尾】"不明白担阁的如此。欲问自家心头事，愿听我说似，这心头横侹个海猴儿。"

　　大师笑曰："以一女子，弃其功名远业乎？"生曰："仆非不达。潘郎多病，宋玉多愁，触物感情，所不免矣。"师知其不可勉，但曰"子慎汤药"而去。自是废寝忘餐，气微嗜卧。夫人想生病，令红娘问候。张生声丝气噎，问红娘曰："莺莺知我病否？你来后，又有甚诗词简帖？"红娘道："又来也那？你又来也！"

【高平调】【糖多令】"光景迅如梭，恹恹愁闷多，思量都为奴哥。不顾深

115

恩成间阔，大抵是那少年女奴。也啰！　　旧恨怎消磨？新愁没奈何！不防忧损天和。怎吃受夫人看冷破，云和雨怎成合？也啰！"

【牧羊关】"白日且犹自可，黄昏后是甚活？对冷落书斋，青荧灯火。一回家和衣睡，一回家披衣坐。共谁闲相守？与影儿厮伴著。　　心头病怎成怎么？几日来气微嗜卧，舌缩唇干，全无涕唾。针灸没灵验，医疗难痊可。见恁姐姐与夫人后，一星星说与呵！"

【尾】"没亲熟病染沉疴。可怜我四海无家独自个，怕得工夫肯略来看觑我么？"

红娘亦为之沾洒，曰："妾必为郎伸意，但恐莺莺情分薄耳。"欲去，生止。

【南吕宫】【一枝花】红娘将出门，唤住低声问："孩儿，你到家道与莺莺，都为他家，害得人来病。咱家干志诚，不望他家，恁地孤恩短命！　　我见得十分难做人，待死后通些灵圣。阎王问'你甚死'，与说实情。从始末根由，说得须教信。少后三二日，多不过十朝，须要您莺莺偿命。"

【尾】"待阎王道俺无凭准，抵死谩生断不定，也不共他争，我专指著伊家做照证。"

红娘曰："休攀绊！"去无多时，红娘曰："夫人、姐姐至矣。"生亦不顾，但张目而已矣。

【大石调】【感皇恩】张君瑞，病恹恹担带不去。说不得凄凉，觑不得凄楚，骨消肉尽，只有那筋脉皮肤。又没个亲熟的人抬举。　　有些儿闲气，都做了短叹长嘘。便吃了灵丹怎痊愈！尽夫人存问，半晌不能言语。目间泪汪汪，多情眼，把莺莺觑。

莺抚榻谓生曰："兄之病危矣，不识病甚？愿速言之。"

【黄钟宫】【降黄龙衮缠令】"自与兄别来，仿佛十余日。甚陡顿肌肤消瘦添憔悴？尽教人问当，不能应对，眼儿里空恁泪汪汪地。　　尚未知伤著甚物，直恁不能起？愿对著夫人，一一说仔细。"料来想必定是些儿闲气，白瘦得个清秀脸儿不戏。

【双声叠韵】有甚愁，消沈围，潘鬓慵梳洗？眼又瞑，头又低，子管里长出气。细觑了，这病体，好不忍，怎下得！多应是为我后恁地细思忆。何处疼，那面痛，教俺没理会。管腹胀满，心闭塞，快请个人调理。便道破，莫隐讳！到这里，命将逝，莺莺有个药儿善治。

【刮地风】生曰："多谢伊来问当俺，纵来后何济！自家这一场腌臜病，病得来跷蹊。难服汤药，不停水米。不头沉，不脑热，脉儿又沉细。知他为个甚，吃药后难医？"

【尾】"妹子、夫人记相识，多应管命归泉世。这病说不得闷恹恹一肚皮。"

　　莺曰："妾有小药，能治兄心间郁闷。少顷，令红娘专献药至。"生勉劳谢，夫人曰："先生好服汤药，我且去矣。"生见夫人与莺欲去，生勉强披衣而起。

【高平调】【木兰花】那张生，闻得道，把旋阑儿披定，起来陪告。东倾西侧的做些腌躯老，闻生没死的的陪笑。"相国夫人恁但去，把莺莺留下，胜如汤药。"红娘闻语把牙儿咬，怎得条白练，我敢绞煞这神脚！

　　夫人与莺俱去，生目送之。

【黄钟宫】【降黄龙衮】那相国夫人，探看了张君瑞，便假若铁石心肠应粉碎。子母每行不到窗儿西壁，只听得书舍里一声仆地。　　是时三口儿转身，却往书帏内，惊见张生，掉在床脚底，赤条条地，不能收拾身起，口鼻内悄然没气。

【尾】相国夫人道得"可惜，早是孩儿一身离乡客寄，死作个不著坟墓鬼。"

　　令红娘救，少顷稍苏。令一仆驰骑入蒲，请医人至，令看其脉。医曰："外貌枯槁，其实无病。"

【黄钟宫】【黄莺儿】奇妙！奇妙！郎中诊罢，嘻嘻的冷笑，道："五脏六腑又调和，不须医疗。"又问生曰："先生无病，何瘦弱？如此为个甚肌肤浑如削？"张生低道："我心头横著这莺莺。"医人曰："我与服泻药。"

　　医留汤一帖，夫人赐钱二千。医退，夫人曰："宜以汤药治，不可自苦如此。"夫人与莺既归，无一人至。生曰："所望不成，虽生何益！"强整衣巾，以绦悬栋。

【仙吕调】【六幺实催】情怀转转难存济，劳心如醉。也不吟诗课赋，只恁昏昏睡。恰恁待才合眼，忽闻人语，哑地门开，却见薄情种，与夫人来这里。　　著他方言语，把人调戏。不道俺也识你恁股圈圈。慢长吁气空垂泪，念向日春宵月夜，回廊下，恁时初见你。

【六幺遍】向花阴底潜身立，渐审听多时，方见伊端的：腰儿稔腻，裙衣翡翠，料来春困把湖山倚。偏疑：沉香亭北太真妃。　　好多娇媚诸余美，遂对月微吟，各有相怜意。幽情未已，忽观侍婢，请伊归去朱门闭。堪悲，只怨阿母阻佳期。

【哈哈令】伊家只在香闺，小生独守书帏，纵写花笺无人寄。忍轻离也哈哈，敛愁眉也哈哈。

【瑞莲儿】咫尺浑如千万里。谁知后来遇群贼，子母无计皆受死，难闪避。恁时节，是俺咱可怜见你那里。

【哈哈令】蒲关巡检与我相知，捉贼兵免了灾危，恁时许我为亲戚。不望把心欺也哈哈，好昧神祇也哈哈！

【瑞莲儿】刁蹬得人来成病体，争如合下休相识。三五日来不汤个水米，教俺难恋世。到此际，兀谁可怜见我这里。

【尾】把一条皂绦梁间系，大丈夫死又何悲，到黄泉做个风流鬼！

【双调】【御街行】张生是日心将碎，猛把残生弃。手中把定套头儿，满满地两眼儿泪。思量人命也非小可，果是关天地。　　夫人去后门儿闭，又没甚东西，蓦一人走至猛推开，不觉胜来根底。舒开刺绣弹筝手，扯住张生君瑞。

> 虽云祸福无门，大抵死生由命。当日一场好事，顷刻不成；后来万里前程，逡巡有失。拽住的是谁？是谁？红娘也。谓生曰："先生惑之甚矣！妾若来迟，已成不救！"曰："莺自视郎疾归，泣谓妾曰：'莺之罪也。因聊以诗戏兄，不意至此。如顾小行，守小节，误兄之命，未为德也。'令妾持药见兄。"

【中吕调】【古轮台】那红娘，对生一一说行藏："俺姐姐探君归，愁入兰房。独语独言，眼中雨泪千行。良久多时，喟然长叹，低声切切唤红娘，都说衷肠。道：'张兄病体尪羸，已成消瘦，不久将亡。都因我一个，而今也怎支当？我寻思，顾甚清白救才郎！'当时闻语，和俺也恓惶。遣妾将汤药来到伊行，却见先生，这里恰待悬梁。些儿来迟，已成不救，定应一命见阎王。人好不会思量！试觑他此个帖儿，有些汤药，教与伊服，依方修合，闻著喷鼻香。久服后，补益丹田助衰阳。"

【尾】一天来好事里头藏，其间也没甚诸般丸散，写著个专治相思的圣惠方。

> 乃一短简，外封曰："小诗奉呈才兄文几，莺莺谨封。"生取古鼎，令添香，置诸笔几之上。谓红娘曰："往者以衰慢而见责，今日敢无礼乎！"生遂拜之。

【木兰花】急添香，忙礼拜，躬身合掌，以手加额，香烟上度过把封皮儿拆，明窗底下，款地舒开。　　不知写著甚来，读罢稿几回喝采。十分来的鬼病，九分来瘥瘥。红娘劝道："且宁耐，有何喜事，恁大惊小怪？"

张生遂展开，读了莺莺诗，喜不自胜，其病顿愈。诗曰："勿以闲思想，摧残天赋才。岂防因妾幸，却变作君灾。报德难从礼，裁诗可当媒。高唐休咏赋，今夜雨云来。"都来四十字，治病赛卢医。

【仙吕调】【满江红】清河君瑞，读了嘻嘻地笑不止。也不是九儿，也不是散子，写遍幽期书体字。叠了舒开千百次，念得熟如本传，弄得软如故纸。也不是闲言语，是五言四韵，八句新诗。若使颗朱砂印，便是偷期帖儿，私期会子。　　尽红娘问而不答。蓦见红娘询问著，道："若泄漏天机，是那不是？""是恁姐姐，今宵与我偷期的意思，说与你也不碍事。"红娘闻语，吸地笑道："一言赖语都是二四！没性气闲男女，不道是哑你，你唤做是实志。你好不分晓，是前来科段，今番又再使。"

　　生曰："汝欲闻此妙语，吾能唱之，而无和者，奈何？"红娘曰："妾和之，可乎？"张生曰："可。"

【仙吕调】【河传令缠】"不须乱猜这诗中意思，略听我款款地开解。谁指望是他劣相的心肠先改，想咱家不枉了为他害。　　红娘姐姐且宁耐，是俺当初坚意，这好事终在。一句句唱了，须管教伊喝采。"那红娘道："张先生，快道来。"

【乔合笙】"休将闲事苦萦怀，"和："哩哩啰，哩哩啰，哩哩来也！""取次摧残天赋才。"和。"不意当初完妾命，"和。"岂防今日作君灾。"和。"仰酬厚德难从礼，"和。"谨奉新诗可当媒。"和。"寄语高唐休咏赋，"和。"今宵端的雨云来。"和。

【尾】那红娘，言"休怪，我曾见风魔九伯，不曾见这般个神狗乾郎在。"

　　生谓红娘曰："自向来饮食无味，今日稍饥。想夫人处必有佳馔，烦汝敬谒，不拘多寡，以疗宿饥，可乎？"红娘诺而往。顷而至，持美馔一盘。生举箸而罄。

　　红娘曰："吃得作得，信不诬矣。"

【中吕调】【碧牡丹】小诗便是得效药，读罢顿然痊较。入时衣袂，脱体别穿一套，然懒懒地做些腌躯老。问红娘道："韵那不韵？俏那不俏？"镜儿里不住照，把须鬓掠了重掠。口儿里不住，只管吃地忽哨。九伯了多时，不觉的高声道："兀啰，日斋时；哑，日转角；哑，日西落！"

【尾】红娘觑了吃地笑，"俺骨子不曾移动脚，这急性的郎君三休饭饱！"

　　生赠金钗一只而嘱曰："今夕不来，愿相期于地下！"红娘谢生而归。生送至阶下，再三叮嘱。

119

【仙吕调】【胜葫芦】送下阶来欲待别，又嘱付两三歇："待好事成合后别致谢。把目前已往，为他腌苦，都对著那人说。　　生死存亡在今夜。不是我佯呆，待有一句儿虚脾天地折！是必你叮咛嘱付，你那可人的姐姐，教今夜早来些！"

【尾】去了红娘归书舍，坐不定何曾宁贴，倚门专待西厢月。

是夜玉宇无尘，银河泻露。月华铺地，愈增诗客之吟；花气薰人，欲破禅僧之定。人间良夜静复静，天上美人来不来？生专待，鼓已三交，莺无一耗。

【仙吕调】【赏花时】倚定门儿手托腮，闷答孩地愁满怀，不免入书斋。倘冤家负约，今夜好难捱！　　闷损多情的张秀才，忽听得椒门儿哑地开，急把眼儿揩，见红娘敛袂，传示解元咳！

【尾】"莫萦心且暂停宁耐，略时间且向书帏里待。教先生休怪，等夫人烧罢夜香来。"

生隐几小眠，有人觉之，曰："织女降矣，尚耽春睡？"生惊视之，红娘抱衾携枕而至，谓生曰："至矣，至矣！"生出户迎莺，但见欲行欲止，半笑半娇。生就而抚之，翻然背面。

【大石调】【玉翼蝉】多娇女，映月来，结束得极如法：著一套衣服，偏宜恁潇洒；乌云髻，玉簪斜插，好娇姹！脚儿小，罗袜薄，疑把金莲撒。更举止轻盈，诸余里又稔腻，天生万般温雅。　　甫能相见，擗著个庞儿那下。尽人问当，佯羞不答；万般哀告，手摸著裙腰儿做势煞。恁不偢人，俺怎敢嗔他？自来不曾，亏伊半恰。薄情的妈妈，被你刁蹬得人来，实志地咱！

夜半红娘拥抱来，脉脉惊魂若春梦。

【大石调】【洞仙歌】青春年少，一对儿风流种，恰似娇鸾配雏凤。把腰儿抱定，拥入书斋，道："我女儿，休恁人前庄重。"哄他半晌，犹自疑春梦。灯下偎香恣怜宠，拍惜了一顿，呜咂了多时，紧抱著嗽，那孩儿不动。更有甚功夫脱衣裳，便得个胸前，把奶儿摩弄。

羞颜慵怯，力不能运肢体。曩时之端庄，不复同矣。张生飘然，一旦疑神仙中人，不谓从人间至矣。

【中吕调】【千秋节】良宵夜暖，高把银釭点，雏鸾娇凤乍相见。窄弓弓罗袜儿翻，红馥馥地花心，我可曾惯？百般捆就十分闪。　　忍痛处，修眉敛；意就人，娇声战；浣香汗，流粉面。红妆皱也娇娇羞，腰肢困也微微喘。

　　月传银漏和更长，郎抱莺娘舌送香。一宵之事，张生如登霄汉，身赴蓬宫。

【仙吕调】【临江仙】燕尔新婚方美满，愁闻萧寺疏钟。红娘催起笑芙蓉，巫姬云雨散，宋玉枕衾空。　　　执手欲言容易别，新愁旧恨无穷。素娥已返水晶宫，半窗千里月，一枕五更风。

　　怎见得有如此事来？有唐元微之《莺莺传》为证："红娘捧莺而去，终夕无一言。张生辨色而兴，自疑于心，曰：'岂其梦耶？岂其梦耶？'所可明者：妆在臂，香在衣，泪光荧荧然，犹莹于茵席而已。"

【羽调】【混江龙】两情方美，断肠无奈晓楼钟。临时去幽情脉脉，别恨匆匆。洛浦人归天渐晓，楚台云断梦无踪。空回首，闲愁与闷，应满东风。

　　起来搔首，数竿红日上帘栊。犹疑虑：实曾相见？是梦里相逢？却有印臂的残红香馥馥，偎人的粉汗尚融融。鸳衾底，尚有三点、两点儿红。

　　生取纸笔，遂写词二首。词毕，又赋《会真诗》三十韵。

【仙吕调】【朝天急】锦笺和泪痕，一齐封了，欲把莺莺今夜约，殷勤把红娘告："休推托，专专付与多娇。　　　姐姐便不可怜见不肖，更做于人情分薄。思量俺，日前恩非小，今夕是他不错。　　　道与冤家休负约，莫忘了。如把浓欢容易抛，是咱无分消。你莫辞劳，若见如花貌，一星星但言我道。"

【尾】"我眼巴巴的盼今宵，还二更左右不来到，您且听著：堤防墙上杏花摇。"

　　红娘归，以诗词授莺。莺看之，愈喜愈爱。词曰："司马伤春候，文君多病时。残红簌簌褪胭脂，恰恰流莺，催日上花枝。　　　释闷琴三弄，消愁酒一卮。此时无以说相思，彩笔传情，聊赋会真诗。"右调《南柯子》。又词曰："云雨事，都向会真夸。麝墨轻磨声韵玉，兔毫初点色翻鸦，书破锦笺花。　　　诗句丽，造化窟中拿。俊逸参军非足美，清新开府未才华，寄与谢娘家。"诗曰："微月透帘栊，萤光度碧空。遥天初缥缈，低树渐葱茏。龙吹过庭竹，莺歌拂井桐。罗绡垂薄雾，环珮响轻风。绛节随金母，云心捧玉童。更深人悄悄，晨会雨濛濛。珠莹光文履，花明隐绣龙。宝钗行彩凤，罗帐掩丹虹。言自瑶华浦，将朝碧玉宫。因游洛城北，偶向宋家东。戏调初微拒，柔情已暗通。低鬟蝉影动，回步玉尘蒙。转面流花雪，登床抱绮丛。鸳鸯交颈舞，翡翠合欢笼。眉黛羞偏聚，唇朱暖更融。气清兰蕊馥，肤润玉肌丰。无力慵移腕，多娇爱敛躬。汗光朱点点，发乱绿松松。

中国家庭基本藏书

方喜千年会，俄闻五夜穷。留连时有限，缱绻意难终。慢脸含愁态，芳词誓素衷。赠环明运合，留结表心同。啼粉流清镜，残灯绕暗虫。华光犹冉冉，旭日渐瞳瞳。乘鹜还归洛，吹箫亦上嵩。衣香犹染麝，枕腻尚残红。幂幂临塘草，飘飘思渚蓬。素琴鸣怨鹤，晴汉望惊鸿。海阔诚难度，天高不易冲。行云无处所，萧史在楼中。"莺惊异之，索笺拟和；伫思久之，阁笔不下，掷笔自笑曰："才不迨于郎矣！"

【大石调】【吴音子】莺莺从头读罢，缩首顿称赏。此诗此韵，若非神助便休想。著甚才学，和恁文章？休强，休强！　　果非常，做得个诗阵令、骚坛将。收拾云雨，为郎今夜更相访。消得一人，因君狂荡，不枉，不枉！

【尾】岂止风流好模样，更一段儿恁锦绣心肠，道个甚教人看不上？

　　次夜，张生启门伺莺，莺多时方至。似姮娥离月殿，如王母下瑶台。

【正宫】【梁州缠令】玉漏迢迢二鼓过，月上庭柯，碧天空阔镜铜磨，哑地听枞门儿响，见巫娥。　　对郎羞懒无那，靠人先要偎摩。宝髻挽青螺，脸莲香傅，说不得媚多。

【应天长】欲言羞懒颤声讹，多时方语，低谓"粉郎呵，莺莺的祖宗你知么？家风清白，全不类其他。莺莺是闺内的女，服母训怎敢如何？不意哥哥因妾病，恹恹地染沉疴。　　思量都为我咱呵！肌肤消瘦，瘦得浑似削，百般医疗终难可。莺莺不忍，以此背婆婆。婆婆知道，除会圣，云雨怎得成合！异日休要相逢别的，更不管负人呵！"

【甘草子】听说破，听说破，张生低告道："姐姐言语错，休恁厮埋怨，休恁厮奚落。张珙殊无潘、沈才，辄把梅犀玷污。负心的神天放不过，休么奴哥！"

【梁州三台】莺莺色事，尚兀自不惯，罗衣向人羞脱。抱来怀里惜多时，贪欢处呜损脸窝；办得个嗽著、摸著，偎著、抱著，轻怜痛惜一和。恣恣地觑了可喜冤家，忍不得恣情呜噆。

【尾】莺莺色胆些来大，不惯与张生做快活，那孩儿怕子个，怯子个，闪子个。

【仙吕调】【点绛唇缠令】殢雨尤云，靠人紧把腰儿贴。颤声不彻，肯放郎教歇！　　檀口微微，笑吐丁香舌，喷龙麝，被郎轻咂，却更嗔人劣。

【风吹荷叶】只被你个多情姐，嗽得人困也、怕也，痛怜呜损肥脂颊。香喷喷地，软揉揉地，酥胸如雪。

【醉奚婆】欢情未绝，愿永远如今夜。银台画烛，笑遣郎吹灭。

【尾】并头儿眠，低声儿说。夜静也无人窥窃，有幽窗花影西楼月。

　　　红娘至，促曰："天色曙矣！"

卷　六

【仙吕调】【恋香衾】一夕幽欢信无价，红娘万惊千怕。且恐夫人暗中知察。暂不多时云雨罢，红娘催定如花，把天般恩爱，变成潇洒。　　君瑞莺莺越偎的紧，红娘道："起来么，娘呵！"戴了冠儿把玉簪斜插。欲别张生临去也，偎人懒兜罗袜。"我而今且去，明夜来呵！"

【尾】懒别设的把金莲撒，行不到书窗直下，兜地回来又说些儿话。

　　　自是朝隐而出，暮隐而入，几半年矣。夫人见莺容丽倍常，精神增媚，甚起疑
　　　心。夫人自思，必是张生私成暗约。

【双调】【倬倬戚】相国夫人自窨约：是则是这冤家没弹剥，陡恁地精神偏出跳，转添娇，浑不似旧时了？　　旧日做下的衣服件件小，眼慢眉低胸乳高，管有兀谁厮般著，我团著这妮子做破大手脚。

　　　莺以情系心，恋恋不已。夫人察之，是夕私往。

【大石调】【红罗袄】君瑞与莺莺，来往半年过，夜夜偷期不相度。没些儿斟量，没些儿惧惮，做得过火。莺莺色事迷心，是夜又离香阁。方信乐极悲来，怎知觉，惹场天来大祸。　　那积世的老婆婆，其时暗猜破，高点著银钉堂上坐。问侍婢以来，兢兢战战，一地里笃么。问莺莺更夜如何背游私地，有谁存活？诸侍婢莫敢形言，约多时，有口浑如锁。

【尾】相国夫人高声喝："贱人每怎敢瞒我！唤取红娘来问则个！"

　　　一女奴奔告，莺莺急归。见夫人坐堂上，莺莺战慄。夫人问红娘曰："汝与莺
　　　更夜何适？"红娘拜曰："不敢隐匿：张生猝病，与莺往视疾。"夫人曰："何不
　　　告我？"答曰："夫人已睡，仓猝不敢觉夫人寝。"夫人怒曰："犹敢妄对，必不
　　　舍汝！"

【南吕调】【牧羊关】夫人堂上高声问："为何私启闺门？你试寻思，早晚时分，迤逗得莺莺去，推探张生病。恁般闲言语，教人怎地信？　　思量也是天教败，算来必有私情。甚不肯承当，抵死讳定，只管厮瞒昧，只管厮咭哗？好教我禁不过，这不良的下贱人！"

【尾】"思量又不当口儿稳。如还抵死的著言支对，教你手托著东墙我直打到肯！"

红娘徐而言曰："夫人息怒，乞申一言。"

【仙吕调】【六幺令】"夫人息怒，听妾话踪由。不须堂上，高声挥喝骂无休。君瑞又多才多艺，咱姐姐又风流。彼此无夫无妇，这时分相见，夫人何必苦追求？　一对儿佳人才子，年纪又敌头。经今半载，双双每夜书帏里宿。已恁地出乖弄丑，泼水再难收。夫人休出口，怕旁人知道，到头赢得自家羞。"

【尾】"一双儿心意两相投，夫人白甚闲疙皱？休疙皱，常言道'女大不中留'。"

"当日乱军屯寺，夫人、小娘子皆欲就死。张生与先相无旧，非慕莺之颜色，欲谋亲礼，岂肯区区陈退军之策，使夫人、小娘子得有今日？事定之后，夫人以兄妹继之，非生本心，以此成疾，几至不起。莺不守义而忘恩，每侍汤药，愿兄安慰。夫人聪明者，更夜幼女潜见鳏男，何必研问，自非礼也。夫人罪妾，夫人安得无咎？失治家之道。外不能报生之恩，内不能蔽莺之丑，取笑于亲戚，取谤于他人。愿夫人裁之。"夫人曰："奈何？"红娘曰："生本名家，声动天下。论才则屡被巍科，论策则立摧凶丑，论智则坐邀大将，论恩则活我全家。君子之道，尽于是矣。若因小过，俾结良姻，通男女之真情，蔽闺门之余丑，治家报德，两尽美矣。"

【般涉调】【麻婆子】"君瑞又好门地，姐姐又好祖宗；君瑞是尚书的子，姐姐是相国的女；姐姐为人是稔色，张生做事忒通疏；姐姐有三从德，张生读万卷书。　姐姐稍亲文墨，张生博通今古；姐姐不枉做媳妇，张生不枉做丈夫；姐姐温柔胜文君，张生才调过相如；姐姐是倾城色，张生是冠世儒。"

【尾】"著君瑞的才，著姐姐的福：咱姐姐消得个夫人做，张君瑞异日须乘驷马车。"

夫人曰："贤哉，红娘之论！虽如此，未知莺之心下何似。恐女子之性，因循失德，实无本心。"令红娘召之："我欲亲问所以。"莺莺羞惋而出，不敢正立。

【般涉调】【沁园春】是夜夫人，半晌无言，两眉暗锁。多时方唤得莺莺至，羞低著粉颈，愁敛著双蛾，桃脸儿通红，樱唇儿青紫，玉笋纤纤不住搓。不忍见，盈盈地粉泪，淹损钿窝。　六十余岁的婆婆，道："千万担饶我女呵！子母肠肚终须热。著言方便，抚循求和。事到而今，已装不卸，泼水难收怎奈何？都闲事，这一场出丑，著甚达摩？

【尾】"便不辱你爷、便不羞见我？我还待送断你子个，却又子母情肠意不过。"

夫人曰："事已如此，未审汝本意何似？愿则以汝妻生，不愿则从今绝断。"

莺莺待道"不愿"来，是言与心违；待道"愿"来后，对娘怎出口？卒无词对。

夫人又问：

【双调】【豆叶黄】"我孩儿安心，省可烦恼，这事体休声扬，著人看不好，怕你个冤家是厮落。你好好承当，咱好好的商量，我管不错。　　有的言语，对面评度。凡百如何，老婆斟酌。"女孩儿家见问著，半晌无言，欲语还羞，把不定心跳。

【尾】可憎的媚脸儿通红了，对夫人不敢分明道，猛吐了舌尖儿背背地笑。

愿郎不欲分明道，尽在回头一笑中。拂旦，令红娘召生小饮。生惧昨夜之败，辞之以疾。

【仙吕调】【相思会】君瑞怀羞惭，心只自思念：这些丑事，不道怎生遮掩。"红娘莫恁把人干厮啮！我到那里见夫人吵，有甚脸？　　寻思罪过，盖为自家险。算来今日，请我赴席后争敢？"红娘见道，道："君瑞真个欠！我道你，倖小心，妆大胆。"

红娘曰："但可赴约，别有长话。"生惊曰："如何？"红娘以实告生，生谢曰："诚如是，何以报德？"曰："妾不敢望报。夫人与郑恒亲，虽然昨夜见许，未足取信。先生赴约，可以献物为定。比及莺莺终制以来，庶无反覆，以断前约。"

生曰："善。然自春寓此，迄今囊橐已空矣，奈何？"

【仙吕调】【喜新春】"草索儿上，都无一二百盘缠。一领白衫又不中穿；夜拥孤衾三幅布，昼敧单枕是一枚砖：只此是家缘。　　要酒后，厨前自汲新泉；要乐，当筵自理冰弦；要绢，有壁画两三幅；要诗后，却奉得百来篇——只不得道著钱。"

红娘曰："先生平昔与法聪有旧，法聪新当库司，先生归而贷之，何求不得？"生闻言而顿省，遂往见法聪。

【大石调】【蓦山溪】张生是日，叉手前来告："有事敢相烦，问库司兄不错。相公的娇女，许我作新郎。这事体，你寻思，定物终须要。　　小生客寄，没个人挨靠。刚准备些儿，其外多也不少，不合借索。总赖弟兄情，如借得，感深思，是必休推托。"

125

【尾】法聪闻言先陪笑，道："咱弟兄面情非薄，子除了我耳朵儿爱的道。"

生曰："如有余资，烦贷几索，甚幸。"聪曰："常住钱不敢私贷。贫僧积下几文起坐，尽数分付足下，勿以寡见阻。"取足五千索。聪曰："几日见还？"生指期拜纳。

【双调】【荽荷香】忒孤穷，要一文钱物，也擘划不动。法聪不忍，借与五千贯青铜。"几文起坐，被你个措大倒得囊空。三十、五十家撺来，比及偿到，是几个斋供。"　君瑞闻言道："多谢。"起来叉手，著言陪奉："若非足下，定应难见花容。咱家命里，算来岁运亨通，多应鱼化为龙。怎时节奉还，一年请俸。"

【尾】法聪笑道："休打哄！不敢问利息轻重，这本钱几年得用。"

生以钱易金，赴夫人约，坐不安席。酒行，夫人起曰："昨不幸相公殁，携稚幼留寺，群贼方兴，非先生矜悯，母子几为鱼肉矣。无以报德。虽先相以莺许郑恒，而未受定约。今欲以莺妻君，聊以报，可乎？"

【大石调】【玉翼蝉】夫人道"张解元"，美酒斟来满。道："不幸当时，群贼困普救，全家莫能逃难。赖先生，便画妙策，以此登时免。今日以莺莺，酬贤救命恩，问足下愿那不愿？"　夫人曰："如先生许，则满饮一盏。"张生闻语，急把头来暗点。小生目下，身居贫贱，粗无德行，情性荒疏学艺浅。相公的娇女，有何不恋？何必夫人苦劝？吃他一盏，忽地推了心头一座山。

生取金以奉夫人，曰："贫生旅食，姑此为礼，无以微见却。"夫人不受，曰："何必乃耳！"红娘曰："物虽薄，礼不可废也。"夫人受金，生拜堂下。夫人曰："然莺未服阕，未可成礼。"生曰："今蒙文调，将赴选闱，姑待来年，不为晚矣。"夫人曰："愿郎远业功名为念，此寺非可久留。"生曰："倒指试期，几一月矣。三两日定行。"夫人以巨觥为寿，生饮讫，令红娘送生归。生谓红娘曰："不意有今日！"答曰："适莺闻夫人语亲，欣喜之容见于面；闻郎赴文调，愁怨之容动于色。"生曰："烦为我言之：功名，世所甚重，背而弃之，贱丈夫也。我当发策决科，策名仕版，谢原宪之圭窦，衣买臣之锦衣，待此取莺，惬余素愿。无惜一时孤闷，有防万里前程。"红娘以此报莺，亦不见答。自是不复见矣。后数日，生行，夫人暨莺送于道，法聪与焉。经于蒲西十里小亭置酒。悲欢离合一尊酒，南北东西十里程。

【大石调】【玉翼蝉】蟾宫客，赴帝阙，相送临郊野。恰俺与莺莺，鸳帏暂相守，被功名使人离缺。好缘业！空恁快，频嗟叹，不忍轻离别。早是恁凄凄凉凉，受烦恼，那堪值暮秋时节！　雨儿乍歇，向晚风如漂冽，那闻得衰柳蝉鸣凄切！未知今日别后，何时重见也。衫袖上盈盈，揾泪不绝。幽恨眉峰暗结，好难割舍，纵有千种风情，何处说？

【尾】莫道男儿心如铁，君不见满川红叶，尽是离人眼中血！

【越调】【上平西缠令】景萧萧，风渐渐，雨霏霏，对此景怎忍分离？仆人催促，雨停风息日平西。断肠何处唱《阳关》？执手临歧。　蝉声切，蛩声细，角声韵，雁声悲，望去程依约天涯。且休上马，苦无多泪与君垂。此际情绪你争知，更说甚湘妃！

【斗鹌鹑】嘱付情郎："若到帝里，帝里酒酽花秾，万般景媚，休取次共别人，便学连理。少饮酒，省游戏，记取奴言语。必登高第。　专听著伊家，好消好息；专等著伊家，宝冠霞帔。妾守空闺，把门儿紧闭；不拈丝管，罢了梳洗。你咱是必，把音书频寄。"

【雪里梅】"莫烦恼，莫烦恼！放心地，放心地！是必是必，休恁做病做气！　俺也不似别的，你情性俺都识。临去也，临去也，且休去，听俺劝伊。"

【错煞】"我郎休怪强牵衣，问你西行几日归？著路里小心呵，且须在意。省可里晚眠早起，冷茶饭莫吃，好将息，我倚著门儿专望你！"

　生与莺难别，夫人劝曰："送君千里，终有一别。"

【仙吕调】【恋香衾】苒苒征尘动行陌，杯盘取次安排。三口儿连法聪，外更无别客。鱼水似夫妻正美满，被功名等闲离拆。然终须相见，奈时下难捱。　君瑞啼痕污了衫袖，莺莺粉泪盈腮。一个止不定长吁，一个顿不开眉黛。君瑞道"闺房里保重"，莺莺道"路途上宁耐"。两边的心绪，一样的愁怀。

【尾】仆人催促怕晚了天色，柳堤儿上把瘦马儿连忙解。夫人好毒害，道："孩儿每回取个坐车儿来。"

　生辞，夫人及聪皆曰："好行！"夫人登车，生与莺别。

【大石调】【蓦山溪】离筵已散，再留恋应无计。烦恼的是莺莺，受苦的是清河君瑞。头西下控著马，东向驭坐车儿。辞了法聪，别了夫人，把樽俎收拾起。　临行上马，还把征鞍倚。低语使红娘："更告一盏以为别礼。"莺莺君瑞，彼此不胜愁，厮觑者，总无言，未饮心先醉。

127

【尾】满酌离杯长出口儿气，比及道得个"我儿将息"，一盏酒里，白泠泠的滴够半盏儿泪。

　　　　夫人道："教郎上路，日色晚矣！"莺啼哭，又赋诗一首赠郎。诗曰："弃置今何道，当时且自亲。还将旧来意，怜取眼前人。"

【黄钟宫】【出队子】最苦是离别，彼此心头难弃舍。莺莺哭得似痴呆，脸上啼痕都是血，有千种恩情何处说！　　　　夫人道："天晚教郎疾去。"怎奈红娘心似铁，把莺莺扶上七香车。君瑞攀鞍空自挪，道得个"冤家宁耐些"。

【尾】马儿登程，坐车儿归舍；马儿往西行，坐车儿往东拽——两口儿一步儿离得远如一步也！

【仙吕调】【点绛唇缠令】美满生离，据鞍尤尤离肠痛。旧欢新宠，变作高唐梦。　　　回首孤城，依约青山拥。西风送，戍楼寒重，初品《梅花弄》。

【瑞莲儿】衰草萋萋一径通，丹枫索索满林红。平生踪迹无定著，如断蓬。听塞鸿，哑哑的飞过暮云重。

【风吹荷叶】忆得枕鸳衾凤，今宵管半壁儿没用。触目凄凉千万种，见滴流流的红叶，渐零零的微雨，率剌剌的西风。

【尾】驴鞭半袅，吟肩双耸，休问离愁轻重，向个马儿上驼也驼不动。

　　　　离蒲西行三十里，日色晚矣，野景堪画。

【仙吕调】【赏花时】落日平林噪晚鸦，风袖翩翩催瘦马，一径入天涯。荒凉古岸，衰草带霜滑。　　　瞥见个孤林端入画，篱落萧疏带浅沙。一个老大伯捕鱼虾，横桥流水，茅舍映荻花。

【尾】驼腰的柳树上有渔槎，一竿风旆茅檐上挂，淡烟潇洒，横锁著两三家。

　　　　生投宿于村店。

【越调】【厅前柳缠令】萧索江天暮，投宿在数间茅舍，夜永愁无寐。谩咨嗟，床头上怎宁贴？倚定个枕头儿越越的哭，哭得悄似痴呆。画檐声摇拽，水声呜咽，蝉声助凄切。

【蛮牌儿】活得正美满，被功名使人离缺。知他是我命薄？你缘业？比似他时，再相逢也，这的般愁，兀的般闷，终做话儿说。　　　料得我儿今夜里，那一和烦恼咱嗻。不恨咱夫妻今日别，动是经年，少是半载，恰第一夜。

【山麻秸】渐零零地雨打芭蕉叶，急煎煎的促织儿声相接。做得个虫蚁儿天生的劣，特故把愁人做脾憋，更深后越切。　　恨我寸肠千结，不埋怨除你心如铁。泪点儿淹破人双颊，泪点儿怕揾不迭，是相思血。

【尾】兀的不烦恼煞人也！灯儿一点甫能吹灭，雨儿歇，闪出昏惨惨的半窗月。

　　　　西风怯雨难眠熟，残月窥人酒半醒。

【南吕宫】【应天长】无语闷答孩，漫漫两泪盈腮，清宵夜好难捱，一天愁闷怎安排？役损这情怀。睡不著万感，勉强的把旅舍门开，披衣独步在月明中，凝睛看天色。　　淡云遮笼素魄，野水连天天竟白。见衰杨折苇，隐约映渔台。新愁与旧恨，睹此景，分外增瞭白。柳阴里忽听得有人言，低声道："快行么娘咳！"

【尾】张生觑了失声道："怪！"见野水桥东岸南侧，两个画不就的佳人映月来。

　　　　鞋弓袜窄，行不动，步难移；语颤声娇，喘不迭，频道困。是人是鬼俱难辨，为福为灾两不知。生将取剑击之，而已至矣。因叱之曰："尔乃谁人唬秀才！"月影柳阴之下，定睛细认。云云。

【双调】【庆宣和】"是人后疾忙快分说，是鬼后应速灭！"入门来取剑取不迭，两个来的近也，近也！　　君瑞回头再觑些，半晌痴呆，回嗔作喜唱一声喏，却是姐姐那姐姐！

　　　　熟视之，乃莺、红也。生惊问曰："尔何至此？"莺曰："适夫人酒多寝熟，妾与红娘计之曰：'郎西行，何日再回？'红曰：'郎行不远，同往可乎？'妾然其言，与红私渡河而至此。"生携莺手归寝。未及解衣，闻群犬吠门。生破窗视之，但见火把照空，喊声震地，闻一人大呼曰："渡河女子，必在是矣！"

【商调】【定风波】好事多妨碍，恰拈了冠儿，松开裙带，汪汪的狗儿吠，顺风听得喊声一派。不知为个甚，唬得张生变了面色，真个大惊小怪。

　　火把临窗外，一片地叫"开门"，倒大惊骇。张生隔窗觑，见五千余人，全副执戴；一个最大汉提著雁翎刀，厉声叫道："与我这里搜猜！"

【尾】柴门儿脚到处早蹅开，这君瑞有心挣揣，向卧榻上撒然觉来。

　　　　无端怪鹊高枝噪，一枕鸳鸯梦不成。坐以待旦，仆已治装。

【仙吕调】【醉落魄缠令】酒醒梦觉，君瑞闷愁不小。隔窗野鹊儿喳喳地叫，把梦惊觉人来，不当个嘴儿巧。　　闷答孩似吃著没心草，越越的

129

哭到月儿落；被头儿上泪点知多少，媔媔的不干，抑也抑得著。

【风吹荷叶】枕畔仆人低低道："起来么解元，天晓也！"把行李琴书收拾了。听得幽幽角奏，当当地钟响，忙忙地鸡叫。

【醉奚婆】把马儿控著，不管人烦恼。程程去也，相见何时却？

【尾】华山又高，秦川又杳，过了无限野水横桥，骑著瘦马儿乞登登的又上长安道。

> 行色一鞭催瘦马，羁愁万斛引新诗。长安道上，只知君瑞艰难；普救寺中，谁念莺娘烦恼？莺自郎西迈，憔悴不胜。乘间诣郎阅书之阁，开牖视之，非复曩日，莺转烦恼。

【黄钟宫】【侍香金童缠令】才郎自别，划地愁无那。袅袅炉烟萦绿琐，浓睡觉来心绪恶。衣裳羞整，雾鬟斜軃。　　香消玉瘦，天天都为他，眼底闲愁没处著。是即是下梢相见，咱大小身心，时下打叠不过。

【双声叠韵】吟砚干，黄卷堆，冷落了读书阁。金篆鼎，宝兽炉，谁爇龙涎火？几册书，有谁垛？粉笺暗，被尘污，悄没人照觑子个。

【刮地风】薄幸的冤家好下得，甚把人抛趓？眉儿淡了教谁画？哭损秋波。琵琶尘暗，懒拈金扑。有新诗，有新词，共谁酬和？那堪对暮秋，你道如何？

【整金冠令】促织儿外面斗声相聒，小即小，天生的口不曾合。是世间虫蚁儿里的活撮，叨叨的絮得人怎过？

【塞儿令】愁么，愁么，此愁著甚消磨？把脚儿撷了、耳朵儿搓，没乱煞，也自摧挫。塞鸿来也那，塞鸿来也那！

【柳叶儿】渐沥沥的晓风帘幕，滴流流的落叶辞柯。年年的光景如梭，急煎煎的心绪如火。

【神仗儿】这对眼儿，这对眼儿，泪珠儿滴了万颗；止约不定，恰才淹了，扑簌簌的又还偷落，胜秋雨点儿多。

【四门子】些儿鬼病天来大，何时是可？罗衣宽褪肌如削，闷答孩地独自个。空恨他，空怨他，料他那里与谁做活？空恨他，空怨他，不道人图个什么？

【尾】把宝鉴儿拈来强梳裹，腮儿被泪痕儿浥破，甚全不似旧时节风韵我？

> 自季秋与郎相别，杳无一信。早是离恨，又值冬景。白日犹闲，清宵更苦。

【中吕调】【香风合缠令】烦恼知何限，闷答孩地独自泪涟涟。身心悄似颠，相思闷转添。守著灯儿坐，待收拾做些儿闲针线，奈身心不苦欢，不苦欢！　　一双春笋玉纤纤，贴儿里拈线，把绣针儿穿。行待纫针关，却便纫针尖。欲待裁领衫儿段，把系著的裙儿胡乱剪，胡乱剪！

【石榴花】觑著红娘，认做张郎唤。认了多时自失叹，不惟道鬼病相持，更有邪神缴缠。　　苦，苦！天，天！此愁何日免？镇日思量够万千遍。算无缘得欢喜存活，只有分与烦恼为冤。　　譬如对灯闷闷的坐，把似和衣强强的眠。心头暗发著愿，愿薄幸的冤家梦中见。争奈按不下九曲回肠，合不定一双业眼。

【尾】是前世里债，宿世的冤，被你担阁了人也张解元！

　　　　明年，张珙殿试，第三人及第。

卷　七

【正宫】【梁州令缠令】步入蟾宫折桂花，举手平拿。《长扬》赋罢日西斜，得意也，掀髯笑，喜容加。　　才优不让贾、马，金榜名标高甲。踪迹离尘沙，青云得路，凤沼步烟霞。

【甘草子】最堪嘉，最堪嘉，一声霹雳，果是鱼龙化。金殿拜皇恩，面对丹墀下。正是男儿得志秋，向晚琼林宴罢。沉醉东风里，控骄马，鞭袅芦花。

【脱布衫】追想那冤家，独自在天涯；怎知此间及第，修书索报与他。有多少女孩儿，卷珠帘骋娇奢；从头著眼看来，都尽总不如他。　　不敢住时霎，即便待离京华，官人如今是我，县君儿索与他。偏带儿是犀角，幞头儿是乌纱；绿袍儿当殿赐，待把白衫儿索脱与他。

【尾】得个除授先到家，引著几对儿头答，见俺那莺莺大小大诈。

　　　　珙赋诗一绝，令仆赴莺莺报喜。

【双调】【御街行】须史唤得仆人至，"嘱付你些儿事：蒲州东畔十余里，有敕赐普救之寺。法堂西壁，行廊背后，第三个门儿是。　　见妻儿、太君都传示，但道我擢高第。教他休更许别人，俺也则不曾聘妻。相烦你，且叮咛寄语，专等风流婿。"

　　　　生缄诗与仆，仆行。莺未知郎第，荏苒成疾。时季春十五夜，莺思之，去年待月西厢之夜也，感而泣下。红娘曰："姐姐今春多病，触时有感，恐伤和气。妾未知姐姐所染何患，当以药理之，恐至不起。"莺莺愈哭。

【道宫】【凭栏人缠令】忆多才，自别来约过一载，何日里却得同谐？萦损愁怀。怕黄昏愁倚朱门，到良宵独立空阶，趁落英遍苍苔。东风摇荡，一帘飞絮，满地香埃。　欲问俺心头闷答孩，太平车儿难载。都是俺今年浮灾，烦恼煞人也猜。闷恹恹的心绪如麻，瘦岩岩的病体如柴，鬓云乱慵整琼钗。劳劳攘攘，身心一片，没处安排。

【赚】据俺当初，把你个冤家命般看待，谁知道到今赢得段相思债，相思债。是前生负偿他，还著后瞧。你试寻思怪那不怪？都是命乖，争奈心头那和不快，好难消解。　近来，这病的形骸，镜儿里觑了后自涩耐。伤心处，故人与俺彼此天涯客，天涯客！我于伊志诚没倦怠，你于我坚心莫更改。且与他捱，下稍知他看怎奈，闷愁越大！

【美中美】困把栏杆倚，羞折花枝戴。这段闲烦恼，是自家买。劳劳攘攘，不是自家心窄。春色褪花梢，春恨侵眉黛。遥望著秦川道，云山隔。白日浑闲夜难熬，独自兀谁睬？闷对西厢月，添香拜。去年此夜，犹自月圆人在。不似去年人，猛把栏杆拍。有个长安信，教谁带？

【大圣乐】花憔月悴，兰消玉瘦，不似旧时标格，闲愁似海！况是暮春天色，落红万点，风儿细细，雨儿微筛。这些光景，与人妆点愁怀。　闷抵著牙儿，空守定妆台。眼也倦开，泪漫漫地盈腮。似恁凄凉，何时是了？心头暗暗疑猜。纵芳年未老，应也头白。

【尾】红娘怪我缘何害，非关病酒，不是伤春，只为冤家不到来。

莺对春时感旧恨，为忆生渐成消瘦。

【高平调】【青玉案】寂寞空闺里，苦苦天天甚滋味！淅淅微微风儿细，薄薄怯怯半张鸳被，冷冷清清地睡。　忧忧戚戚添憔悴，袅袅霏霏瑞烟碧，灭灭明明灯将煤，哀哀怨怨不敢放声哭，只管嗜嗜暇暇地。

覆旦，灵鹊喜晴，莺起。

【仙吕调】【满江红】残红委地，灵鹊翻风喜新晴。玉惨花愁，追思傅粉。巾袖与枕头儿都是泪痕，一夜家无眠白日盹。不存不济，香肌瘦损，教俺萦方寸。想他那里，也不安稳。恰正心头闷，见红娘通报，有人唤门。门人报曰："张先生仆至。"夫人与莺教召，须臾入。　仆使阶前忙应喏，骨子气喘不迭，满面征尘。呼至帘前，夫人亲问，道："张郎在客可煞苦辛？想见彼中把名姓等？几日试来那几日唱名？得意那不得意？有何传示，有何书信？"那厮也不多言语，觑著夫人贺喜，唤莺莺做"县君"。

仆以书呈夫人，红娘取而奉莺，莺发书视之，止诗一绝。诗曰："玉京仙府探花郎，寄语蒲东窈窕娘。指日拜恩衣昼锦，是须休作倚门妆。"莺解诗旨曰："'探花郎'，第三也；'指日拜恩衣昼锦'，待除授而归也。"夫人以下皆喜。

自是至秋，杳无一耗。莺修书密遣使寄生，随书赠衣一袭，瑶琴一张，玉簪一枝，斑管一枚。

【越调】【水龙吟】露寒烟冷庭梧坠，又是深秋时序。空闺独坐，无人存问，愁肠万缕。怕到黄昏后，窗儿下甚般情绪！映湖山侧左，芭蕉几叶，空阶静听疏疏雨。　　　一自才郎别后，尽自家凭栏凝伫。碧云黯淡，楚天空阔，征鸿南渡，飞过蒹葭浦。暮蝉噪烟迷古树，望野桥西畔，小旗沽酒，是长安路。

【看花回】想世上凄凉事，离情最苦，恨不得插翅飞将往他行去！地里又远关山阻，无计奈，谩登楼，空目断故人何许！　　　密召得，仆人至，将传肺腑。连几般衣服一一包将去。是必小心休迟滞，莫耽误。唤红娘，教拈与，再三嘱付。

【雪里梅】"白罗素裆袴，摺动的裎儿也无。一领汗衫与裹肚，非足取，取是俺咱自做。　　　绵袜儿莫嫌薄，灯下曾用工夫。一针针刺了美觑，恐虑破后，有谁重补？"

【揭钵子】"蓝直系有工夫，做得依规矩。幽窗明净处，潜心下绣针，著意分丝缕。绣著合欢连理花，雉子儿交颈舞。　　　绒绦儿细绛州出，宜把腰围束。青衫忒离俗，裁得畅可体，褾儿是吴绫，件件都受取。更与伊几件物。"

【叠字三台】"簪虽小，是美玉。玉取其洁白纯素，微累纤瑕不能污。浑如俺为汝、俺为汝心坚固。你曾惜俺如珍，今日看如粪土。　　　紫毫管，未尝有，是九嶷山下苍竹。当日湘妃别姚虞，眼儿里泪珠，泪珠儿如秋雨，点点都画成斑，比我别离来苦。　　　瑶琴是你咱抚，夜间曾挑斗奴。你悄似相如献了《上林赋》，成名也在上都，在上都里贪欢趣，镇日家耽酒迷花，便把文君不顾。"

【绪煞】"孩儿沿路里耐辛苦，若见薄情郎传示与，但道'自从别来，官人万福！'一件件对他分付，教他受取，看是阻那不阻？临了教读这一封儿堕泪书。"

仆未至京，君瑞擢第后，以才授翰林学士。因病闲居，至秋未愈。

【仙吕调】【剔银灯】寂寞空斋，清秋院宇，潇洒闲庭幽户。槛内芳菲，黄花开遍，将近登高时序。无情绪，憔悴得身躯，有谁抬举？　　早是离情恁苦，病体儿不能痊愈。泪眼盈盈，眉头镇蹙，九曲回肠千缕。天遥地远，万水千山，故人何处？

【尾】许多时节分鸳侣，除梦里有时曾去，新来和梦也不曾做。

生喜来擢第，愁来病未愈。那逢秋夜，为忆莺莺，杳无一耗，愁肠万结。

【正宫】【梁州令断送】帘外萧萧下黄叶，正愁人时节，一声羌管怨离别。看时节，窗儿外雨些些。晚风儿渐溜渐冽，暮云外征鸿高贴，风紧断行斜，衡阳迢递，千里去程赊。

【应天长】经霜黄菊半开谢，折花羞戴，寸肠千万结。卷帘凝泪眼，碧天外乱峰千叠。望中不见蒲州道，空目断暮云遮。　　荒凉深院古台榭，恼人窗外，琅玕风欲折。早是离人心绪恶，阁不定泪啼清血。断肠何处砧声急？与愁人助凄切。

【赚】点上灯儿，闷答孩地守书舍。谩咨嗟，鸳枕大半成虚设，独对如年夜。守著窗儿闷闷地坐，把引睡的文书儿强披阅。检秦晋传检不著，翻寻著吴越，把耳朵挼。　　收拾起，待刚睡些儿，奈这一双眼儿劣。好发业，泪漫漫地，会圣也难交睫。空自撅，似恁地凄凉，恁地愁绝，下场知他看怎者！待忘了，不觉声丝气噎，几时揣彻！

【甘草子】我佯呆，我佯呆，一向志诚，不道他心趄。短命的死冤家，甚不怕神天折？一自别来整一年，为个甚音书断绝？著意殷勤待撰个简牒，奈手颤难写！

【脱布衫】几番待撇了不藉，思量来当甚厮憋？孩儿我须有见伊时，咱对著惺惺人说。

【梁州三台】愁敧单枕，夜深无寐，袭袭静闻沉屑。隔窗促织儿泣新晴，小即小，叫得畅咩，辄向空阶那畔，叨叨地悄没休歇。做个虫蚁儿，没些儿慈悲，聒得人耳疼耳热。

【尾】越越的哭得灯儿灭，惭愧哑秋天甫能明夜，一枕清风半窗月。

生渴仰间，仆至。授衣发书，其大略曰："薄命妾莺莺，致书于才郎文几：自去秋已来，常忽忽如有所失。于喧哗之中，或勉为笑语；闲宵自处，无不泪零。

至于梦寐之间，亦多叙感咽离忧之思。绸缪缱绻，暂若寻常；幽会未终，惊魂已断。虽半枕如暖，而思之甚遥。一昨拜辞，倏逾旧岁。长安行乐之地，触绪牵情；何幸不忘幽微，眷念无斁。鄙薄之志，无以奉酬。至于终始之盟，则固不忒。鄙昔中表相因，或同宴处；婢仆见诱，遂致私诚。儿女之心，不能自固。兄有援琴之挑，鄙人无投梭之拒。及荐枕席，义盛恩深，愚幼之情，永谓终托。岂其既见君子，而不能以礼定情，松柏留心，致有自献之羞，不复明侍巾栉，殁身永恨，含叹何言！倘若仁人用心，俯遂幽劣，虽死之日，犹生之年；如或达士略情，舍小从大，以先配为丑行，谓要盟之可欺，则当骨化形销，丹诚不泯，因风委露，犹托清尘。存殁之诚，言尽于此。临纸呜咽，情不能申。千万千万，珍重珍重。玉簪一枝，斑管一枚，瑶琴一张——假此数物，示妾真诚。玉取其坚润不渝，泪痕在竹，愁绪萦琴。因物达诚，永以为好。心迹身远，拜会何时！幽情所钟，千里神合。秋气方肃，强饭为佳，慎自保持，无以鄙为深念也。"生发书，不胜悲恸。

【大石调】【玉翼蝉】才读罢，仰面哭，泪把青衫污。料那人争知我，如今病未愈，只道把他孤负。好凄楚，空闷乱，长叹吁。此恨凭谁诉？似恁地埋怨，教人怎下得？索则拖带与他前去。　　读了又读，一个好聪明妇女，其间言语，都成章句。寄来的物件，斑管、瑶琴、簪是玉，窍包儿里一套衣服，怎不教人痛苦！眉蹙眉攒，断肠肠断，这莺莺一纸书。

生友人杨巨源闻之，作诗以赠之。其诗曰："清润潘郎玉不如，中庭霜冷叶飞初。风流才子多春思，肠断萧娘一纸书。"巨源勉君瑞娶莺。君瑞治装未及行，郑相子恒至蒲州，诣普救寺，往见夫人。夫人问曰："子何务而至于此？"恒曰："相公令恒，庆夫人终制，成故相所许亲事矣。"夫人曰："莺已许张珙。"恒曰："莫非新进张学士否？"夫人曰："珙新进，未知除授。"恒曰："珙以才授翰林学士，卫吏部以女妻之。"

【南吕宫】【一枝花缠】这畜生肠肚恶，全不合神道。著言厮间谍，忒奸狡，道："张珙新来，受了别人家捉。本萌著一片心，待解破这同心，子脚里他家做俏。"　　郑氏闻言道："怎地著？"撅损红娘脚。莺莺向窗那畔也知道，九曲柔肠，似万口尖刀搅。那红娘方便地劝道："远道的消息，姐姐且休萦怀抱。"

【傀儡儿】"妾想那张郎的做作，于姐姐的恩情不少。当初不容易得来，便怎肯等闲撇掉？郑恒的言语无凭准，一向把夫人说调。　　为姐姐受了张郎的定约，那畜生心头热燥。对甫成这一段儿虚脾，望姐姐肯从前

135

约。等寄书的若回路便知端的，目下且休，秋后便了。"

【转青山】莺莺尽劝，全不领略，迷留闷乱没处著。上梢里只唤做百年谐老，谁指望是他没下梢！负心的天地表，天地表！　待道是实，从前于俺无弱；待道是虚，甚音信杳？为他受苦了多多少少，争知他恁地情薄。只是自家错了，自家错了！

【尾】孤寒时节教俺且充个"张嫂"，甚富贵后教别人受郡号！刚待不烦恼呵，吁的一声仆地气运倒。

  谗言可畏，十分不信后须疑；人气好毒，一息不来时便死。左右侍儿皆救，多时方苏。夫人泣曰："皆汝之不幸也！"密嘱红娘曰："姐姐万一不快，必不赦汝！"恒潜见夫人曰："珙与恒孰亲？况珙有新配，恒约在先，当以故相姑夫为念。"夫人不获已，阴许恒择日成礼。议论间。

【双调】【文如锦】好心斜，见郑恒终是他亲热。嘱付红娘："你管取恁姐姐，是他命里十分拙。休教觅生觅死，自推自撷。有些儿好弱，你根柢不舍！"郑恒又谮言，道："恁姐姐休呆，我比张郎，是不好门地？不好家业？

  不是自家自卖弄，我一般女婿，也要人迭。外貌即不中，骨气较别；身分即村，衣服儿忒捻；头风即是有，头巾儿蔚帖；文章全不会后，《玉篇》都记彻。张郎是及第，我承内祗，子是争得些些。他别求了妇，你只管里守志吵，当甚贞烈？"

【尾】言未讫，帘前忽听得人应喏，传道："郑衙内且休胡说，兀的门外张郎来也！"

  郑恒手足无所措，珙已至帘下，拜毕夫人。夫人曰："喜学士别继良姻！"珙惊曰："谁言之？"曰："都下人来，稔闻是说。今莺已从前约。"郑恒以此言，使张君瑞添一段风流烦恼，增十般稔腻忧愁。夫人且将实言，唬君瑞面颜如土。夫人道甚来？

【仙吕调】【香山会】那君瑞闻道，扑然倒地，只鼻内似有游气。曲匝了半晌，收身强起，伤自家来得较迟。　"谁曾受捉？那说来的畜生在那里？唤取来夫人面前诘对！"旁边郑衙内，怎生坐地？忍不定连打哕。

  夫人曰："学士息怒。其事已然，如之奈何？"生思之：郑公，贤相也，稍蒙见知。吾与其子争一妇人，似涉非礼。夫人令恒拜珙曰："此莺兄也。"珙视之，觑衙内结束模样，越添烦恼。

【中吕调】【牧羊关】张生早是心羞惭，那堪见女婿来参！不稳色，村沙段，鹘鸼干淡，向日头獦儿般眼，吃虱子猴狲儿般脸。皂绦拦胸系，罗巾脑后担。　　　鬓边虮虱浑如糁，你寻思大小大腌臜！口嗫似猫坑，咽喉似泼忏。诈又不当个诈，谄又不当个谄。早是辘轴来粗细腰，穿领布袋来宽布衫。

【尾】莫难道诗骨瘦岩岩，掂详了这厮趋跄身分，便活脱下钟馗一二三！

生谓夫人曰："莺既适人，兄妹之礼，不可废也。"夫人召莺，久之方出。

【仙吕调】【点绛唇缠令】百媚莺莺，见人无语空低首。泪盈巾袖，两叶眉儿皱。　　　擞损金莲，搓损葱枝手。从别后，脸儿清秀，比是年时瘦。

【天下乐】拜了人前强问候，做为儿娇更柔。料来他家不自由，眉尖有无限愁。无状的匹夫怎消受？与做眷属，俺来得只争个先共后。是自家错也，已装不卸，泼水难收。

【尾】莺莺悄似章台柳，纵使柔条依旧，而今折在他人手！

莺莺坐夫人之侧，生问曰："别来无恙否？"莺莺不言而心会。

【越调】【上平西缠令】自年前，长安去，断行云，常记得分饮离樽。一声长喟，两行血痕落纷纷。耳畔叮咛，嘱付情人，肠断消魂。　　　马儿上，骎骎地，眠樵馆，宿渔村。最怕的愁到黄昏，孤灯一点，被儿冷落又难温。眼前不见意中人，枕满啼痕。

【斗鹌鹑】把个沏溜庞儿，为他瘦损，减尽从来，稔腻风韵。自到长安，身心用尽。自及第，受皇恩，奈何病体，淹延在身。　　　前者才初得封书信，告假驱驰，远来就亲。比及相逢，几多愁闷。雨儿又急，风儿又紧。为他不避，甘心受忍。

【青山口】甫能到此甚欢欣，见夫人先话论，道俺娶妻在侯门，把莺莺改婚姻。教人情惨切，对景转伤神。唤将到女婿，各叙寒温。　　　觑了他家，举止行为，真个百种村！行一似摸老，坐一似猢狲，甚娘身分！驼腰与龟胸，包牙缺上边唇。这般物类，教我怎不阴哂——是阎王的爱民！

【雪里梅花】更口臭把人熏，想莺莺好缘分！暗思向日，共他鸳衾，效学秦晋。　　　谁想有今辰，共别的待展纹裯。暗暗觑地，玉容如花，不施朱粉。　　　然憔悴，尚天真，纤腰细褪罗裙。下得下得，将人不偢不问。

俋把眉黛颦，金钗髯坠乌云。恨他恨他，索甚言破？是他须自隐。

【尾】泪珠儿滴了又重揾，满腹相思难诉陈。吃喜的冤家，怎生安稳？合着眼不辨个真情，岂思旧恩？我然是个官人，却待教兀谁做"县君"？

君瑞与莺，各目视，而内心皆痛矣。

【中吕调】【古轮台】好心酸，寸肠千缕若刀剜。被那无徒汉，把夫妻拆散。合下寻思，料他不违言。说尽虚脾，使尽局段，把人赢勾厮欺谩，天须开眼！觑了俺学士哥哥，少年登第，才貌过人，文章超世，于人更美满。却教我，与这匹夫做缱绻？　　　所为身分，举止得人嫌，事事不通疏，没些灵变。旷脚、驼腰、秃鬓、黄牙、乌眼。不怕今宵，只愁明夜，绣帏深处效鸳鸯，争似孤眠！最难甘眼底相逢，有情夫婿，不得团圆。好迷留没乱，教人怎舍弃，孜孜地，觑著却浑似天远！

【尾】如今"方验做人难"，尽他家问当，不能应对，正是"新官对旧官"！

卷　八

　　张君瑞坐止不安，遽然而起。法聪邀珙于客舍，方便著言劝诱，曰："学士何娶不可？无以一妇人为念。"珙曰："师言然善，奈处凡浮，遭此屈辱，不能无恨！"聪与珙抵足。珙披衣，取莺莺书及所赐之物，愈添满洒矣！

【黄钟宫】【间花啄木儿第一】黄昏后，守僧舍，那堪暮秋时节。窗外琅玕弄翠影，见西风飘败叶。煎煎地耳畔蛩吟切，啾啾唧唧声相接。俺道了不恁恓惶，心肠除是铁！

【整乾坤】牵情惹恨，几时捱彻？听戍楼，角奏《梅花》，声呜咽。画壁间一盏恼人灯，碧荧荧半明不灭。

【第二】思量俺，好命劣，怎著恁恶缘恶业！幸自夫妻恁美满，被旁人厮间谍。两口儿合是成间别，天教受此恓惶苦，想旧日雨迹云踪，枉教做话说。

【双声叠韵】玉漏迟，鸳被冷，愁对如年夜。宝兽烟，萦断缕，袅袅喷龙麝。暂合眼，强睡些，便会圣，怎宁贴？床儿上自推自撧。

【第三】镇思向日，空教人气的微撒。小庭那畔，捻吟须，步廊月。朱扉半揸，蓦观伊向西厢下，渐渐至空阶侧畔，倚湖山，春困歇。

【刮地风】手把白团轻扇捻，有出尘容冶。腰肢袅娜纤如束，举止殊绝。柳眉星眼，杏腮桃颊，口儿小，脚儿弓，扮得蔚贴。一时间，暂相见，不能割舍。

【第四】两情暗许，著新诗意中写。正相眷恋，见红娘把绣帘揭，低声报道："夫人使妾来唤。"步促金莲归去，飘飘香暗惹。

【柳叶儿】教人半晌如呆，回来却入书舍。后来更不相逢，十分舍了休也！

【第五】不幸蒲州军乱，把良民尽虏劫。一部直临此寺，周围尽摆列。高声喝叫："得莺莺便把残生怯。若是些小迟然，都教化肯血！"

【寨儿令】骋些英烈，被俺咱都尽除灭，满门家眷得宁贴。那老婆，把恩轻绝，是俺弄巧翻成拙。

【第六】后来暗约，向罗帏镇欢悦。夜来晓去，约未近数月。不因败漏，才时许我为姻眷。奈何名利拘人，夫妻容易别！

【神仗儿】得临帝阙，帝阙，蟾宫桂枝独折，名标金甲，俺咱恁时，准备了娶他来也，不幸病缠惹。

【第七】想太君，情性劣，往日夸㑇共撇。陡恁地不调贴，把恩不顾，信无徒汉子他方说，便把美满夫妻，恩情都断绝。

【四门子】这些儿事体难分别，如今也待怎者？莺莺情性，那里每也悄无了贞共烈！你好毒，你好呆，恰才那里相见些！你好羞，你好呆，亏杀人也姐姐！

【第八】从来呵，惯受磨灭。他家今日已心邪，尽人问当不应对，亏人不怕神天折！恼得人头百裂。　　便假饶天下雪，解不得我这腹热。一封小简，分明都是伊家写，只被你迤逗人来，一星星都碎扯百裂。

【尾】斑管虽圆被风裂，玉簪更坚也掂折，似琴上断弦难再接。

聪见珙不快，起而勉之，曰："足下聪明者也。以一妇人，惑至于此，吾与子不复友矣。"珙曰："男女佳配，不易得也。加以情思，积有日矣。一旦被谗，反为路人，所以痛余心也。"聪曰："足下倘得莺，痛可已乎？"珙曰："何计得之？"聪曰："吾为子谋之。"

【中吕调】【碧牡丹】"不须长叹息，便不失了咱丈夫的纲纪？惹人耻笑，怎共贫僧做相识？可惜了你才学，枉了你擢高第。莫忧煎，休埋怨，放心地。"　　猛然离坐起，壁中间取下戒刀三尺。"兀的二更方尽，不到三更已外，比及这蜡烛烧残，教你知消息。我去后必定有官防，君莫怕，我待做头抵。"

【尾】"把忘恩的老婆枭了首级，把反间的畜生教尸粉碎，把百媚的莺莺分付与你！"

法聪言未已，隔窗间人笑曰："尔等行凶，岂不累我？"言者是谁？是谁？

【大石调】【玉翼蝉】把窗间纸，微润开，君瑞偷晴觑。半夜三更，不知是甚人，特来到于此处。移时节，方认得，是两个如花女：一个是莺莺骎骎步月来，红娘向后面相逐。　　开门相见，不问个东西便抱住。可憎问当"别来安否？"也无闲话，只办得灯前魆魆地哭。犹疑梦寐之间，频掐肌肤。泪点儿盈盈如雨，止约不住。料想当日别离，不恁的苦。

【尾】比及夫妻每重相遇，各自准备下万言千语，及至相逢却没一句。

多时，莺语郎曰："学士淹留京国，至有今日。奈何？奈何？"

【中吕调】【安公子赚】女孩儿低声道，道："别来安乐么，张学士？忆自伊家赴上都，日许多时，夜夜魂劳梦役。愁何似？似一川烟草黄梅雨。闷似长江，揽得个相思担儿。　　远别春三月，恁时方有音书至。火急开缄仔细读，元来是一首新诗。披味那其间意思，知你获青紫。满宅家眷喜不喜？以'县君'呼之，不枉了俺从前实志。"

【赚】"谁知后来，更何曾梦见个人传示。时暮秋，令人特地传锦字，连衣袂，玉簪斑管与丝桐，一星星比喻著心间事。临去也，嘱付了千回万次：'早离京师！'谁知郑家那厮，新来先自长安至。谁曾问著，从头说一段希奇事。道京师里卫尚书家女孩儿，新来招得个风流婿。道是及第官，雁序排连第三，年纪二十六七。"

【渠神令】"道是洛京人氏，先来曾蒲州居止；见今编修国史，莫比洛阳才子。夫人一向信浮词，不问是那不是。　　许了姑舅做亲，择下吉日良时。谁知今日见伊，尚兀子鳏居独自，又没个妇儿妻子。心上有如刀刺。假如活得又何为？枉惹万人嗤！"

莺解裙带，掷于梁。

【尾】"譬如往日害相思，争如今夜悬梁自尽，也胜他时憔悴死。"

珙曰："生不同偕，死当一处。"

【黄钟宫】【黄莺儿】懒噪懒噪，似此活得，也惹人耻笑。把皂绦儿搭在梁间，双双自吊。　　唬得红娘，忙扯著道："休厮合造，恁两个死后不争，怎结末这秃屌？"

红娘抱莺，聪止君瑞，曰："先生之惑愈甚矣！幸得续弦，死而何益？"珙曰："莺已适人，不死何待？"聪曰："吾有一策，使莺不适人，与子百年偕老。"珙曰："策将安出？"聪曰："吾不能矣。子谒一故人，事可济矣。"

【般涉调】【哨遍缠令】君瑞悬梁，莺莺觅死，法聪连忙救。"恁死后教人打官防，我寻思著甚来由？"好出丑，夫妻大小大不会寻思，笑破贫僧口。人死后浑如悠悠地逝水，厌厌地不断东流。荣华富贵尽都休，精爽冥窦葬荒丘。一失人身，万劫不复，再难能勾。　　欲不分离，把似投托个知心友？不索打官防，教您夫妻尽百年欢偶。快准备，车乘鞍马，主仆行李，一发离门走。投托的亲知，不须远觅，而今只在蒲州。昔年也是一儒流，壮岁登科，不到数余秋，方今是一路诸侯。

【长寿仙衮】"初典郡城，更牢狱无囚；后临边郡，灭尽草贼猖寇。坐筹帷幄，驷马临军挑斗，十场镇赢八九。　　天下有底英雄汉，闻名难措手。这个官人，不枉食君禄，匡扶社稷，安天下，兼文锐武，古今未尝曾有。"

【急曲子】"也不爱耽花恋酒，也不爱打桃射柳，也不爱放马走狗，也不爱射生猎兽。去年曾斩逆臣头，腰间剑是帝王亲授。"

【尾】"是百万军都领袖，天来大名姓传宇宙，便是斩砍自由的杜太守。"

生曰："杜太守谓谁？"聪复言之。

【高平调】【于飞乐】"告吾师：杜太守端的是何人，与自家是旧友关亲？"法聪闻得，道："君瑞休劳问，果贵人多忘，早不记得贼党临门。这官人，与足下，非戚非亲，恁两个旧友忘形，与夫人连大众，都有深恩。太守谓谁？是去年白马将军。"

生曰："杜将军骤拜太守也，以何故？"聪曰："以威摄贼军，乱清蒲右，蒙天子重知，数月前，特授镇西将军、蒲州太守，兼关右兵马处置使。"珙喜谢曰："非吾师指迷，实不悟此。"生携莺宵奔蒲州，时二更左右。

【大石调】【洞仙歌】收拾行李，一步地都行上，两口儿眉头暂开放。望秋天，即渐月淡星稀东方朗，隐隐城头鼓响。　　抵晓入城，直至衙门旁，不及殷勤展参榜。门人通报，太守出厅相见，未及把行藏问当。太守道："君瑞喜登科！"君瑞道："哥哥自别无恙？"

太守邀生入偏厅。生曰："门外拙妻，参拜兄嫂子个。"太守令夫人请莺。客礼毕，夫人请莺至后阁。珙与太守酌酒道旧，可谓：青山牵梦寐，白发喜交亲。

【越调】【上平西缠令】杜将军，张君瑞，话别离，至坐上各序尊卑。别来经岁，故人青眼喜重期。两情谈论正投机，一笑开眉。　　情相慕，心相得，重相见，旧相知，便畅饮彼此无疑。风流太守，为生满满劝金杯。"喜君仙府探花归，高步云梯！"

【斗鹌鹑】君瑞闻言，欠身避席，饮罢躬身，向前施礼，道："多谢哥哥，此般厚意。据自家，寡才艺，尽都是父母阴功所得。　幸得今朝，弟兄面会，敢烦将军，万千休罪！小子特来，有些事体。记去年，离上国，访诸先觉，游学到这里。"

【看花回】"普救院，权居止，诗书谙理。却不幸，蒲州元帅浑公逝。乱军起，无人统，残郡邑，害良民，蒲州里满城铁骑。　神鬼哭，生灵死，哀声振地。至普救，诸多僧行难堤备，关闭得，山门著。怎当众军卒，群刀手砍，是铁门也粉碎！"

【青山口】"众僧欲走又不及，须识前朝崔相国，那家女孩儿叫莺莺，当时未及笄岁。群贼门外逼，道：'得莺后便西归！'相国老夫人，听得悲泣。　不奈之何，故谒微生，愿求脱命计。特仗法聪，曾把书寄。太守既到那里，飞虎唬来痴，群贼倒枪旗。退却乱军，免却生离，都是哥哥虎威。"

【渤海令】"那夫人，感恩义，许莺莺与俺为妻。幸天子开贤路，因而赴帝里，也已高攀月中桂。不幸染沉疾，风散难医治，淹延近一岁。　谁知个，郑衙内，与莺莺旧关亲戚，恐吓使为妻室，不念莺莺是妹妹。夫人不敢大喘气，连忙拣下吉日。只争一脚地，大分与那畜生效了连理。"

【尾】"是他的亲姑舅要做夫妻，倚仗是宰臣家有势力，不辨个清浊没道理。托付你个慷慨的相识，别辨个是非，与俺做些儿主意。看那骨胀的哥哥近俺甚的！"

　　太守曰："吾弟放心。不争则已，争则吾必斩恒。少待，公退闲话。"

【大石调】【还京乐】蓦观仪门开处，两廊下悄不闻鸦。冬冬地鼓响，正厅上太守升衙。阶前军吏，谁敢闹嘈杂！大案前行本把。五日三朝家没纸儿文字，官清法正无差。大牢里虞候羊儿般善，是有大人弹压。有子有牢房地匣，有子有栏军夹画，有子有铁裹榆枷：更年没罪人戴他、犯他。狱门前草长，有谁曾蹉？　有刑罚徒流绞斩，吊拷绷扒。设而不用，束杖理民宽雅。地方千里，威教有法，吏也不爱侵官弄法。善为政威而不猛，宽而有勇，一方人唤做"菩萨"。但曾坐处绝了群盗，纵有敢活拿。正不怕明廉暗察，信不让春秋里季札，治不让颍川黄霸。蒲州里大小六十万家，人人钦仰，悄如爹妈。

【尾】虎符金牌腰间挂，英雄镇著普天之下，唬得逆子贼臣望风的怕。

分符守郡，昔年杨震不清白；迪简在廷，曩日比干非骨鲠。太守公坐之次，郑
恒鞭马叩门，遽然而下。

【中吕调】【古轮台】郑衙内，当时休道不心嗔，祗候的每怎遮拦，大走入
衙门，直上厅来，悄不顾白马将军。气莽声高，叫呼对人，骋尽百般村。
都说元因，道："化了的相国姑夫，在时曾许聘与莺莺。不幸身死，因此
上未就亲。如今服阕也，却序旧婚姻。　　许多财礼，一划是好金银；
十万贯余钱首饰皆新；百件衣服，更兼霞帔长裙。准备了筵席，造下食饭，
杯盘水陆地铺褥，今日是良辰。去昨宵半夜已来，四更前后，不觉莺莺
随人私走，教人怎不忿？我寻思，那张珙哥哥好没人情！"

【尾】"莺莺那里怎安稳，觑著自家般丈夫，下得随人逃奔，短命的那孩
儿没眼斤！"

太守怒曰："子欺我乎？公厅对官无礼，私下怎话！"

【双调】【文如锦】那将军，见郑恒分辩后冲冲地怒，道："打脊匹夫，怎
敢唬吾！当日个，孙飞虎，因亡了元帅，夺人妻女。莺莺在普救，参差被
虏。若非君瑞，以书求救，怎地支吾？怕贤不信，试问普救里僧行，我手
下兵卒。"　　因此上夫人把亲许，不望你中间说他方言语。今日他来，
先曾告诉，君瑞待把莺莺娶。你甚倚强压弱，厮欺厮负，把官司诓唬，全
无畏惧！你可三思：婚姻良贱，明存著法律，莫粗疏，姑舅做亲，便不败
坏风俗？

【尾】"平白地混赖他人妇，若不看恁朝廷里的慈父，打一顿教牒将家
去！"

郑恒对众官，但称："死罪！非君瑞之愆。"又曰："我之过矣！倘见亲知，有
何面目！"

【大石调】【伊州衮】添烦恼，情怀似刀搅，都是自家错。花枝般媳妇，又
被别人将了。我还归去，若见乡里亲知，甚脸道？待别娶个人家，觑了
我行为肯嫁的少。　　怎禁当，衙门外，打牙打令，诨匹似闲唠哨！等著
衙内，待替君瑞著言攒槊。郑恒打惨道："把如吃恁摧残，厮合燥，不出
衙门，觅个身亡却是了。"

【尾】觑著一丈来高石阶褰衣跳，衙内每又没半个人扯著，头扎番身吃一
个大碑落。

浣纱节妇，昔年抱石身亡；好色穷人，今日投阶而死。太守令手下拽尸于门外，

143

退厅张宴。

【南吕宫】【瑶台月】从今至古，自是佳人，合配才子。莺莺已是县君，君瑞是玉堂学士。一个文章天下无双，一个稔色寰中无二。似合欢带，连理枝；题彩扇，写新诗。从此，趁了文君深愿，酬了相如素志。　　将军满满劝金卮，道："今日极醉休辞！"欢喜教这两个也，干撞杀郑恒那村厮。牙关紧，气堵了咽喉；脑袋裂，血污了阶址。后门外，横著死尸。牌写著数行字出示："这厮一生爱女，今番入死。"

【尾】会见乾堆每强相思，从前已往有浮浪儿，谁似这厮般少年花下死！

君瑞莺莺，美满团圆，还都上任；郑恒衙内，自耻怀羞，投阶而死——方表才子施恩，足见佳人报德。怎见得有此事来？蓬莱刘讷题诗曰："蒲东佳遇古无多，镂板将令镜不磨。若使微之见新调，不教专美《伯劳歌》。"

《西厢记》主要版本

明版本：

1.元末明初(约1368)《新编校正西厢记》残页。1980年中国书店刘连仲整理、集配古旧书刊时，在一部元版《通志》(印刷较晚) 的封皮内侧，发现了几张《西厢记》残页。虽然刻印粗糙，风格、字体、版式，均酷似元版本。经专家细心揭裱，较完整的三张，无法揭裱的散页四张，共二百八十三字。再经专家研究，认为此《新编校正西厢记》可能成书于元代，印书至迟不晚于明初。见文化艺术出版社《戏曲研究》(7) 段洣恒《〈新编校正西厢记〉残页的发现》一文。(为慎重起见，仍排入明初版)

2.明永乐大典本。《永乐大典》，明永乐元年(1403) 奉敕纂修，永乐五年(1407) 完成。《永乐大典目录》卷五十四《二质》："卷之二万七百三十七，剧，杂剧一，《西厢记》。"大典所收为抄本〔佚〕。

3.明初刊周宪王本〔佚？〕。凌濛初《西厢记凡例十则》："此刻悉遵周宪王元本，一字不易置增损。即有一二凿然当改者，亦但明注上方，以备参考，至本文不敢不仍旧也。自赝本盛行，览之每为发指，恨不起九原而问之，及得此本，始为洒然。"

4.明弘治十一年(1498) 金台岳家刻本。书名《新刊大字魁本全相参增奇妙注释西厢记》五卷，附录二卷，北京大学图书馆藏。

5.明嘉靖十年(1531)刻海西广氏编《雍熙乐府》本。

6.明嘉靖二十年(1541)金陵刘丽华序刻本〔佚〕。

7.明嘉靖二十二年(1543)刻碧筠斋本〔佚〕。

8.明嘉靖三十六年(1557)以前刻张雄飞本〔佚〕。

9.明万历七年(1579)以前刻金在衡本〔佚〕。

10.明万历七年(1579)谢世吉订、金陵少山堂胡少山刻本《新刻考正古本大字出像释义北西厢》二卷,日本ず茶の水图书馆藏。

11.明万历八年(1580)序刻本,徐逢吉校《重刻元本题评音释西厢记》二卷,附录。

12.明万历十年(1582)龙洞山农刻《重校北西厢记》〔佚〕。

13.明万历十六年(1588)朱石津刻《古本西厢记》并序〔佚〕。

14.明万历二十年(1592)忠正堂熊龙峰刻余泸东校正《重刻元本题评音释西厢记》二卷,附录。日本内阁文库、东北大学附属图书馆藏。

15.明万历二十六年(1598)秣陵继志斋陈邦泰刻本《重校北西厢记》五卷,附录。日本内阁文库藏。

16.明万历三十八年(1610)起凤馆曹以杜刻王世贞、李贽评《元本出相北西厢记》二卷,附录。北京图书馆、中国戏曲研究院、郑振铎、傅惜华、天理图书馆等藏。

17.明万历三十八年(1610)款书虎林容与堂刻、李贽评《李卓吾先生批评北西厢记》二卷,日本宫内厅书陵部藏。

18.明万历间王起侯刻、徐渭评《田水月山房北西厢》藏本,五卷。北京图书馆、郑振铎均藏。

19.明万历三十九年(1611)款书"徐渭评、明以中等绘图"《北西厢》本,五卷。

20.明万历年间,徐尔兼藏徐文长本,末书《西厢》版本全称〔佚〕。

21.明万历年间刻夏某本〔佚〕。

22.明万历四十二年(1614)山阴朱朝鼎香雪居刻本《新校注古本西厢记》五卷,附录。

23.明万历间萧腾鸿刻本,(明)陈继儒评,萧鸣盛校,余文熙阅,《鼎镌陈眉公先生批评西厢记》,北京图书馆等藏。

24.明万历四十四年(1616)序刻本,(明)何璧(即渤海逋客)校《北西厢记》二卷,附录。

25.明万历间乔山堂、刘龙田刻本,(明)余泸东校,《重刻元本题评音释西厢记》二卷,附录。北京图书馆藏。

26.明万历间刻本《重校北西厢记》二卷,不书校者姓氏。有插图,两页合一幅,共十七幅(占34页),书次泉刻像。

中国家庭基本藏书

27. 明万历间刻本《重校北西厢记》二卷，三槐堂藏版，附录。

28. 明万历间游敬泉刻本，(明) 李贽评，《李卓吾批评合像北西厢记》二卷，附录。

29. 明万历间刻本，(明) 罗懋登注，《全像注释重校北西厢记》二卷，附录中有"钱塘梦"插图两幅，为别本所无。北京图书馆藏。

30. 明万历间周居易校刻本，(明) 屠隆校，《新刊合并王实甫西厢记》二卷，北京图书馆藏。

31. 明万历间新安怀翠堂刻本，(明) 汪廷讷校，《元本出像西厢记》，吴梅旧藏。

32. 明万历间金陵文秀堂刻本，《新刊考正全像评释北西厢记》四卷，北京图书馆藏。

33. 明万历间刻本，(明) 彶君素绘图，《北西厢记》二卷，上海图书馆藏(存一上卷)，《上海图书馆善本书目》著录。

34. 明万历间潭阳刘应袭刻本，(明) 李贽评，《李卓吾先生批评西厢记》二卷，附录。

35. 明万历间日新堂刻本。

36. 明万历间金陵富春堂刻本。

37. 明万历间尊生馆刻本。

38. 明万历间赵氏刻本〔佚〕。

39. 明万历、天启间笔峒山房刻本，(明) 徐奋鹏评，《新刻徐笔峒先生批点西厢记》二卷。

40. 明万历间熊氏刻本〔佚？〕。

41. 明天启元年(1621)刻本，(明) 槃薖硕人增改，《词坛清玩、槃薖硕人增改定本〈西厢记〉》二卷，附录。北京图书馆藏。

42. 明天启间乌程凌氏朱墨套印本，(明) 凌濛初校注《西厢记》五本，附录。北京图书馆、北京大学图书馆、日本内阁文库、京都大学文学部、郑振铎、傅惜华等藏。

43. 明天启、崇祯间乌程闵氏刻朱墨兰三色套印本。(明) 汤显祖评，沈璟订，《西厢会真传》，五卷，附录二卷。台北"中央"图书馆、罗忼烈等藏。

44. 明天启间闵齐伋刊本，(明) 闵齐伋校《王实甫西厢记》。

45. 明崇祯十三年(1640)款书"乌程闵氏辑刻"《六幻西厢》朱墨套印本。(明) 闵齐伋校注《王实甫西厢记》四本，《关汉卿续西厢记》一本。北京图书馆藏。

46. 明天启、崇祯间刊朱墨套印本。(明) 孙矿评，(明) 诸臣校，《砵订西厢记》二卷。北京图书馆、郑振铎藏。

47.明天启、崇祯间刊朱墨套印本,汤玉茗、沈词隐评《？西厢记》。

48.明天启、崇祯间刊本,(明)闵振声校《？西厢记》。

49.明崇祯三年(1630)文立堂刻本,(明)郑国轩校,《新镌绣像批评音释王实甫北西厢真本》五卷。

50.明崇祯四年(1631)李告辰刻本《北西厢记》二卷。

51.明崇祯十二年(1639)序刻本,(明)张深之校,(明)陈洪绶绘画,《张深之先生正北西厢秘本》五卷。北京图书馆、日本国立中央图书馆藏。

52.明崇祯十二年(1639)序刻本,(明)沈庞绥校《弦索辨讹》(《西厢》)三卷。

53.明崇祯十三年(1640)西陵天章阁醉香主人刻本,(明)李贽评,《李卓吾先生批点西厢记真本》二卷,附录。

54.明崇祯间固陵孔氏汇锦堂刻本,(明)汤显祖、李贽、徐渭评,《三先生合评元本北西厢》五卷,附录。

55.明崇祯十七年(1644)刻本,(明)汪然明刻《西厢记》。

56.明崇祯间刊本,(明)徐渭评《虚受斋重刻订正元本批点画意北西厢》五卷,附录。

57.明崇祯间刊本,(明)徐渭评《新订徐文长先生批点音释北西厢》二卷,附录。

58.明崇祯间刊本,(明)徐渭评《新刻徐文长公参订西厢记》二卷,附录。

59.明崇祯间古吴陈长卿存诚堂刻本,(明)魏浣初评、李裔蕃注,《新刻魏仲雪先生批点西厢记》二卷,附录。

60.明崇祯间常熟毛晋汲古阁六十种曲辑印本《西厢记》二卷。

61.明崇祯间刻本,(明)李廷谟订《北西厢》五卷。北京图书馆等藏。

62.明末清初刊李实庵点定《北西厢》古本。

63.明抄本,(明)文徵明写、仇英绘图《仇文书画合璧西厢记》不分卷。

64.明刊本《西厢记传奇》二卷,(元)王德信撰,北京图书馆藏。

65.明末刻本,王思任评《西厢记》(不悉全书名)。

66.明刊方册大字本《西厢记》,附图,谢光甫旧藏本。

67.明刻《琵琶本》(实为《琵琶记》《西厢记》合刊本)〔佚〕。

68.明刻《西厢记》叶氏本〔佚〕。

清版本:

1.清顺治间含章馆刻本,(清)封岳校,《详校元本西厢记》二卷。此本不载题目正名,北京图书馆、傅惜华藏。

2.清顺治间贯华堂原刻本,(清)金人瑞评,《贯华堂第六才子书西厢记》八卷。

傅惜华藏，又吴梅旧藏。

　　3.清刻本,(清)沈起评点《西厢记》〔佚〕。

　　4.清康熙十五年(1676)序,学者堂刻本,(清)毛奇龄校注《西厢记》五卷,附录。北京图书馆等藏。

　　5.清康熙五十九年(1720)怀永堂刻巾箱本,《怀永堂绘像第六才子书》八卷。北京图书馆、傅惜华藏。

　　6.清雍正十一年(1733)成裕堂刻巾箱本,《成裕堂绘像第六才子书》八卷。

　　7.清乾隆十五年(1750)刻本,《绣像第六才子书》八卷。中国艺术研究院戏曲研究所资料室藏。

　　8.清乾隆十七年(1752)新德堂刻本,(清)邓温书编《静轩合订评释第六才子西厢记文机合趣》八卷。

　　9.清乾隆三十二年(1767),松陵周氏琴香堂刻本,《琴香堂绘像第六才子书》八卷。

　　10.清乾隆四十五年(1780)文德堂刻本《西厢记》八卷。

　　11.清乾隆五十年(1785)刻本,《云林别墅绘像妥注第六才子书》六卷,(清)邹圣脉注。

　　12.清乾隆五十六年(1791)书业堂刻本,《西厢记》八卷。

　　13.清乾隆五十六年(1791)金阊书业堂刻本,《绣像第六才子书》八卷。中国科学院图书馆藏。

　　14.清乾隆六十年(1795)尚书堂刻本,(清)邹圣谟注,《绣像妥注第六才子书》六卷。

　　15.清乾隆六十年(1795)此宜阁刻朱墨套印本,《此宜阁增订全批西厢》六卷。

　　16.清乾隆六十年(1795)书业堂刻本《西厢记》八卷。

　　17.清乾隆间楼外楼刻本,邹圣脉注,《楼外楼订正妥注第六才子书》七卷。

　　18.清乾隆间九如堂刻本,邹圣脉注,《楼外楼订正妥注第六才子书》六卷。

　　19.清乾隆间致和堂刻本,(清)邓汝宁注,《增补笺注绘像第六才子西厢释解》八卷。

　　20.清乾隆间五车楼刻本,《第六才子书》八卷。

　　21.清乾隆间刻本,(清)邹圣脉注,《云林别墅绘像妥注第六才子书》六卷,附录。

　　22.清乾隆中叶苏州钱德苍选编,1937年汪协如女士校点本《缀白裘·西厢记》。

　　23.清嘉庆五年(1800)文盛堂刻本,《第六才子书西厢记》八卷。

24.清嘉庆二十一年(1816)三槐堂刻本,《槐荫堂第六才子书》八卷,附录。

25.清嘉庆间五云楼刻本,(清) 邓汝宁注,《增补笺注绘像第六才子西厢解释》八卷,附录。

26.清嘉庆间致和堂刻本,《吴山三妇评笺注释第六才子书》八卷。

27.清嘉、道间会贤堂刻本,《西厢记》八卷。

28.清嘉、道间四义堂刻本,《西厢记》八卷。

29.清嘉、道间复刻怀永堂本,《怀永堂绘像第六才子书》八卷。

30.清道光二年(1822) 金城西湖街简书斋刻本,《西厢记》八卷。社会科学院文学研究所资料室藏。

31.清道光三年(1823),吴兰修订,长白冯氏刻本,《桐华阁西厢记》,不分卷。

32.清道光十六年(1836)上海自强书局版《绣像全图西厢记》。

33.清道光二十九年(1849)味兰轩刻巾箱本,《第六才子书西厢记》八卷,附录。

34.清同治十二年(1873) 刻本,《绣像妥注第六才子书》六卷。邹圣脉注。南开大学图书馆藏。

35.清光绪二年(1876) 如是山房刻本,《增订金批西厢》。南开大学图书馆藏。

36.清光绪六年(1880)稿本,(清)戴问善评《西厢引墨》二卷。傅惜华藏。

37.清光绪十三年(1887)上海石印本,(清)邓汝宁注,《增补笺注第六才子书西厢释解》八卷(此本疑为乾隆致和堂本石印)。北京大学图书馆藏。

38.清光绪十三年(1887) 古越全城后裔校刊石印本,《增像第六才子书》五卷,附录。

39.清光绪十五年(1889)润宝斋石印本,《增像第六才子书》五卷,附录。

40.清光绪三十二年(1906) 善成堂刻本,《绘图第六才子书》,五卷。四川省图书馆藏。

41.清光绪间广州刻朱墨套印巾箱本,《绘像第六才子书》八卷,附录。

42.清光绪间石印巾箱本,《增像第六才子书》六卷。

43.(清)金谷园藏版,《绘像真本贯华堂第六才子书》八卷。北京图书馆藏。

44.(清)宝淳堂刻本,《第六才子书》八卷。中国科学院图书馆藏。

45.未注刊刻堂号年代,《绣像全本第六才子书》八卷。中国科学院图书馆藏。

46.(清) 辛文堂刻本,《增补第六才子书释解》六卷。邓汝宁音释。南开大学图书馆藏。

47.(清) 高阳齐氏百合斋藏本,《贯华堂注释第六才子书》六卷。中国艺术研究院戏曲研究所资料室藏。

48.(清) 文盛堂刻巾箱本,《文盛堂绘像第六才子书笺注》六卷。邓汝宁音释。山西省图书馆藏。

49.清稿本,(清) 朱璐评《西厢记》,不分卷。

50.清刻本《增像第六才子书》五卷,附录。

近人辑校注释本:

1. 民国五年(1916) 扫叶山房石印(重印金批本)《绘图西厢记》八卷。北京师范大学图书馆藏。

2. 民国十年(1921) 上海泰东书局标点排印本《西厢记》。

3. 民国十五年(1926) 石印本(重印金批本)《增像第六才子书西厢记》八卷。中国社会科学院文学研究所资料室藏。

4. 民国二十二年(1933)北京立达书局排印本,黎锦熙、孙楷第校辑。

5. 民国二十三年(1934) 上海汉文渊书局石印(重印金批本)《西厢记》八卷。南开大学图书馆藏。

6. 民国二十七年(1938)北京文化学社排印本,王毓骏注《西厢记注》。

7. 民国三十三年(1944) 浙江龙泉龙吟书屋排印本,王季思校注《西厢五剧注》。

8. 民国三十七年(1948)上海中华书局排印本,陈志宪编《西厢记笺记》。

9. 民国三十八年(1949) 上海开明书店排印本,王季思校注《集评校注西厢记》,附图二。

10. 上海广益书局印(重印金批本)《第六才子书西厢记》八卷。山西省图书馆藏。

11. 上海大众书局印行(重印金批本)《足本大字西厢记》五卷。天津市图书馆藏。

12. 1953 年锦章书局出版《西厢记》。

13. 1954 年6月上海新文艺出版社出版王季思校注《西厢记》。

14. 1954 年12月作家出版社出版吴晓铃校注《西厢记》。

15. 1955 年商务印书馆出版《新刊奇妙全相注释西厢记》(以明弘治刻本为底本)。

16. 1955 年文学古籍刊行社出版臧晋叔编《元曲选》,收有《西厢记》。

17. 1956 年3月香港世界出版社出版熊式一校订《西厢记》,插图二十一幅。

18. 1957年上海古典文学出版社出版王季思校注《西厢记》,附图二。

19. 1958年中华书局出版臧晋叔编《元曲选》,收有《西厢记》。

20. 1958年中华书局上海编辑所出版王季思校注《西厢记》。

21. 1958年9月北京中华书局出版王季思校注《西厢记》,插图二。

22. 1958年人民文学出版社出版吴晓铃校注《西厢记》。

23. 1958年重庆人民出版社出版吴晓铃校注《西厢记》。

24. 1960年香港中华书局出版王季思校注《西厢记》。

25. 1960年江苏人民出版社出版《暖红室汇刻西厢记》,梦凤楼暖红室校订。

26. 1961年上海古籍书店影印(明)何璧校本《北西厢记》。

27. 1963年中华书局印王季思题跋、槃薖硕人增改定本《西厢记》。

28. 1964年香港广智书局出版《西厢记》,插图十三幅。

29. 1966年香港建文书局印王季思校注《西厢记》,插图二幅。

30. 1968年7月台北文化图书公司影印《第六才子绘图西厢记》,插图三十幅。

31. 1978年上海古籍出版社出版王季思校注《西厢记》。

32. 1980年江西人民出版社出版张燕瑾、弥松颐校注《西厢记新注》。

33. 1982年上海文艺出版社出版王季思主编《中国十大古典喜剧集》(中有张仁和校点评注《西厢记》)。

34. 1982年中国书店出版梦凤楼暖红室校订《暖红室汇刻西厢记》。

35. 1983年云南人民出版社出版祝肇年、蔡运长注《西厢记通俗注释本》。

36. 1983年上海文艺出版社出版杨振雄演出本《西厢记》。

37. 1985年甘肃人民出版社出版金圣叹批评、傅晓航校点《贯华堂第六才子书西厢记》。

38. 1985年北京出版社出版王季思等选注《元杂剧选注》(包括《西厢记选注》)。

39. 1985年南开大学出版社出版《元明清戏曲赏析》(有《西厢记》赏析)。

40. 1986年上海古籍出版社出版张国光校注《金圣叹批本西厢记》。

41. 1986年山东文艺出版社出版霍松林编《西厢汇编》。

42. 1986年上海古籍出版社出版傅惜华编《西厢记说唱集》。

43. 1987年上海古籍出版社出版王季思、张仁和《集评校注西厢记》。

44. 1988年中国妇女出版社出版贺新辉主编《元曲鉴赏辞典》(有《西厢记》赏析)。

45. 1990年中国妇女出版社出版贺新辉、朱捷编著《西厢记鉴赏辞典》。

151

《西厢记》主要研究著作

1.《西厢记分析》,周天著,古典文学出版社1958年版。

2.《论崔莺莺》,戴不凡著,上海文艺出版社1963年版。

3.《王实甫和〈西厢记〉》,潘兆明编著,中华书局1981年版。

4.《西厢论稿》,段户明著,四川人民出版社1982年版。

5.《明刊本西厢记研究》,蒋星煜著,中国戏剧出版社1982年版。

6.《董西厢和王西厢》,孙逊编著,上海古籍出版社1983年版。

7.《西厢记考证》,蒋星煜著,上海古籍出版社1988年版。

《西厢记》名言警句

△花落水流红,闲愁万种,无语怨东风。(第一本《楔子》)(第001页)

△才高难入俗人机,时乖不遂男儿愿。(第一本《第一折》)(第002页)

△解舞腰肢娇又软,千般袅娜,万般旖旎,似垂柳晚风前。(第一本《第一折》)(第003页)

△他有德言工貌,小生有恭俭温良。(第一本《第二折》)(第008页)

△娇羞花解语,温柔玉有香,我和他乍相逢记不真娇模样,我只索手抵着牙儿慢慢的想。(第一本《第二折》)(第008页)

△玉宇无尘,银河泻影;月色横空,花阴满庭;罗袂生寒,芳心自警。(第一本《第三折》)(第011页)

△心中无限伤心事,尽在深深两拜中。(第一本《第三折》)(第011页)

△怨不能,恨不成,坐不安,睡不宁。(第一本《第三折》)(第012页)

△有心争似无心好,多情却被无情恼。(第一本《第四折》)(第015页)

△风袅篆烟不卷帘,雨打梨花深闭门,无语凭阑干,目断行云。(第二本《第一折》)(第017页)

△从今后玉容寂寞梨花朵,胭脂浅淡樱桃颗,这相思何时是可?昏邓邓黑海来深,白茫茫陆地来厚,碧悠悠青天来阔;太行山般高仰望,东洋海般深思渴。(第二本《第三折》)(第028页)

△风月天边有,人间好事无。(第二本《第四折》)(第030页)

△罗衣不奈五更寒,愁无限,寂寞泪阑干。(第三本《第二折》)(第037页)

△花阴重叠香风细,庭院深沉淡月明。(第三本《第三折》)(第039页)

△不近喧哗,嫩绿池塘藏睡鸭;自然幽雅,淡黄杨柳带栖鸦。(第三本《第三

折》)（第040页）

△异乡易得离愁病，妙药难医肠断人。（第三本《第四折》)（第042页）

△他眉弯远山不翠，眼横秋水无光，体若凝酥，腰如嫩柳，俊的是庞儿俏的是心，体态温柔性格儿沉。（第三本《第四折》)（第044页）

△风弄竹声只道金珮响，月移花影疑是玉人来。（第四本《第一折》)（第046页）

△碧云天，黄花地，西风紧，北雁南飞。晓来谁染霜林醉？总是离人泪。（第四本《第三折》)（第052页）

△恨相见得迟，怨归去得疾。（第四本《第三折》)（第052页）

△行色一鞭催去马，羁愁万斛引新诗。（第四本《第四折》)（第054页）

△绿依依墙高柳半遮，静悄悄门掩清秋夜，疏刺刺林梢落叶风，昏惨惨云际穿窗月。（第四本《第四折》)（第056页）

△都只为一官半职，阻隔得千山万水。（第四本《第四折》)（第056页）

△相见时红雨纷纷点绿苔，别离后黄叶萧萧凝暮霭。（第五本《楔子》)（第058页）

△旧愁似太行山隐隐，新愁似天堑水悠悠。（第五本《第一折》)（第058页）

△他那里为我愁，我这里因他瘦。（第五本《第一折》)（第060页）

△昨宵个春风桃李花开夜，今日个秋雨梧桐叶落时。（第五本《第二折》)（第062页）

△孤身去国三千里，一日归心十二时。（第五本《第二折》)（第062页）

△那里有粪堆上长出连枝树，淤泥中生出比目鱼？（第五本《第四折》)（第067页）

△永老无别离，万古常完聚，愿普天下有情的都成了眷属。（第五本《第四折》)（第069页）

图书在版编目（CIP）数据

西厢记/（元）王实甫著；王薇评注．—2版．—太原：三晋出版社，2008.10（2024.5重印）

（中国家庭基本藏书．戏曲小说卷）

ISBN 978 - 7 - 5457 - 0013 - 8 - 01

Ⅰ．西… Ⅱ．①王…②王… Ⅲ．杂剧—剧本—中国—元代 Ⅳ．I237.1

中国版本图书馆 CIP 数据核字（2008）第 157721 号

西厢记

著　　者：（元）王实甫		评注者：王　薇	
责任编辑：落馥香		审订者：郭庆华	
封面设计：敬人工作室		版式设计：敬人工作室	
责任校对：落馥香		责任印制：李佳音	

出版发行：山西出版集团·三晋出版社

地　　址：太原市建设南路 21 号

电　　话：（0351）4956036（咨询）　　4922268（邮购）

传　　真：（0351）4922102

网　　址：www.sxskcb.com

邮　　编：030012

印刷装订：山西新华印业有限公司

（本书如有破损、缺页、装订错误，请与本社联系调换）

开　　本：787mm×960mm　　1/16

字　　数：180 千字

印　　张：10.75

版　　次：2008 年 10 月第 2 版

印　　次：2024 年 5 月第 2 次印刷

书　　号：ISBN 978 - 7 - 5457 - 0013 - 8 - 01

定　　价：42.00 元